國家古籍整理出版專項資助項目

鄧漢儀集校箋

上

鄧漢儀 著
王卓華 校箋

人民文學出版社

圖書在版編目（CIP）數據

鄧漢儀集校箋：上中下/（清）鄧漢儀著；王卓華校箋. —北京：人民文學出版社，2019
（明清别集叢刊）
ISBN 978-7-02-015410-4

Ⅰ. ①鄧… Ⅱ. ①鄧… ②王… Ⅲ. ①中國文學—古典文學—作品綜合集—清代 Ⅳ. ①I214.92

中國版本圖書館 CIP 數據核字（2019）第 155110 號

責任編輯 葛雲波
裝幀設計 黄雲香
責任印製 任 禕

出版發行 人民文學出版社
社　　址 北京市朝内大街 166 號
郵政編碼 100705
網　　址 http://www.rw-cn.com

印　　刷 三河市中晟雅豪印務有限公司
經　　銷 全國新華書店等

字　　數 1000 千字
開　　本 880 毫米×1230 毫米 1/32
印　　張 41 插頁 6
印　　數 1—2000
版　　次 2019 年 12 月北京第 1 版
印　　次 2019 年 12 月第 1 次印刷

書　　號 978-7-02-015410-4
定　　價 190.00 圓（全三册）

總目錄

前言
凡例
官梅集
慎墨堂詩拾
青簾詞
慎墨堂佚文
慎墨堂筆記
詩觀詩人小傳
蓋心錄
附錄一　年譜
附錄二　傳記資料

附錄三　序跋題記
附錄四　友人贈答倡和
附錄五　親屬遺詩
主要参考文獻
跋

前言

鄧漢儀（一六一七—一六八九），字孝威，號舊山，别署舊山農、舊山梅農，晚號鉢叟，原籍吴縣洞庭之綺里，生於泰州（今屬江蘇），郡望南陽。康熙十八年舉博學宏詞，因年老授中書舍人歸籍。康熙二十八年卒，年七十三歲。鄧漢儀爲清初著名詩人、詩歌評論家、出版家。阮元稱鄧漢儀『與太倉吴梅村主盟風雅者數十年』[一]。當代學者錢仲聯先生則將其比作『掌管專一把捧帥字旗』的『地健星險道神郁保四』[二]。由於其『在野』與『布衣』身份，雖決定了鄧漢儀很難成爲真正意義上的詩壇領袖，但其確實充當了清初詩壇旗手的角色。

一

乾隆四十五年前後，《詩觀》及鄧漢儀的其他著作被禁燬或抽禁，自此後，鄧漢儀的著作及相關資料也就很難見到了。所以今天要詳細瞭解鄧漢儀的身世，是十分困難的。關於他的傳記資料，目前僅

[一] 阮元《淮海英靈集》，清嘉慶三年小琅環仙館刻本。
[二] 錢仲聯《順康雍詩壇點將録》，《蘇州大學學報》（哲學社會科學版）一九九一年第一期。

有幾條，而且這幾條記載不僅簡略，也是模糊不清的。

龔鼎孶《鄧孝威官梅集序》（《定山堂古文小品》卷上，清光緒刻本《定山堂全集》）：『鄧子以吳趨之妙族，生東陽之秀里。』

陳維崧《鄧孝威詩集序》（《陳迦陵儷體文集》卷五《鄧孝威詩集序》，清康熙患立堂刻本）：『臺君土室，漢世目之逸民；劉氏綵毫，梁室官爲庶子。遐稽曩史，兩見孝威；詎意同時，又逢我友。序閥閱，則鄧仲華簪組之族，門戶清通；譜邑里，則吳夫差花月之都，山川綺麗。籍雖茂苑，產實吳陵。』

李鄰嗣《甬上游草序》（據夏荃輯《海陵文徵》卷一九，道光二十三年刻本）：『吾友鄧孝威，海陵奇士也，其生平足跡幾遍天下，家在東陽，與京口相望。』

雍正《揚州府志》（尹會一等纂，雍正十一年刻本）卷三一：『鄧漢儀，字孝威，泰州人。淹洽通敏，貫穿經史百家之籍，尤工詩學，爲騷雅領袖。太倉吳偉業、合肥龔鼎孶皆與爲倡和，登壇執牛耳者數十年。康熙己未舉博學宏詞科，漢儀奉召赴京試，授中書舍人，即辭歸。偃仰山林，日以吟觴自適。暇或扁舟至郡，坐臥董子祠中，執經問業者車馬塞衢巷。念詩學荒蕪，乃品次近代名人之詩爲《詩觀》，凡四集。別裁僞題，力追雅音，海內言詩之家咸宗焉。』

阮元輯《淮海英靈集》（清嘉慶三年小琅嬛仙館刻本）丁集卷一：『鄧漢儀，字孝威，泰州人。博洽通敏，尤工詩學，與太倉吳梅村主盟風雅者數十年。康熙十八年舉博學鴻詞，以年老授中書舍人歸，寓董子祠，執業就問，車馬塞市，其《過梅嶺》詩：「人馬盤空細，烟嵐返照濃。」王文簡極稱之。嘗論近代人之詩爲《詩觀》若干卷，中有應禁之人，奉旨抽毀行世。』

清吴修《昭代名人尺牘小傳》（清道光六年刻本）卷一一：『鄧漢儀，字孝威，號鉢叟，泰州人。布衣舉鴻博，以年老授中書舍人回籍。有《過嶺集》，選同人詩爲《詩觀》初、二、三集。』

清李元度輯《國朝先正事略》（清同治八年循陔草堂刻本）卷三九：『鄧漢儀者，字孝威，泰州人也。已未召試，以年老授官正字歸。孝威與國初諸老游，洽聞廣見。所選《詩觀》凡四集，投贈稱盛。其《度梅嶺》詩爲漁洋尚書所激賞。』

其他如康熙《揚州府志》、《嘉慶重修揚州府志》、《國朝詩人徵略》，以及《詩觀》中零星的自述文字等，既特别簡略，文字也類似。相對較爲詳細一點的，則僅有沈龍翔的《鄧徵君傳》（據夏荃輯《海陵文徵》卷一九，道光二十三年刻本）：

徵君姓鄧氏，名漢儀，字孝威，號舊山。蘇州人，徙家泰州。少穎悟，讀書日記數千言。長，工屬文，十九歲補吴縣博士弟子員。廬州太守某稱文章宗匠，決龔宗伯鼎孳中式不爽；見先生文，許其必遇。而是科忽以足疾輟試，遂棄去。生有至性，孝于親，友于昆弟，尤好施與，立身則嶄然不可撼。一日過南陽，宿荒店，時流賊殘破之後，居民家室不全。僕役乘間出飲，漏下二鼓，忽一婦闖入户，先生叱之不爲動。生平著述甚富，遊淮有《淮陰集》，居揚有《官梅集》，遊粤有《過嶺集》，遊潁有《濠梁集》，遊燕有《燕臺集》，遊越有《甬東集》，膺薦有《被徵集》。皆逐年編紀，手自删訂。詩餘、古文數百篇，藏於家。所選《天下名家詩觀》初、二、三集，搜羅富而抉擇精，同時司選事者無慮十數，皆海内聞人，咸斂手拱服於先生。嘗與虞山宗伯論詩，大旨主於清和。其言曰：『孤桐片玉，自有天律，清也；朱絃疏越，一唱三歎，和也。』宗伯深韙其言。與修《揚州府志》、《江南通志》，公以其言爲論定。戊午春詔舉宏博科，戶部郎中譚弘憲以先生名應，力辭不獲。是年秋，偕三原孫枝蔚應詔入都。己未三月廷試時，奉旨賦用四六序方入格，先生未用，遂不錄。與枝蔚均以年老學優，賜內閣中書舍人銜。當軸惜其才，欲薦入史館，以母老遄歸。盤舞膝下，徜徉吟詠。康熙己巳卒於家，年七十有三。

一般認爲他是原籍蘇州府吳縣，崇禎八年（一六三五）爲吳縣庠生，清初遷居揚州府泰州（今屬江蘇）。陳維崧順治十四年（一六五七）爲鄧漢儀《過嶺集》撰序所云其『序閥閱，則鄧仲華簪組之族，門戶清通；譜邑里，則吳夫差花月之都，山川綺麗』，雖介紹了鄧漢儀祖籍蘇州，出身世家，但記其『籍雖茂苑，產實吳陵』，以及時人稱其『以吳趨之妙族，生東陽之秀里』〔一〕和『厥世吳國，實產海陵』〔二〕等，陸林先生判斷此當指漢儀出生於泰州〔三〕。據道光《泰州志》卷一《建置沿革》知，泰州漢爲海陵縣，東漢廢，併入東陽，晉復設，唐武德三年改名吳陵，於縣置吳州，七年州廢，仍名海陵，南唐升爲泰州治所，明省海陵縣入州，領如皋一縣，屬揚州府轄，清初因之〔四〕。由此推斷，鄧漢儀可能自父輩開始已經寓居泰州，故其《詩觀》二集卷二云與泰州黃雲『童稚情親』〔五〕，爲少小之交。因祖籍所在，而回蘇州考諸生，亦

〔一〕龔鼎孳《定山堂古文小品》卷上，康熙刻本。
〔二〕張琴《翩翩鄧子八章章八句》，《慎墨堂詩拾》附錄，天津師範大學圖書館藏《慎墨堂全集》鈔本。
〔三〕關於鄧漢儀詳細生平事跡，請參看中華書局二〇一七年三月版陸林、王卓華輯《慎墨堂詩話·前言》。
〔四〕道光《泰州志》卷一《建置沿革》，道光七年刻本。
〔五〕以下所引《詩觀》初、二、三集，均據清康熙慎墨堂刻本，不一一標注。

曾『讀書吳門之西郊』。回蘇州的具體時間，當始於崇禎四年十五歲時。『予十五游吳會，稱詩於西郊諸子間』[一]。然居住之地仍爲泰州，所著《詩觀》初集卷一評吳偉業《琵琶行》，自稱『昔客吳趨，葉聖野過晤論詩』，『游吳會』、『客吳趨』都説明其並非居住於蘇州。拔諸生後參加鄉試，如自述崇禎十二年（一六三九）『己卯，余應試白門』[二]。其於崇禎十七年春夏稱離任泰州知州陳素爲師，有兩種可能：一是陳任知州時，漢儀曾隨其讀書；一是陳於崇禎十五年任南直隸鄉試同考官，而此年漢儀參加南京秋闈。

可以佐證以上推測的，是鄧漢儀《筆記》中所記『吳纘姬孝廉，沈毅負才略。預知登州之變，即移家還海陵。甲申在維揚，與黄中丞家瑞、馬兵憲鳴騄倡義社，以扁舟邀余共事。余有詩答之……竟不赴其約』。吳纘姬，字璣灘，泰州人，中崇禎三年鄉試。其先以戍籍家登州，清軍犯山東，挾弓持槊，護親出重圍，歸於海陵。入清『嘉遯不仕，甘老丘園，人咸高之』[三]。纘姬南明初年曾與淮揚巡撫黄家瑞、揚州知府馬鳴騄在揚州組織義兵抗清。如此際漢儀仍在蘇州，當不會『以扁舟』相邀。順治十七年鄒祗謨、王士禛輯《倚聲初集》著錄其爲『泰州人，吳縣籍』（卷一《爵里》），應該説是準確無誤的。

鄧漢儀人生大致可以分爲三個階段：一是順治三年三十歲前（一六一七——一六四六），即青少年

[一] 鄧漢儀《申鳧盟詩選序》，申涵光《聰山集》卷首，康熙刻本。
[二] 鄧漢儀《慎墨堂筆記》，天津師範大學圖書館藏《慎墨堂全集》鈔本。
[三] （雍正）《揚州府志》卷三二《人物·隱逸》，雍正十一年刻本。

的讀書求學階段；一是三十一歲至康熙八年（一六四七—一六六九）五十三歲時，即中年的入幕謀生階段；一是康熙九年至逝世（一六七〇—一六八九），即中老年的編選詩歌階段。以下主要介紹其第二、第三階段的人生經歷。

清初的鄧漢儀，雖不事科舉，卻非隱居。順治二年（一六四五），濟南長山縣劉孔中任泰州知州，創建吳陵詩社，入社者皆當地青年才俊，『進同社數子，披其詞藻，鮮不爲刮目，而倍才孝威，時招之，讀書芙蓉署』[二]。此年，漢儀所撰詩，有《乙酉聞丁漢公登賢書將從白門入燕賦此寄贈》、《劉嶧巄師招同丁漢公夜集衙齋送之北上》等。劉孔中字藥生，號嶧巄，明崇禎三年副榜，順治初避兵江南，豫王聞其賢，奏授內院中書，知泰州，以政最擢潁州道參議，攝廬鳳泗滁和諸路監司，坐誤漕事，落職歸[三]。夏荃《退庵筆記》卷六云：『《吳陵國風》八卷，順治四年州牧劉公藥生選刻。公名孔中，濟南長山人，崇禎相劉鳴訓之子。公順治二年任，本朝州有牧自公始，州有詩選亦自公始。《州志·名宦》稱公「創吳陵社課士，刻有《吳陵詩選》」是也。』漢儀順治四年詩作結集《官梅集》，便是『濟南劉嶧巄老師鑒定』。丁漢公，名日乾，字謙龍，泰州人，順治二年舉人。鄧漢儀於該年寒梅綻放的冬季，撰詩送其赴京參加新朝禮部春闈，不僅沒有絲毫勸阻之意，相反表示出一絲對『去路指天中……吹子上幽燕』的歆羨。『使君與諸生，並送孝廉船……共此師弟好，語默無間然』，反映出鄧漢儀自幼在泰州入學，與明末

〔二〕方苞《官梅集序》，清鈔本。

〔三〕〔道光〕《濟南府志》卷五五，道光二十年刻本。

清初的當地知州皆有師生關係的實際情形（故前稱陳素爲師，此稱劉孔中爲師）；『感師款款語，謂我當著鞭。同生且同學，草處非英賢』，或許也流露出緊步友人後塵，『努力愛歲華』的不甘草處、奮力加鞭的希冀。這在揚州十日的秋墳鬼唱尚不絕於耳，兵燹灰燼且殘熱未熄之際，至少不能說具有明顯的遺民之思。

順治四年春，合肥龔鼎孳遊泰州，鄧漢儀與之交。這是一件決定後者一生走向的大事情。龔鼎孳（一六一五—一六七三），字孝升，號芝麓，清初著名詩人，與吴偉業、錢謙益並稱爲江左三大家。崇禎七年（一六三四）進士，先降李自成，後降清，順治三年以太常寺少卿丁父憂，至順治七年（一六五〇）始回京（兩年後官原職）。在順治四年至六年，龔鼎孳漫遊江南，在泰州與小於自己兩歲的鄧漢儀一見如故，多次宴飲觀劇，分韻賦詩。在鄧漢儀順治四年寫作的《官梅集》中，就有八首與龔鼎孳的唱和詩。深秋分手時，鄧撰長詩《送龔孝升奉常遊江南》相贈，其中有兩點值得關注，一是『羨君年正少，那復遠慕嚴陵釣；羨君名甚高，那復長棲仲蔚蒿』，這是勸慰因服喪期間『歌飲流連，依然如故』[二]而遭彈劾的龔鼎孳不要沮喪，不會永遠像嚴子陵、張仲蔚那樣落魄隱居；一是結尾表示『我恨未從君，踏破萬山之青蒼，徒守淮南桂樹終相望』，化用《招隱士》『桂樹叢生兮山之幽……山中兮不可以久留』[三]，表達了自己希望追隨龔鼎孳出遊四方而不願幽棲隱居的心曲。

〔二〕蔡冠洛《清代七百名人傳》第一七二四頁，上海世界書局民國二十六年版。

〔三〕王夫之《楚辭通釋》卷一二解題云：『此篇義盡於招隱，爲淮南召致山谷潛伏之士。』

此後的兩年間，龔鼎孳主要寓居揚州、南京，鄧漢儀多次於其寓所飲酒賦詩。龔鼎孳順治七年夏季服闋赴京[一]，次年鄧漢儀入京師，至順治十年春離開京城，順治十一年再次入京，至十三年春離京，先後兩個一年多的時間皆寓居龔府，『余浪遊燕都，客龔芝麓先生家』[二]。其間龔鼎孳亦由太常寺少卿升任刑部右侍郎（順治十年四月）、戶部左侍郎（十一年二月）、左都御史（五月）。順治十二年十月、十一月，龔鼎孳因執法寬待漢人等事，先後降十一級。十三年四月貶至上林苑，任蕃育署署丞，以部院大臣下放至京郊爲皇宮飼養雞鴨鵝，其心情可想。是年秋季出使廣東，道經江南時，鄧漢儀隨行赴嶺南，次年三月始同歸。鄧漢儀《詩觀》初集卷二評龔鼎孳詩云：『昔客京師，及過庾嶺，以至萸灣、桃渡之間，僕莫不奉鞭弭以從。』説的就是自己跟隨龔鼎孳在京師府邸，以及過大庾嶺往返粵東、返江南後在揚州茱萸灣、南京桃葉渡的詩酒幕賓生涯，可謂踐行了『從君踏破萬山之青蒼』的夙願。友人陸舜在《鄧孝威過嶺詩序》中，曾説到鄧、龔友誼並贊及鄧的人品：『鄧子之與先生，可謂道合忘年、傾倒不近者邪？既先生累官京師，則招鄧子於別署。委蛇退食之暇，即與鄧子吮毫濡墨之會也；憂讒畏譏之日，即與鄧子痛哭流涕之時也。先生未幾而躋崇秩，復未幾而累左遷。一時僚友朝士、門生故吏，趨避聚散之緣，殊有難可道者。鄧子蕭然一慷慨布衣耳，論交十年，升沈一致，大雅相成，名益海内，可以遠追王、孟，近方陳、董。鄧子有不爲先生重而益以重先生者哉！』[三]後一

〔一〕宗元鼎《芙蓉集》卷七《庚寅夏日送奉常龔孝升先生還朝》，康熙刻本。
〔二〕鄧漢儀《定園詩集序》，戴明説《定園詩集》卷首，康熙刻本。
〔三〕陸舜《陸吳州集》，清刻本。

句對鄧漢儀人品和地位的推崇，是頗有分量的。

此後，龔鼎孳返京，次年遷國子監助教，直至康熙二年始重官左都御史，從此仕途坦順，連任刑、兵、禮部尚書，晚年兩主會試，門生滿天下；『屢招』漢儀，卻被其『以親老爲辭』[一]，不再赴京，然彼此友誼至老不衰。《定山堂詩集》約有近六十題詩涉及鄧孝威。雖然有許多是寫於順治年間，但是彼此交往從未間斷。如鄧漢儀《詩觀》初集卷二評龔詩云：『疇昔之歲，予曾作招隱之書致之合肥，蒙其賦詩寄答，不以僕爲狂誕，固知歸田之志有素也。』《慎墨堂名家詩品》因序梁清標《使粵詩》而深情回憶：『丙申冬日，儀曾陪合肥先生之嶺南，而合肥則從兵革豹虎中，與儀刻燭聯吟，夜分不寐，各著有《過嶺集》。今合肥已逝……則平津秋閉，紅粉樓閑，覽斯集者應同泫然矣』。龔鼎孳以明進士遇李降李、遇清降清，加之狂放不羈、沈溺聲色而爲人詬病，然其爲官『唯盡心於所事，庶援手乎斯民』[二]；平居惜才愛士，廣交下層賓朋，『窮交則傾囊槖以恤之，知己則出氣力以援之』[三]，爲清初文學的復興保存了一批人才，對下層文士與新朝的相容做出了積極努力。

在第二階段的中年時期，身爲布衣的鄧漢儀雖主要從龔鼎孳遊，亦有入他人幕府的行跡。如

[一] 鄧勱相《徵辟始末》，清鈔本。

[二] 吳偉業《吳梅村全集》卷三七《題龔芝麓壽序》，上海古籍出版社一九九〇年版，第八〇四頁。

[三] 錢林《文獻徵存錄》卷一〇《龔鼎孳》，咸豐八年刻本。

吳綺曾於順治六年撰《客秣陵送鄧孝威之壽春》五古詩，有句云：『壽春爭戰場，今古具樓櫓。君去得所依，長吟入軍府。』[一]順治十年（一六五三）春，鄧漢儀隨戴明說赴汝南道任。戴氏字道默，號岩犖，滄州人，與龔鼎孳爲進士同年，入清官戶部侍郎，順治十年緣事謫河南布政司參政，分守汝南道。漢儀自述云：『憶壬辰歲，余浪遊燕都，客龔芝麓先生家，與岩犖先生邸相對，時時過從……繼先生以少司農出參宛藩，招余同往』[二]；此即《慎墨堂筆記》所謂『戴岩犖自少司農左遷南陽參政，余在幕中。每於夕置酒談燕，夜分不輟』。《詩觀》初集卷四評戴明說《宛南秋日慰留鄧孝威》曰：『癸巳同公之宛南，結又茅廬以居。秋深忽忽欲別，相視和歌。』《詩觀》三集卷八評海寧朱爾邁（字人遠）云：『癸巳冬，校文呂僉事署中，極賞人遠作。』即此年冬，在浙江杭嚴道呂翕如官署中任文祕。順治十一二年間入山西巡撫陳應泰幕。康熙四年（一六六五）鄧漢儀入河南汝寧知府金鎮幕，並與其次子敬敷交（《詩觀》二集卷五金敬敷詩評）。康熙六年至七年（一六六八），客揚州友人吳綺湖州知府幕，曾與之共事《唐詩永》之選[三]。『十年彈鋏向天涯』，是以戰國齊人馮諼寄食孟嘗君彈鋏而歌，得孟嘗君厚遇的典故，說明自己中年以來浪跡於當朝名公府邸的幕僚生涯。

[一] 吳綺《林蕙堂全集》卷一三《亭皋詩集》，康熙三十九年家刻本。
[二] 鄧漢儀《定園詩集序》，戴明說《定園詩集》卷首，康熙刻本。
[三] 鄧漢儀《詩觀》初集卷七宗元鼎詩評。汪超宏《吳綺年譜》誤作吳綺『與宗元鼎同選《唐詩永》』。

自康熙九年（一六七〇）庚戌開始，可視爲鄧漢儀人生的第三階段。從經歷上來說，是因爲母逾七十，漢儀不再遠遊（被迫赴試鴻博除外）〔二〕，『惟百里負米』（《詩觀》二集序），以養慈親。來往最多的是揚州，足跡亦時涉南京、如皋（雍正三年前屬泰州），偶及無錫；從事業上來說，是因爲奠定其一生詩學地位的《詩觀》此年便開始正式編選。『僕歷年來浪遊四方，同人以詩惠教者甚衆，藏之笥篋，不敢有遺。庚戌家居寡營，乃發舊篋，取之同人之詩，略爲評次，蓋閲兩寒暑而始竣厥事』（初集凡例）。在《詩觀》初集卷七中有明確寫於該年十二月的評宗元鼎詩語：『庚戌嘉平，從雉皋雪中歸，因呵凍書此數句。不知考功、儀曹論詩京邸，以僕言爲何如？』（考功指王士祿，儀曹指王士禛），而序成於『壬子季秋望日』即康熙十一年（一六七二）九月十五日。

《詩觀》的編刊得到了當地政府官員的支持，也有好友如黄九河、顧九錫、范廷瓚等揚州府人士的持續支持。初集編成後即謀二集。在初集凡例裏，鄧漢儀便已啟事天下『是編行後，即謀二集。鴻章賜教，祈寄泰州寒舍；或寄至揚州新城夾剪橋程子穆倩、大東門外彌陀寺巷華子龍眉宅上；其京師則付汪子蛟門，白門則付周子雪客』。程穆倩是寓居江都的歙縣程邃，華龍眉是江都華衮，汪蛟門是江都汪懋麟（時在京官内閣中書），周雪客是南京周在浚（亮工子）。康熙十三年，即初集問世後兩年，漢儀復選《詩觀》二集，『是編始自甲寅，成於戊午，閲五歲而竣事』（二集凡例）；『初、二兩集，廣搜博

〔二〕 鄧漢儀《詩觀》二集卷一〇評李攀鱗詩云：『尊君鄴園先生節制兩越，舟泊維揚時，招予入幕，情禮隆重。予以母老，未之許也。』李之芳，字鄴園，康熙十三年任浙江總督，隆重禮聘漢儀入幕，雖未允，亦可見其爲當時著名文學幕賓。

采，極廿餘年之精神命脈，成此大部，心力可謂竭矣！』（三集序）然在友人的鼓勵下，康熙二十四年寓廣陵董子祠，開始三集的編選，又歷時五年而三集成，其間忍受著『垂老失偶，孤帳冷衾』的喪妻之痛〔二〕。三集序撰於康熙二十八年（一六八九）三月，漢儀逝世於該年秋季，享年七十三歲。

從五十四歲開始的第三階段，鄧漢儀在前期積累的基礎上，耗時二十年編成巨著《詩觀》初、二、三集；思想感情上亦徹底接受了身處其中的新的時代。尤其是進入康熙朝之後，他對新朝的認識早已擺脫了第二階段的不即不離，而是以平民布衣的身份，努力融入這一朝代。其編選清詩總集的歷程，與康熙朝前期的重大事件，亦存在著千絲萬縷的聯繫。以下依次介紹。

康熙八年玄燁親政，次年《詩觀》初集開始動工，康熙十一年深秋書成，自序中體現了普通士子經歷了巨大史實變局後產生的宏闊的歷史視野：

《十五國名家詩觀》之選成，予反復讀之，作而歎曰：嗟乎！此真一代之書也已。當夫前朝末葉，銅馬縱橫，中原盡爲荆榛，黎庶悉遭虜戮。於是乎神京不守，而廟社遂移，有志之士爲之哀板蕩、痛仳離焉，此其時之一變。繼而狂寇鼠竄於秦中，列鎮鴟張於淮甸，馴至甌閩黔蜀之間，兵戈罔靖而烽燧時聞，此其時爲再變。若乃乾坤肇造，版宇咸歸，使仕者得委蛇結綬於清時，而農人亦秉耒耕田，相與歌太平而詠勤苦，此其時又爲一變……予才萬不逮吳公子，而幸值鼎新之運，俾草茅跧伏之士優遊鉛槧，以勿負歲時，亦一樂也。而今天子且博學好古，進諸文學侍從之臣，臨軒

〔二〕孔尚任《湖海集》卷一一《答鄧孝威》，康熙刻本。

賦詩，以繼夫柏梁、昆明之盛事。『柏梁、昆明之盛事』，分别指始於漢武帝的君臣宴歌聯句賦詩的柏梁體和唐中宗駕臨昆明池賦詩，羣臣應制倡和。序者從明末清初的種種戰亂，到康熙元年南明永曆帝的失敗，看到在新朝的統治下，逐漸兵戈靖而烽燧熄，百姓安居樂業，國家統一安定的人心向背大趨勢，慶幸自己能夠趕上『鼎新之運，俾草茅跧伏之士優遊鉛槧』的好時光，以此爲樂。

康熙十二年十一月，吴三桂舉兵雲南，肇始三藩之亂； 次年二月取常德、澧州、長沙、岳州。『滇閩叛亂，東南震驚，揚人多惑易擾，訛言道聽，家室朋奔，城門夜開，填衢泣路』[二]，此即其友人汪懋麟丁憂在籍時眼中的揚州城内的動亂景象，亦即鄧漢儀二集序言所謂『於時藩兵弗戢，烽達沅湘，山藪羣盜，罔知國紀，並事草竊。諸大吏嚴重封疆，羽檄四出。廣陵士女，奔竄江上，爨烟爲之不舉』。在城内百姓皆惶惶不可終日之際，他以『亂固暫耳，徐當自定； 鉛槧吾業，敢自廢乎』的淡定和自勉，表達了對新王朝的信心。在這四方震動、人心浮搖之秋，鄧漢儀之所以不同於普通揚州人士的『多惑易擾』而心静如水，『坐昭明文選樓，日披四方所郵詩藁，雖困餒不倦』，是根源於對天下大勢的看法：『七國雖强，豈能越殽澠尺寸？唐時河北諸將雖跋扈，敢終失臣節乎？此予所以當人情騷動時，而選事未嘗或輟也。』康熙十七年（一六七八）正月，康熙下詔，開博學宏詞科，敕内外大臣『各舉宏詞博學之士，齊集闕下，以待策問』，要求明年三月來京應試； 八月十八日，『大周昭

[二] 汪懋麟《百尺梧桐閣文集》卷二《贈揚州知府金公序》，康熙刻本。

武皇帝』吴三桂病逝於衡州皇宫；九月下旬，鄧漢儀撰成二集序。此時，湖南、廣西、貴州、四川、雲南等地尚在叛軍治下，可是序中卻充溢著對平定叛亂的信心，編選者以是書之成，積極呼應著國家興盛之機：『迨戊午，是選告竣〔二〕。值天子下明詔，命公卿諸大臣各舉宏詞博學之士，齊集闕下，以待策問。若是書之成，敷揚德化，以助流政教，有適合者。』在某種程度上，是將此書作爲詔試博學宏詞的獻禮之作。

康熙二十二年（一六八三）八月，清朝收復臺灣；同年漢儀自覺『遭遇盛時』，復起三集之選，歷五年而成書。康熙二十八年春，康熙帝南巡，主旨是驗收前此『曾允淮揚士民所請，疏浚下河』的工程，正月二十七日駕臨揚州，『維揚民間結彩歡迎，盈衢溢巷』；二月十一日在杭州曉諭扈從諸大臣：江南、浙江爲人文萃集之地，入學額數應酌量加增；南巡所經之地，犯錯官員及在監犯人俱准寬釋，『以示朕赦罪宥過之意』〔三〕。同年三月，鄧漢儀自序三集云：『余也雖未獲登天禄石渠，從諸臣後珥筆承明，著爲詩歌，以揚扢熙朝，尚得遂厥初願，於萱庭承顔之暇，而選一代詩詞。』如果說康熙大帝以博學宏詞科來選取天下英才，草根士子鄧漢儀則是自覺地以《詩觀》『俾天下魁奇俊偉之士、鴻才博學之儒，咸登是選，以見聖天子右文好士、敦尚風雅。有此人才輩出之盛，即繼漢魏四唐而起，亦庶乎可也。』這

〔二〕據此該書在撰序之時已經編成，然卷二崔華詩總評曰：『己未出都，抵里門，值水旱頻仍，支吾萬狀。會有文章太守如公者來莅邗江，亦未遑修謁。壬戌春，始得覲慈顔；而公歡然倒屣，有如舊識。』可見康熙二十一年春尚未刊行。

〔三〕王先謙《東華録》『康熙四十三年』，光緒十年刻本。

種感受到康熙盛世的到來，『試圖爲自己和同時代的人尋求一種積極合理的代際身份認同』[一]，借一己之詩選來展示一個時代的詩歌和文化之盛的動機，在其晚年尤爲明確和强烈。

鄧漢儀在爲《詩觀》二集撰序時，已知自己被薦舉與試[二]，此年六十二歲。他一方面因母老而無意赴試，一方面因多方薦舉而難卻盛情；一方面以熱情的眼光看待天子下明詔的這一重大舉措，一方面以無所謂的態度對待自己的赴京之行。故結語云：『顧予實衰庸淺陋，伏在草莽，惟百里負米，以養八十之慈親。而羣下過舉，郡縣敦迫，敢不奔趨，以赴盛會？賴國恩浩蕩，終放之江湖，以裒集一代之風雅，兼得勉將菽水，以遂烏鳥之私情，予也不重有慶幸哉？』他所期待的是：皇帝能最終放之還山，滿足其編纂一代風雅的宏願和照顧老母的眷眷之情。次年三月在太和殿體仁閣筆試《璿璣玉衡賦》及《省耕詩》，鄧漢儀有意不用四六文寫賦，看來是預先計畫好的。後來皇帝特授內閣中書舍人銜，復褒獎其『才學素著，因其年邁，優加職銜，以示恩榮』[三]，令其終身感念。當其十年後編就《詩觀》三集時，自序落款鈐印爲『臣漢儀』，應該可以說明印主對康熙十八年鴻博之試的基本態度，其實這個態度與其前已有了非常明顯的變化。

自博學宏詞試放還歸鄉後，鄧漢儀即寓居揚州文選樓，全身心投入了選事。康熙十八年秋至二十

〔一〕（美）梅爾清《清初揚州文化》第一一四頁，復旦大學出版社二〇〇五年版。

〔二〕薦舉者譚弘憲，字慎伯，順天文安人，順治九年進士，時任戶部郎中，後官衡州知府、山東驛鹽道運同，《詩觀》初、二集皆選其詩。

〔三〕鄧勱相《徵辟始末》，泰州圖書館藏鈔本。

四年秋，基本完成了原計劃的《詩品》，同時開展《詩觀》三集選評的籌備。十八年秋，顏光敏曾訪鄧漢儀於揚州文選樓，鄧漢儀爲顏氏所作《樂圃集序》云：「己未秋，予以金門事竣，息軫邗江。而修來惠然訪予於昭明樓畔。」「而修來更出其詩一帙示予。」[一]鄧漢儀返鄉的第一件事就是坐臥文選樓開始選評詩歌。

《退庵筆記》（清鈔本）卷一云：「鄧漢儀「（康熙）二十四年乙丑復至郡，寓董子祠，選《詩觀》三集」。作於康熙己巳春的《詩觀》三集自序云：「彙集天下名家詩稿，細加評訂，既慎且嚴。歷五載始告厥成。」《詩觀》三集卷一李元鼎詩後附云：「余既勒成《詩品》，茲營《詩觀》三集。」《詩品》即《慎墨堂名家詩品》。《詩觀》三集開始編選的時間當在是年秋天。《詩觀》三集卷五蕭說詩後附記云：「乙丑秋，余有《詩觀》三集之役。」

這期間除編輯《詩品》和籌備《詩觀》三集選評外，在康熙二十二年將近一年的時間與昆山蔡方炳，鹽城宋曹，常熟嚴熊、薛熙，江寧白夢鼎，泰州黄雲，興化宗元鼎、宗觀，華亭王廣心、許纘曾、林子卿、董俞，吳縣黄始，丹徒何絜，如皋冒丹書，安徽梅清等在南京共纂《江南通志》。梅清《天延閣後集》卷八癸亥詩有《癸亥秋應聘纂修江南通志院中紀事限秋字同局者五十三人》，其小序云：「附纂修姓氏：陳滌涔焯、鄧舊山漢儀、宋射陵曹、白孟新夢鼎、顧嵔在芳菁、黄仙裳雲、歸薪傳聖脈、黄靜禦始、蔡息關方炳、宗寉問觀、史東厓秉直、程奇玉式琦、施則魯洛遷、許傳舟維棹、張沖乙昊、史耳翁逸孫、光

[一]《海陵文徵》卷一五，清道光二十三年刻本。

文翰宏賁、劉曉滄銘、王珂雪琳徵、金雪鴻夢先、董蒼水俞、金輝鼎闇之、邵幼常允彝、嚴武伯熊、徐肇伊程叔、洪謂韶宮諧、戈闇生標、王嘉俊翹、薛孝穆熙、姚錫元錄、陳秉文希昌、葉芥洲其荃、唐秩臣廷伯、陳綏四台署、方子壯學仕、金畹芳蘭、吳專公聖修、胡孝珍先璉、錢武子德震、林安國子卿、端燧承肇震、許禹若用世、宗定九元鼎、胡瞿又璉、徐希南遠、孫子寬麟定、江稚圭桐、何雍南挈、戴無忝移孝、吳山賓非、王安節槩、宋穉恭恭貽、冒青若丹書及瞿山清共五十三人。』《詩觀》三集卷五程祿詩後，鄧漢儀於丙寅七夕雨後跋云：『癸亥江南有《通志》之役，余與兩江制府于公周旋者三閲月，見其守己之嚴，自奉之儉，待士之謙，蓋近今一賢士大夫也。而其幕客往往以不耐淡泊，紛紛各去。子天相依最久，終始弗渝，可謂秉心至誠者；詩之工，特其一端耳。而余所錄數章，皆整煉秀逸。世有明眼，當自見之。』《詩觀》三集卷五錢岳（蘊生、十青，江南吳縣人。有《錦樹堂集》）《贈穆倩先生》詩後跋云：『垢道人今年八十矣，聞體中尚健，詩情酒興不減。癸亥，予在白門時，攜江鯉就之夜酌，繾綣良深。蓋白髮故人今漸少矣。』

康熙二十五年，山東孔尚任隨孫在豐南行勘察河工，設署泰州，旋至揚州。是年十一月底，鄧漢儀同如皋冒襄、泰州黃雲、華亭倪匡世（永清）、吳縣錢岳（十青）、吳江吳鏗、安徽張潮等與孔尚任會。正是這次聚會，鄧漢儀結識了孔尚任，遂有三年至交之情。

此期鄧漢儀基本往來於揚州、泰州、江寧以及如皋之間，全身心投入到了《詩觀》的編選之中。這不僅没有給他帶來經濟財富，相反，他是在窮困潦倒中完成《詩觀》這部巨著的。

有時因生活所迫，不得不寓居好友冒襄水繪園。如康熙二十三年初夏攜其子寓居水繪園，一直居住到十月。《同人集》卷一〇鄧漢儀《寒碧堂贈詩跋》云：『甲子夏余來雉皋，下榻無所，巢民先生招余憩水繪庵。』《甲子初夏假寓水繪庵即事奉柬巢民先生》八首其一云：『十年清夢繞東皋，今日乘流一放舠。無地可容高枕簟，有園殊不怪蓬蒿。荒林借榻猶三徑，舊事填胸倏二毛。風流總更烟水在，且從長日注《離騷》。』

因爲要奔波於揚州和家鄉泰州之間，常常連來回的路費也沒有，需要別人接濟。康熙二十六年四月，鄧漢儀由揚州返泰州，因爲缺乏舟資，甚至難以成行，同樣並不富裕的孔尚任特意送鄧漢儀一隻銀酒杯，作爲舟資。《湖海集》卷一一有《與鄧孝威》云：『聞即刻返海陵，僕明日欲作一小束，不知可停帆否？羞澀客囊，無以增行色，小杯一隻，聊爲舟資。登樓諸作，乞於舟中錄賜。杯不大，恐買舟未必穩也。』長期奔波，加上腳疾等老毛病，鄧漢儀身體越來越差，常常病倒。而病倒後治病的錢也需要別人周濟。康熙二十八年春鄧漢儀病倒，且病情不斷加重。孔尚任多次看望，由於自己無錢，遂向崔華（連翁）代求六金以爲鄧漢儀藥資。《湖海集》卷一三《與鄧孝威》云：『在海陵時，屢候尊體，不獲一至榻前，皆閽者拒客，非出先生意也。聞先生病後，不但耳聾，兼且目瞶，僕即得至榻前，無聲無形，先生知我爲誰耶？獨憐先生抱經世大略，閉戶著書，止收天下之名耳，而天亦且奪其聰明；我輩庸庸碌碌，月食米一石者，將何以自恕哉！昨向崔連翁言先生貧病之狀，蒙饋藥資六金，敬以短劄齎去。先生既不能展閱，又不能傾聽，寫劄畢，付之慨嘆！』令人唏噓。

生命的最後，他還在點評廖騰煃的詩作。《詩觀》三集卷四廖騰煃詩後有評云：『己巳秋，雲峯緘寄詩篇三十餘章，屬予點訂。特錄其性情貞潔、詞調雅正者若干首，以見先生之詩因人而傳，而雲峯與先生尤有針芥之合云。舊山。』按：廖騰煃，字占五、蓮山，福建將樂人，有《浴雲樓詩集》。

是年九月，《詩觀》三集基本完成，鄧漢儀也因病去世，享年七十三歲。孔尚任《湖海集》卷七有《哭鄧孝威中翰》，詩云：『吾從先生游，非但論風雅。舉世慕浮雲，誰爲最真者？每於稠人中，服君笑容寡。有時發大言，是非不稍假。交遊盡名卿，帶索出無馬。往往扶童肩，就我索杯斝。飲少醉易成，拭眼淚盈把。逢君垂白年，有胸不及寫。塊然已就棺，無旌辨董賈。酹酒呼先生，從茲喉舌啞。』鄧孝威就這樣孤獨無聞地死去了，死後雖沒能像董仲舒、賈誼那樣受到朝廷旌表，但詩史巨著《詩觀》卻留在了人間。鄧漢儀另一好友潘問奇《悼鄧孝威中翰》云：『鹿走乾坤飽甲兵，伏虔猶是老經生。三間屋破牽蘿補，十畝田荒仗筆耕。瓦灶烹茶譚世事，金釵畫壁醉詩名。葵丘壇坫存邾莒，牛耳還堅大國盟。』這既是其晚年生活寫照，也是對其詩壇地位的肯定。

二

鄧漢儀晚年參加博學宏詞試，尤其是向清廷稱臣，使其苦守了大半輩子的遺民形象毀於一旦。雖然如以上所說，他既以熱情的眼光看待天子下明詔的這一重大舉措，同時又以無所謂的態度對待自己的赴京之行，並未真正在意。參與博學宏詞本身也是鄧漢儀複雜人格的體現。

清代至康熙十七年，社會已逐步趨於穩定，但前明遺民在民間仍有廣泛的影響。康熙帝爲籠絡人心，以達到天下臣服的目的，於是年正月二十三日諭吏部：『自古一代之興，必有博學鴻儒振起文運，闡發經史，潤色詞章，以備顧問、著作之選。朕萬幾餘暇，游心文翰，思得博洽之士，用資典學。我朝定鼎以來，崇儒重道，培養人才。四海之廣，豈無奇才碩彥、學問淵通、文藻瑰麗，可以追蹤前哲者。凡有學行兼優、文詞卓越之人，不論已、未出仕，著在京三品以上及科道官員，在外督、撫、布、按，各舉所知，朕將親試錄用。其餘內外各官，果有真知灼見，在內開送吏部，在外開報於該督撫代爲題薦，務令虛公延訪，期得真才，以副朕求賢右文之意。』〔一〕當然，『闡發經史，潤色詞章，以備顧問、著作之選』是實際需要，籠絡人心乃是政治圖謀。在這種形勢下，鄧漢儀爲刑部郎中譚弘憲推薦。

鄧勷相《徵辟始末》較詳細地記載其父被徵辟的情況。當聽説被徵薦之後：『家君意獨鬱鬱，以祖母春秋高也。乃之金陵，商于金副憲，懇其轉達慕公題疏，終隱以遂厥志。金公訝曰：「此何心哉？我本職宜開薦，今未薦君，反阻其事耶？」』鄧漢儀確實不願應徵，一是厥志終隱，二是母老年高。本來欲求助於金鎮上疏請辭，反爲其所勸。不僅如此，金鎮分俸勸駕，拿出自己的俸祿做爲鄧漢儀進京的舟車之資。返家後『府縣敦迫，親友咸勸行甚力』。在這種情況下，鄧漢儀和同樣無干進之意的孫枝蔚共買舟至京。吏部限八月抵達，而二人故意拖延時間，過了九月九日方至。以爲試期已過，不日即可南還，誰知試期一拖再拖。至次年，即康熙十八年己未的三月一日，方於太和殿的體仁閣應試。試題爲《璿璣玉衡賦》一篇，《省耕詩》二十韻。試畢，惟獨鄧漢儀早出，衆人多有不解，鄧曰：『吾既

〔一〕中國國家圖書館藏清康熙刻本《康熙十八年博學鴻詞履歷》。

無意仕進，復何用搜索枯腸，自苦乃爾乎？ 但得報罷，吾願畢矣。』當時傳旨云，賦必用四六序文，而鄧漢儀與試獨不用，以至於落選，這也正是鄧漢儀的目的。可康熙皇帝仍擇年老有才學，且名望優者加以職銜。鄧漢儀被授內閣中書舍人。時相國馮溥欲留其於史館修史，門客王仲昭至鄧寓舍轉達此意。鄧勱相《徵辟始末》記：『家君意怫然，遂偕至豹人先生寓曰：「我輩年高學深，家有老親，恨不旦夕驅車疾返，豈能喔咿囁嚅於翰院諸公下乎？ 使我實有雄飛之志，久已閉門磨礱，當場呈雄角勝，一展生平之長耳。何至日飲酒，與諸故人游，以撩草應試耶？ 行矣，南歸！ 勿復以我爲念。」王先生知志不可奪，又難獨行其事，遂告馮公寢其義。』[一]

儘管《徵辟始末》的記載有爲其參加博學宏詞考試辯護的意味，但鄧漢儀參加考試是『打醬油』，其不願接受清廷的委用，甘心還鄉養親卻也是事實。在進京前完成的《詩觀》二集自序中他就心存還鄉之念：『予實衰庸淺陋，伏在草莽，惟百里負米，以養八十之慈親。而羣下過舉，郡縣敦迫，敢不奔趨以赴盛會？ 賴國恩浩蕩，終放之江湖，以哀集一代之風雅。兼得勉將菽水，以遂烏鳥之私情，予也不重有慶幸哉？』被徵期間，鄧漢儀曾作《被徵集》八詩。今天已無法瞭解這八詩的具體內容，但王士禛有《鄧孝威被徵詩序》，以爲其詩多楚聲，且以爲：『今鄧先生有母年八十矣，一旦舍甘旨之養，遠來京師，其情之迫切，與《陟岵》、《鴇羽》之詩人無以異。』即可見鄧漢儀返鄉心情之切，也說明王士禛對鄧漢儀不求仕進，返鄉養親行爲的讚頌。其朋友朱絲（字以陶，浙江海鹽人）則從其歸隱著述的角度讚

[一] 此段所引，均據泰州圖書館藏辟蠹山房叢書本，鈔本。

賞其行爲和節操。三集卷七朱絲有《贈鄧孝威舍人》：『滄江西笑竟何曾，天子知公下詔徵。到闕名應高李白，還山風直並嚴陵。花林載酒扶春杖，草閣編詩坐夜燈。媿我尚虛床下拜，龍門何似鹿門登。』還山、編詩，鄧漢儀堅守了自己『只將白髮供詞賦』的初志。

鄧漢儀自己在《詩觀》三集卷四談到康熙十八年參加博學宏詞科考試的情況時曾說：『武曾同余待詔金馬門，興殊落落，無干榮冒進之意。』在是否出仕清廷這個問題上，鄧漢儀是非常清醒的。他在《詩觀》的評論中也多次涉及這個問題。二集卷六吳綺《雨後過塘棲》詩後，他說：『一入仕途，故人便成隔世。』入了仕途的故人，與自己的志趣產生了極大的偏差，能不有隔世之感？《詩觀》二集卷一二吳沛（字宗一，號海若，江南全椒人，有《西墅草堂集》）《西墅草堂初夏》詩後，鄧漢儀帶著讚賞的口氣說：『姜燕及先生云：「士不爲官真自在，家惟課子極清平。」』而另一則評論則道出了他不願仕進的另一層心曲：《詩觀》二集卷八王貴一詩後，鄧漢儀曰：『槐翁賦性高嚴，交遊不苟，日以詩卷自娛，然亦不輕以示人，所謂「家有賜書，門無雜賓」，庶幾近之矣。令嗣景州、歙州，負高才，聲名籍甚，尚困諸生間。而槐翁勉之云：「長安馬上，不如驢背之穩。」此其定識，豈世俗所可同日語哉？』鄧漢儀與同爲遺民的王貴一有著太多的共鳴，以爲『長安馬上，不如驢背之穩』。這是以避世來保全自我。

自京城返回家鄉的這一年冬天，遺民方文遇到了鄧漢儀，方文曾以特別欣賞的口吻讚歎鄧漢儀不與清廷合作的這種態度。方文《揚州遇鄧孝威》詩云：『八年前作廣陵游，一時聚集皆名流。君齡未壯便隱逸，賦詩贈我深相投。亡何風雨各飄散，我去山中君海畔。忽聞驅馬入京師，定知采筆干霄漢。聲名籍甚公卿間，掇取科第如等閒。雖曰從軍不肯嫁，木蘭仍以處子還。適我避讎來水國，舊友凋零空嘆息。豈料君從北地歸，古寺同棲正歡劇。日夜相過不厭頻，狂吟豪飲任天真。殘冬且莫輕離别，直待關中孫豹人。』〔一〕

雖説，鄧漢儀抱著不與清廷合作的態度，在博學宏詞試後回到了家鄉，但參加考試後，他的思想的確有了很大變化。這個變化是潛移默化的，體現也是充分的。不僅在隨後編選的著作，如《詩觀》三集中稱『臣漢儀』，而且評語中也不時流露對清廷的感激之情。《詩觀》三集卷四胡會恩《登長干塔》詩後，鄧漢儀就説：『今上且有修復孝陵之舉，中外感泣。』康熙皇帝之所以能修復明孝陵，是做給遺民看的，是收拾人心的舉動，果然如鄧漢儀這些人（所謂中外）就中了招，爲之感激涕零了。《詩觀》三集卷八收有施世綸《早集内廷御試恭賦》詩云：『玉漏聲初歇，金鐘動馬嘶。明星當闕大，天漢去人低。九陌連朝騎，千衢唱曉雞。君門猶未啟，鴛羽集東西。』施世綸字文白，鑲黄旗籍，福建晉江人。爲施琅次子。康熙二十四以蔭生官泰州知州，興教化，勤撫字，清刑獄，絕請托，嚴察吏役，割除耗羨。州城罹水災，多傾圮，開浚下河，役不累民。二十八年陞揚州知府。康熙五十四年由戶部右侍郎出爲漕運總督。卒於康熙六十一年，年六十五。對施世綸這位深受清廷皇恩，又剛剛以蔭生官泰州知州，正躊躇滿志的人來説，自然對清廷御試這種場面欣喜若狂，而使鄧漢儀這位曾參加博學宏詞考試的前明遺民頓生感歎：『令我想己未春集

〔一〕《岺山集》卷三，上海古籍出版社一九七九年影印清康熙刻本。

試太和殿時。』不能不說其從心底開始逐漸佩服清廷了。《詩觀》三集卷一一收評徐旭旦(字浴咸,號西泠,浙江錢塘人。康熙十八年赴宏博試,雖未取中,但康熙三十二年充副貢生,由江蘇興化知縣官至廣東連平知州)《聖駕東巡恭紀》其一曰:『神武銷兵息戰功,承平羲馭日方中。詞臣半獻長楊賦,野老能歌繡嶺宮。軒帝衣冠梁父下,塗山玉帛大江東。草茅何幸瞻龍馭,一體臣民拜舞同。』其四更有:『不獨侍臣工作賦,蒼生此日盡承恩。』此時已沾溉皇恩的『中翰』鄧漢儀以爲:『浴咸迎駕共十三章,皆極鋪揚之盛,四首尤爲英麗,敬采之以紀隆典。』這哪裏還是個遺民? 由此,我們也深感,康熙十八年,那是個不一般的年份,是年的博學宏詞考試,儘管也有不屈者如傅山等,但代表著正宗傳統精神的一大批文人臣服了,這個民族臣服了,這與征服葛爾丹、平三藩、收復臺灣一樣,清政權獲得了實質意義上穩固的基礎。

儘管非出於自願,但鄧漢儀畢竟參加了考試,在人格上屈於顧炎武、黄宗羲、魏禧、孫奇逢,甚至傅山這類雖至京卻堅辭不試的人。那麼,鄧漢儀還稱得上是一個遺民嗎? 這怕是一個非常複雜的問題。美國學者梅爾清以爲:『對遺民身份的探討,過去被框定在對舊明的忠誠問題之上,但是仔細考察十七世紀六十年代的揚州社會,可以看到更爲複雜的情形。』[一] 生活在揚州這個中心的鄧漢儀,其複雜性體現在多個方面,對博學宏詞考試的態度是其一。

[一] 〔美〕梅爾清《清初揚州文化》第三六頁,復旦大學出版社二〇〇五年版。

三

鄧漢儀一生醉心詩酒山水之間，創作了大量的詩文作品，且與當時詩人如錢謙益、吳偉業、龔鼎孳、周亮工、冒襄、杜濬、余懷、吳嘉紀、黄雲、孫枝蔚、丁耀亢、陳維崧、王士禛、王士禄、汪楫、宗元鼎、尤侗等等交遊唱酬。其詩曾得錢謙益、王士禛等詩界領袖之極力推崇，而普通學者、詩人則仰之如泰山北斗。後人對鄧漢儀也有較高評價。《淮海英靈集》稱其『與太倉吳梅村主盟風雅者數十年』。《揚州府志》云：『漢儀淹洽通敏，貫穿經史百家之言，尤工詩學，爲騷雅領袖。』〔二〕由於其『在野』與『布衣』身份，雖決定了其很難成爲真正意義上的詩壇領袖，但其確實充當了清初詩壇旗手的角色，而其手中搖動的旗幟一是其詩歌創作實踐，另外就是傾其全生之力打造的《詩觀》。鄧漢儀一生著述頗豐，詩歌集有《淮陰集》、《官梅集》、《燕臺集》、《過嶺集》、《濠梁集》、《甬東集》、《被徵集》，選評清初詩人的詩選集有《詩觀》等，這僅是其中的一部分。〔道光〕《泰州志》卷三〇著錄鄧漢儀『編年詩、各體文、過嶺集、詩餘一卷、詩觀十四卷、別集二卷』，亦不詳备。周庠《慎墨堂詩拾序》云：『鄧孝威先生……所著《過嶺》、《慎墨堂》諸集，版燬於火，遂罕有窺其全豹者。惟所輯今人之詩曰《詩觀》者，奉旨抽燬應禁

〔二〕〔雍正〕《揚州府志》卷三一《人物·文苑》。

之人行世。』[一]由於鄧漢儀作品大多散佚，目前很難了解其全貌。我們只能依據保留在其他文集的序跋、鄧漢儀的零星記錄以及有關著録等，略作考述。

（一）詩歌作品類

《淮陰集》無卷數

是集僅見沈龍翔《鄧徵君傳》著録。云：鄧漢儀『遊淮有《淮陰集》。』[二]未見其他著録。當爲清順治初期，鄧漢儀避居江北時所著。

《官梅集》一卷

《中國古籍善本書目》集部别集類、武新立《明清稀見史集敘録》以及《清史稿藝文志拾遺》集部别集類著録。

是書爲鄧漢儀於順治四年丁亥前後在揚州、泰州、如皋等地所作詩歌的編年集。現存有兩個版本系統：一是南京圖書館藏清無近名齋鈔本《官梅集》一卷。是集正文前題『丁亥詩編』，『濟南劉嶧巃老師鑒定，吳州鄧漢儀孝威父著，同社陸舜玄升父閲』，共收鄧漢儀詩一百一十八首，有龔鼎孳、劉孔中、葉襄、方苞序以及陸舜弁歌。泰州圖書館藏徐菊人（即徐炳華）鈔本與無近名齋鈔本同，一九八〇年泰州古舊書店鈔本亦系據無近名齋鈔本重鈔。該鈔本系統源自何處，無法考知。二是泰州圖書館

〔一〕夏荃輯《慎墨堂全集》卷首，天津師範大學圖書館藏清末鈔本。

〔二〕沈龍翔《鄧徵君傳》，載夏荃輯《海陵文徵》卷一九，清道光二十三年刻本。

藏程羽朋跋本。是集亦爲鈔本。首載鄧漢儀本傳，本傳源自沈龍翔《鄧徵君傳》，中間夾雜程羽朋按語，再次爲序。序與無近名齋本同，序後無目録；正文共收詩一百二十二首，較無近名齋本多出《九日揚州文星閣登高》、《初冬泛舟遊棲靈寺訪平山堂舊址》二首、《巢民集飲水繪庵共限枝字復爲長歌》四首。書後有程羽朋於民國十一年和三十一年的兩篇跋語。其中第一篇跋既談到鄧漢儀的著述情況，更談到了該本的出處：『右鄧漢儀孝威《官梅集》一卷，乃其編年詩之一，作於揚州者也。此集之外，尚有《慎墨堂集》，名見《江蘇詩徵》。又有《淮陰集》、《過嶺集》、《濠梁集》、《燕臺集》、《甬東集》、《被徵集》等作行世，大率皆見於沈龍翔所著之《傳》，但今皆不易覯，即此種《官梅集》亦屬稿版，已希，僅存草本致（當作「至」）今，原字跡破損之處，多難治補，仍之而已。間嘗搜求泰州《官梅集》之刊本，僅有孝威之裔孫名蘭者，家藏一冊。民國十一年，泰縣圖書館成立，徵集鄉邦碩彦之詩文詞，知此集出處，欲以重金向其裔孫購兹原本，而蘭靳不予，僅允鈔副本送館。此其是也。今孝威之《官梅集》存於泰者亦僅一鈔本一刊本，已殊可嘆耳。』〔一〕這個鈔本來自於鄧漢儀裔孫所藏刊本。也就是説，在民國十一年，《官梅集》的刻本還是存世的。順治二年夏，劉孔中爲泰州牧，成立詩社課士。鄧漢儀師事劉孔中，並深爲其賞識。劉孔中《官梅集序》云：『余以己酉來莅吴州……余因采風而人士輩出，貼經之餘，吟望不輟。余亦不能開何遜之閣，設孔融之尊，然竊有願焉。戸外之屨，亦遂

〔一〕鄧漢儀《官梅集》卷末，南京圖書館藏清無近名齋鈔本。

幾滿。而鄧子孝威，則拔其尤者歟！鄧子姿才敏贍，妙絕時人。每清風朗月，坐余弦酒官梅之下，風流轉佳，引人著勝。』〔一〕其後，鄧漢儀常隨劉孔中及同里社諸子龔鼎孳、丁耀亢、劉懋賢、劉懋贄、陸舜、宗元鼎、朱清瑟、沈復曾等於泰州交遊唱酬，《官梅集》所收此時唱酬作品較多，但也兼及此期其往來揚州、如皋等地所作詩歌。其時清朝立國不久，作爲遺民的鄧漢儀，在《官梅集》中表達了較多的感事傷時的憂憤以及故國之思。如寫於順治四年初秋的《新秋訪丁野鶴於貝葉庵聞東警歸甚迫再疊前韻奉贈》四首，傷時泣江，虞憂故國，情思綿緲。龔鼎孳《官梅集》序曰：『兩君子生當憔悴，世隔悲歡。或含辭負屈，絮語如顛；或泛梗依人，低頭忍泣。開萬世柔腸之祖，最宛轉而不聊；入老人失路之心，偏酸辛其有謂。長鑱難托，漁父何知。其別具懷抱有如此者。孝威逸才曠世，少年負盛名，羽獵上林，方當搴壯。乃吾獨觀其意思所寄，蒼茫綿邈，一往而深。』〔二〕葉襄《序官梅集》亦云：『孝威雖坐蓮幕，邇琴臺，而悵東門之已蕪，憫人琴之俱化，悲來四座，風雨無端，忽覺靦面傾城，消索殆盡，則猶是「客歲吳王宮畔，把一卷青衫淚濕時」也。』〔三〕

《燕臺集》無卷數

《燕臺集》爲鄧漢儀於順治十二年乙未，再客京師時所作。或曰即《燕市酒人篇》，今不見傳本。

〔一〕鄧漢儀《官梅集》卷首，南京圖書館藏清無近名齋鈔本。
〔二〕龔鼎孳《定山堂古文小品》卷二，清康熙五十三年龔志說刻本。
〔三〕夏荃輯《慎墨堂全集》卷首，天津師範大學圖書館藏清末鈔本。

錢謙益輯《吾炙集》選鄧漢儀《燕市酒人篇》僅六首，包括《花朝飲張惟則邸中》、《乙未都門元夕即事》三首、《過泡子河感舊》、《三月十九日感事》，當非《燕臺集》原貌。錢謙益有《題燕市酒人篇》云：『甲午春，遇孝威於吳門，孝威出燕中行卷，皆七言今體詩。余賞其骨氣深穩，情深而文明，他日當掉鞅詩苑。今年復遇之吳門，見《燕市酒人篇》。』[二]可見，這個《燕市酒人篇》或僅爲《燕臺集》的一部分。

對《燕市酒人篇》，錢謙益的評價非常高，擬其詩爲元裕之、李長源之間：『或曰：「孝威詩於古人何如？」案頭有《中州集》，余曰：「以是集擬之，當在元裕之、李長源之間。」……「孝威自命其詩曰《燕市酒人篇》，嗟夫！白虹貫天，蒼鷹擊殿，壯士哀歌而變徵，美人傳聲於漏月，千古騷人詞客，莫不毛豎髮立，骨驚心死，此天地間之真詩也！子亦將以音律聲病，句刌而字度乎？知孝威命篇之指意，今之以元季擬孝威也，雖諓諓，庸何傷？」孝威悅是言也，以告芝麓先生，先生曰：「善哉！能爲裕之、長源者，望盛唐李、杜，猶北途而適燕也。人言長安樂，出門向西笑。孝威自此遠矣。」』[三]鄧漢儀是尊唐學唐的，但他學的是精神，而不是如明末人那樣的一味模擬、一味膚淺。

《過嶺集》無卷數

《過嶺集》爲鄧漢儀於順治十三年冬至十四年春，隨龔鼎孳游嶺南時所作詩集。是集今已不存。阮元《淮海英靈集》丁集卷一所收鄧漢儀《山行趨大庾》、《晚抵三水》、《遊海珠寺登丹霞臺眺望》、《嶺

[二] 錢謙益《牧齋有學集》卷四七，清康熙二十四年金匱山房刻本。
[三] 錢謙益《牧齋有學集》卷四七，清康熙二十四年金匱山房刻本。

南作》、《詠懷》四首、《張登子招集喜遇胡豹生感賦》、《濛瀼歸舟偶成》、《萬安道中病臥至章門小差時值清明》等，當爲此集散佚作品。

鄧漢儀《慎墨堂名家詩品·梁清標詩序》記云：『丙申冬日，儀曾陪合肥先生之嶺南，而合肥則從兵革貔虎中與儀刻燭聯吟，夜分不寐。各著有《過嶺集》。』〔一〕《退庵筆記》卷六云：『順治丙申，龔端毅奉使嶺南，邀孝威俱。往返萬里，倡和極多，刻爲《過嶺集》。』〔二〕陳維崧曾爲《過嶺集》作序曰：『《過嶺》一編，乃孝威之近集也。』〔三〕陸舜有《鄧孝威過嶺詩序》敘述頗爲詳細（詳見《慎墨堂詩拾》前）。鄧漢儀同里好友張琴有《翩翩鄧子五章八句》，其詩題下原注云：『是時海內有兩《過嶺集》焉。予見鄧子《過嶺集》而異之，爲之賦《翩翩鄧子》。』〔四〕孫枝蔚《海陵喜遇鄧孝威有贈》其一有句云：『嶺南詩律細，韋布淚痕多。』〔五〕這是評價鄧漢儀《過嶺集》的情況。

《詩觀》二集卷五李念慈詩後鄧漢儀引王西樵曰：『嶺南之地，於山有羅有浮，於海爲扶胥之口，於動植有孔雀、鸚鵡、冬榮側生之樹，於珍產有明珠、翠羽、車渠、玳瑁、丹砂、虎魄之屬。其英華之氣，皆足與文心相濬發。顧從來士大夫之過嶺者不一其人，過嶺而稱詩者亦不一其人，然百年來卓然可稱

〔一〕《慎墨堂詩品》，國家圖書館藏清康熙刻本。
〔二〕夏荃《退庵筆記》，清鈔本。
〔三〕陳維崧《陳迦陵儷體文集》卷五，陳宗石康熙患立堂刻本。
〔四〕鄧漢義《慎墨堂全集》卷首，天津師範大學圖書館藏鈔本。
〔五〕孫枝蔚《溉堂集》前集卷四，清康熙刻本。

者蓋寡。向獨今司馬龔公奉使其地，與海陵鄧生漢儀，皆各以「過嶺」名其詩，其詩並耀豔深華，足以獻酬嶺南之風物。今明府詩後出而與之匹美，若華嶽三峯削成並峙者，夫亦愈知曠代文人各有其心眼才華，而不得徒侈爲山川之助也。』〔二〕

《詩觀》三集卷四有李念慈《攜鄧孝威過嶺集入粤東還過維揚值其方營選政即事賦贈》：『昔我適東粤，得君過嶺詩。攜持舟楫中，每愁蛟龍窺。南上十八灘，還下湞江溪。山川相映發，光芒何陸離。造化幻奇秀，君詩乃過之。我行亦有吟，終然寄藩籬。前有龔先生，與君作同推。粤人謬參稱，顧我顏忸怩。』由李念慈的詩，可知《過嶺集》在當時是很有影響的。

《濠梁集》無卷數

沈龍翔《鄧徵君傳》記鄧漢儀：『游潁有《濠梁集》。』清乾隆十七年刻本《潁州府志》卷八：『鄧漢儀，字孝威，泰州人，嘗選《名家詩》刊行，當世人服其精當。順治中，劉觀察招至潁，寓鳧藻園，有與潁人倡和詩。』清道光九年刊本《阜陽縣志》卷一三：『鄧漢儀……順治中按察使劉孔中相招至潁，寓鳧藻閣，有與潁人士倡和詩。』〔乾隆〕《江南通志》卷一〇六《職官志·文職》：『劉孔中，順治十五年任整飭潁州兵備道。』《濠梁集》當爲鄧漢儀受劉孔中之邀游潁時結集的詩歌作品。惜是集不傳，亦未見其他書目著錄。

《甬東集》（一作《甬上遊草》）無卷數

沈龍翔《鄧徵君傳》記鄧漢儀：『遊越有《甬東集》。』今亦未見傳本。但李鄴嗣有《甬上遊草序》，

〔二〕 鄧漢儀《詩觀》，清康熙慎墨堂刻本。以下所引除另外注明者外均據此本，不再注明出處。

當爲此集之序。李序詳《慎墨堂詩拾》前。李鄴嗣不僅談到是集之創作過程，也記録了其中的部分篇目，材料難得。

《被徵集》無卷數

沈龍翔《鄧徵君傳》記鄧漢儀：「膺薦有《被徵集》。」鄧漢儀於康熙十七年秋膺薦，十八年春參加博學宏詞科考試，五月初還家。是集當爲此時所作，但未見公私書目著録，集今已不傳。王士禛有《鄧孝威被徵詩序》（詳《慎墨堂詩拾》前）。這裏交代了《被徵集》的三個重要問題：一是該詩集僅有八詩；二是詩多楚聲，淒惋哀激；三是八詩爲懷鄉思親之作。鄧漢儀被徵時，家有八十老母，試後薦留史館，堅辭還鄉。故而漁洋先生以《詩經》之《陟岵》等擬鄧漢儀《被徵集》之懷鄉思親之情。

《慎墨堂詩拾》九卷、首一卷、末一卷，詩逸句一卷，附録《慎墨堂筆記》一卷

《慎墨堂詩拾》又名《慎墨堂全集》。《中國古籍善本書目》集部别集類著録。清道光年間，其鄉里後學夏荃輯録其遺集、遺詩，成《慎墨堂全集》九卷。首一卷輯鄧漢儀别集之各類序文。天津師範大學圖書館、中國國家圖書館均有藏本。天津師範大學圖書館藏本題『《慎墨堂全集》九卷』，清末鈔本；中國國家圖書館藏本題『《慎墨堂詩拾》九卷』，一九一二年民國漢畫軒鈔本。〔二〕《慎墨堂全集》共輯古近體詩四百三十九首，其中四言九首、樂府六首、五古二十八首、七古二十六首、五律一百一十五首、七

〔二〕按：本書《慎墨堂詩拾》即以國家圖書館藏夏荃輯録民國漢畫軒藍絲欄鈔本爲底本，以天津師範大學圖書館藏《慎墨堂全集》鈔本、國家圖書館藏《慎墨堂詩拾》三卷鈔本及各類總集、别集爲參校本和輯本。序次略有調整，以下不再説明。

律一百一十七首，五排九首、五絕二十三首、七絕一百零六首。這是一部今天所能見到的，收鄧漢儀詩歌最多的作品集，儘管這些詩，只不過『存先生詩什一於千百也』[一]。這些詩輯錄來源情況爲：《同人集》八十二首，《感舊集》三十二首，《詩持》一集二首，《昭代詩存》二十一首，《詩永》十一首，《姜貞毅先生挽章刻本》一首，《汪舟次先生奉使贈行詩刻本》一首，《溉堂後集》一首，《桑雪薌編年詩鈔》四首，《皇清詩選》一首，康熙《揚州府志》二十八首，雍正《揚州府志》四首，《揚州休園志》四首，《江都志》二首，《泰州志》六首，《春雨草堂別集》十四首，《吳陵國風》一百四十三首，《琴怨詩》一首，《詩概》一首，《詩觀》初、二、三集六十二首，《慎墨堂詩品》二首，《慎墨堂筆記》四首，《孝威先生手書詩箋》二首，《鄧雲章抄稿詩》十首。

（二）詩選集類

鄧漢儀選清初人之詩，彙而評之的作品，從數量看至少有五部。即《詩觀》、《詩品》、《詩存》、《蕭樓集》和《京華澄觀錄》。《詩觀》爲其此類作品的代表。

《慎墨堂名家詩品》不知卷數

《販書偶記續編》卷二〇詩文評類著錄《慎墨堂詩品》二卷，清新城王士禛撰，吳郡鄧漢儀論次，康熙間刊；《販書偶記續編》卷一四別集類著錄《愚山詩鈔》二卷，清宣城施閏章撰，吳郡鄧漢儀評選，康熙間刊，又名《慎墨堂名家詩品》。

[一] 周庠《慎墨堂詩拾序》，國家圖書館藏民國漢畫軒藍絲欄鈔本《慎墨堂詩拾》卷首。

《中國古籍善本書目》集部總集類著錄北京圖書館藏『慎墨堂名家詩品□□卷』，清鄧漢儀編，清康熙刊本。存六卷：初蓉閣集二卷，清彭桂撰；愚山詩鈔二卷，清施閏章撰；使粵詩二卷，清梁清標撰。

康熙二十四年乙丑，鄧漢儀六十九歲，寓揚州董子祠。是年編成《詩品》並開始選評《詩觀》三集。《退庵筆記》卷一云：『二十四年乙丑復至郡，寓董子祠，選《詩觀》三集。』作於康熙己巳春的《詩觀》三集自序云：『彙集天下名家詩稿，細加評訂，既慎且嚴。歷五載始告厥成。』《詩觀》三集卷一李元鼎詩後附云：『余既勒成《詩品》，茲營《詩觀》三集。』鄧漢儀寫給梅清的信中說：『邇來弟又有《詩品》之選，每位一冊，而詩有去取，務於精當。』[一]

《慎墨堂名家詩品》（以下簡稱《詩品》）到底有多少卷，已無從考知。但除了今天所能看到的梁清標、施閏章、彭桂等三人的六卷詩外，能考知的當還有孫在豐、王士禛、李元鼎、李振裕、蘇良嗣、丘元武、謝開寵等人的詩歌，也是編入或計畫編入《詩品》的。

鄧漢儀於《詩觀》三集卷一孫在豐詩後曰：『司空先生以治河之節開府泰州，予與之論詩，因得請其稿，勒爲《詩品》。』司空先生指孫在豐。這裏明確交代，孫在豐詩已『勒』爲《詩品》，故《詩品》不僅選了孫在豐的詩，而且已成書。孫在豐治河至淮揚在康熙二十五年丙寅。王先謙《東華錄》載：康熙二十五年丙寅秋七月丙戌，『督修下河工部右侍朗孫在豐，及帶往司官鄭都等陛辭』。

〔一〕《小莽蒼蒼齋藏清代學者書札》，人民文學出版社二〇一三年版。

是役，孔尚任奉命隨孫在豐往維揚。《湖海集》卷九《待漏館曉鶯堂記》云：『予之來也，非爲淮南七邑水患而來也耶？當丙寅之秋，陛辭於乾清宮。』故鄧漢儀在泰州見到孫在豐，最早亦當在康熙二十五年深秋至初冬，其作品被選入《詩品》的時間最早在此年冬。《詩品》各卷的刻書時間也是不一致的。

李元鼎《石園詩》亦被選入《詩品》。《詩觀》三集卷一李元鼎詩後云：『石園先生詩，余既勒成《詩品》，兹營《詩觀》三集，復念老成典型，眷戀不釋。采登數首，正如廬嶽青嵐，紛來眉際。』

李振裕詩亦被選入《詩品》。《詩觀》三集卷四李振裕詩後記曰：『醒齋先生京師手授詩稿，予久刻之《名家詩品》中。而維揚朱天飲、丁蘭皋兩學博謂余曰：「今天子聿隆文教，首重風雅，適侍講吉水李公來此地爲文宗，又卓犖超拔如是，不登之《詩觀》三集，何以廣布郡國而令學者知所適從也？」余曰：「子言誠然。」遂登之梨棗。』

蘇良嗣詩亦被選入《詩品》。《詩觀》三集卷六蘇良嗣詩後記曰：『雉皋大令盧公菽浦，屢爲予稱其黄州太守蘇公小眉，世家華胄而澹於宦情，惟積書萬卷，晨夕披誦，且篤嗜友聲，意氣有過人者。近五馬蒞黄，清風善政，流播雪堂、竹樓間。而公餘則吟嘯不輟，赤嶼清泉，藉以生色。余心儀久之。甲子初夏，彭君然石托王君嵩山以《鏡烟山房詩》郵寄盧公，屬余拔其尤者，載之《詩觀》二集。徐索其新篇，另登《詩品》。其詩蒼老似杜，而委婉深麗，兼擅諸家，誠有如梅村吳祭酒、繹堂沈詹事所稱許者，余安得不斂衿贊服？』按：蘇良嗣，字小眉，號肖公，奉天遼陽人。

丘元武詩亦收入《詩品》。鄧漢儀《丘柯村詩序》：『丙寅秋，來訪舊交於淮上，特棹扁舟訪余於

鑾江，出詩見示……余既登君之作於《詩觀》、《詩品》，而復勒全詩以告當世。』〔一〕

謝開寵詩也收入了《詩品》。謝開寵，字晉侯，壽州人，順治十五年戊戌科進士，有《花隱軒集》。吳綺《謝晉侯詩品序》云：『吾友鄧子孝威，見其真摯之辭，謂略同於杜老，因加删定之役，遂耑授於棗人。』〔二〕

由此可見，《詩品》是收入了一大批詩人詩作，當爲一部較大型的叢書類詩歌總集。

《詩觀》初集十二卷，二集十四卷、閨秀别卷一卷，三集十三卷、閨秀别卷一卷

《詩觀》一名《天下名家詩觀》，又名《十五國名家詩觀》。全書共三集，初集十二卷，二集十四卷閨秀别卷一卷，三集十三卷閨秀别卷一卷。《詩觀》共有三個版本：

一是康熙慎墨堂刻本，今藏於北京大學圖書館、遼寧省圖書館等，南京圖書館藏本配乾隆重輯本，中國科學院圖書館藏本殘缺。這個版本的初、二、三集，分别序刻於清康熙十一年、十七年、二十八年。清法式善《陶廬雜録》卷三（清嘉慶二十二年陳預刻本）云：『泰州鄧漢儀選《詩觀》凡三集，初集十二卷刻於康熙十一年，二集十四卷别集二卷刻於康熙十七年，三集十三卷别集一卷刻於康熙二十八年。蓋初、二集爲應詔徵舉以前所輯，三集則在京師有《澄觀録》之選，放歸重輯。爲此二集自序有：「勉將菽水以遂烏私」之語，其志殆不在精核矣。』由於自乾隆四十五年始，《詩觀》遭到抽禁甚至禁燬，其實這個版本流傳並

〔一〕夏荃輯《海陵文徵》卷一五，清道光二十三年刻本。

〔二〕吳綺《林蕙堂全集》卷四，文淵閣四庫全書本。

不廣。今南京圖書館、揚州圖書館等所稱康熙慎墨堂刻本，其實都是康熙慎墨堂刻本與其他版本的拼湊。

二是雉城仲之琮深柳讀書堂重輯本，今藏於國家圖書館、北京市文物局、湖北省圖書館等，《中國古籍善本書目》、《販書偶記》等著錄。這個版本是仲之琮在康熙慎墨堂刻本的基礎上，於乾隆十五年至十七年重輯印行的。此本卷首題：『泰州鄧孝威選定，如皋仲蒼璧重輯』，『深柳讀書堂藏版』。按：清嘉慶十三年刊本《如皋縣志》卷一七云：『仲之琮，字蒼璧，號柳原，候選州同，美須髯，能詩，時寫墨菊一兩幅，好善樂施。置文廟祭器，助書院膏火，輸貲恐後。有古樹園，山陰胡裘錞嘯詠其中，數年死，即卜園側地葬焉，人以爲義。』

仲之琮《重輯詩觀序》云：『先生既沒，其書久不行世，論者皆以爲憾。予於戊辰（即乾隆十三年）春過吳陵，購求得之。其中多殘缺不全，且木有腐朽者，字畫亦或模糊，不辨魚魯豕亥。數年來偏爲蒐求，召剞劂氏於家，殘缺者補之，腐朽者易之，模糊者修之，乃如珠之還、劍之合，復得完善如初。』（深柳讀書堂重輯本初集卷首）很清楚，這是如皋仲之琮在購回原版後，經過修補而成的。關於這個版本的流傳情況，清道光年間的夏荃談得更爲詳細：『孝威先生於康熙九年庚戌選《詩觀》初集，十一年壬子梓行。十三年甲寅選《詩觀》二集，十七年戊午梓行……二十四年乙丑復至郡，寓董子祠，選《詩觀》三集，三集開雕於二十八年……乾隆十三年，如皋仲蒼璧先生來吾邑，購《詩觀》全板去，板已殘朽。先生鳩工於家，殘者補之，朽者易之，板復完好，印本盛行。如皋黄丈楚橋（學圮）告余：蒼翁之購詩板，由胡先生西垞（裘錞）慫恿之。西垞遊泰，久稔知鄧氏板可售。及至皋，下榻蒼翁古樹園，偶言及，翁欣然購之，價止八十金。其修補盡出西垞手。後因書禁嚴，仲氏舉板繳縣解司。然集內只應禁之人奉旨抽毀，原書仍准行世。惜抽毀後仲氏懼禍，竟未領回。聞全板久貯江寧夫子廟中，悉歸煨燼矣。今諸集字跡明淨，無仲序者，原板也。字跡稍模糊，有仲序者，修板也。』[一]夏荃既敘述了康熙慎墨堂本的刊刻情況，更交代了仲之琮搜求、購買、重輯的全過程，也特別指出了這兩個版本的差別。

三是書林道盛堂本，今存於泰州圖書館和黑龍江大學圖書館。書林道盛堂本只有初、二集，無三集。從板式上看，三個版本均相同，四周單邊，單魚尾，每半頁十一行，行二十三字。目前還無法確知書林道盛堂本的來源，不過從版式、刻工等看，亦當來源於康熙慎墨堂本，但也經過了修補。或以爲書林道盛堂本爲初刻本，但尚難定論。

沈德潛《國朝詩別裁集》卷一二：『孝威與國初諸前哲游，洽聞廣見，所選《詩觀》四集，雖未脱酬應，然亦足備後人采擇。』[二]徐世昌《晚晴簃詩匯·詩話》云：『孝威早負詩名。與吳梅村、龔芝麓游，當時名流，多申縞紵。所輯《詩觀》四集，搜羅最富。其中遺集罕傳者，頗賴以得梗概。』[三]充分肯定其彙集和保存清初詩歌文獻的價值。對《詩觀》進行全面而系統的研究，將會拓展對清初詩人、詩作的認識，特別是對瞭解清初詩歌文獻傳播、詩歌評點與批評、清初詩歌發展的歷史，整理清初詩歌作品等會有很大幫助。汪世清先生在爲《清初人選清初詩彙考》所寫的序言中曾云：『清初詩選集包含著諸多

[一] 夏荃《退庵筆記》卷一，清鈔本。
[二] 沈德潛《國朝詩別裁集》，清乾隆刻本。
[三] 徐世昌《晚晴簃詩彙》卷四六，一九三一年天津徐氏退耕堂刊本。

方面的意義』，『因爲從那裏，我常常找到我所期望找到的歷史人物和歷史事實，而這往往又是别處所找不到的』。『自從我第一次接觸到清初詩選集——《詩觀三集》——幾十年來便一直與清初詩選集結下了不解之緣』[一]。

對於一些文獻提到《詩觀》四集，夏荃云：『《揚州府志》、《國朝詩别裁集》皆稱《詩觀》凡四集，後人遂有四集之疑。』(《退庵筆記》卷一，清抄本)《詩觀》三集於康熙二十四年開始選評，至二十八年開雕，事未竣而鄧漢儀去世。張潮作於康熙二十八年庚午冬的《詩觀三集序》曰：『惜其選事未竣，而鄧子忽有騎鯨之變。』(深柳讀書堂本三集卷首)鄧漢儀未編選《詩觀》四集。四集之説，大概源自鄧漢儀次子鄧劭榮的一個想法。張潮《友聲集》戊集收鄧劭榮來信言：『屢欲趨候，緣畏暑而止。拙選「四集」已梓多篇，特懇瑤章賜教，以光棗梨，幸甚。余澹翁昨以新詩一帙付榮授梓，而行李匆遽，未能自備殺青之資。榮思風雅而兼具肝膈者，惟先生一人，若能俯聽鄙言而發老友之幽光，真千古不朽事也。』他想繼承其父遺志繼續編選《詩觀》，而且也已開始行動。四集是否完成不得而知，未見公私書目著録。

《東皋詩存》二卷附《法古堂偶集》一卷

鄧漢儀與顔光祚等同輯，有清康熙古隱玉齋刻本。是書封面題：『《詩存初集》，東皋諸子著，古隱玉齋藏板』。顔光祚《詩存小引》云：『吾儕數子樂與晨夕，尋繹簡編，千百年中冀其一得於古，以

[一] 謝正光、佘汝豐《清初人選清初詩彙考》卷首，南京大學出版社一九九八年版。

求合於風雅之遺，豈或有所長，非苟而已耶？故處窮困而不絶望，極憂愁而不疾怨，非借卿相之交以求合於世，徒以斤斤尺寸，惟放言是戒。若與名士大夫比權量力，不可同年而語矣。然而志不倦怠，學不廢棄，自此以往，或可期於昔賢之域，《詩存》之舉惡可已哉？』[一]這是輯錄《詩存》的緣由和目的。《詩存》按體裁分卷，卷之一邵潛（潛夫）、顏光祚（佳胤）、呂傑（子凡）、張李鼎（慢庵）、張雅望（仲雅）、吳素貴（白耳）、石璜（夏宗）、吳世式（國表）、吳開宗（吾始）、張雅志（季雅）、許亮（著工）、劉愈鼎（文起）、宗倫（攸敘）、吳克峻（堯臣）、石之璐（孟王）、張雅言（小雅）、郜瑞麟（昭伯）、蘇世威（子儀）、馬世喬（遷于）、劉行（遠思）、許淘（雪來）、陳元祀（孝禋）、吳師濂（周靜）、張家彥（燕羔）、吳師洛（道川）、石洴（月川）、張肇卿（錫九）、釋寂喬（也木）等二十八人五言律詩；卷二收石璜（夏宗）等二十三人（詩人大部分與上卷重出）七言律詩。《法古堂偶集》爲顏光祚等人東皋修禊的倡和集，收顏光祚、劉增琳（雍州）、石湘（王香）、吳函（犀年）、謝家玉（莪白）、顧有章（民彝）、桂興宗（燕詒）、盧士登（時謂）、徐麟祚（聖遊）等九子倡和詩。詩後有劉增琳《東皋修禊跋》，記載是集成書過程。

《蕭樓集》無卷數

是書爲專收女詩人作品之總集，未見公私書目著錄。能見到的僅有尤侗和吳綺爲這部詩選所作的序。尤侗《蕭樓集序》云：『鄧子孝威坐文選樓選《詩觀》，四方郵筒日至，而香奩彤管亦附以來，乃乘暇

〔一〕鄧漢儀等《東皋詩存》卷首，清康熙古隱玉齋刻本。

采爲《蕭樓集》。自此，黄絹幼婦當與紅杏尚書、花影郎中爭妍鬬麗，豈止「綠肥紅瘦」、「柳帶同心」豔吟千古哉！集成，幸持獻太子，太子見之必曰：「嗟乎！使吾早從先生遊，《閒情賦》可不删矣。」』[一]重視女詩人之詩，並選集成書，這是鄧漢儀對《文選》的發展，由此，我們可以瞭解《蕭樓集》在文學史上的地位。鄧漢儀好友吳綺《蕭樓集序》亦曰：『吾友鄧子孝威，既登文選之臺，獨樹《詩觀》之幟。窮搜月露，壇方列於四唐；遐慕林風，席更分於三孝。爰成一集，命曰《蕭樓》，將藉地以傳人，實因今而溯古。攬其雪詠，盡載瑤函；考厥星源，半生珂里……鄧子既掇其華，復裁於古，凡收各調，悉准大晟。拈天女之花，都成寶鬘；拾鮫人之淚，用作明珠。香分麝月，有墨皆芬；彩擷蠶霞，無思不豔。譬之青鸞對鏡，祇見分身；遂使朱鳥臨窗，如將寫照。顰雲笑雨，無不極其妍情；夢峽啼湘，都欲呈其慧態。鐫之琬琰，宜藏金屋之中；函以瓊瑤，當置玉臺之上矣。』[二]同樣高度評價了鄧漢儀選輯女詩人詩作之意義與價值。另外，現存《詩觀》初、二、三集分別有《閨秀別卷》一卷，此《閨秀別卷》與《蕭樓集》有無關係，今已無法考定。

《京華澄觀録》無卷數

未見著録，亦未見傳本。《詩觀》二集凡例（作於康熙十七年戊午七夕）云：『予將遊都門，擬有《京華澄觀録》之選，以揚盛事。』另據上述法式善《陶廬雜録》卷三，《京華澄觀録》或爲《詩觀》三集之初選本。

[一] 尤侗《西堂雜組》雜組三集卷三，康熙刻本。

[二] 吳綺《林蕙堂全集》卷四，康熙三十九年刻本。

(三)其他作品類

《蓋心錄》無卷數

此書未見著錄，有泰州古舊書店鈔本，題『慎墨堂稿，漢儀孝威輯』。是書爲傳記類作品，收明代劉基等二百一十八人小傳，多爲直言忠烈之士。如『張敷華』條：『張敷華，字公實，安福人，官至左都御史，謚簡肅。正德初，言官請去劉瑾等八閹，帝猶豫，敷華上書(《劾八閹疏》)。』再如『胡世寧』條：『胡世寧，字永清，仁和人，官至兵部尚書，謚端敏。爲江西副使時，寧王宸濠驂橫有異志，莫敢言。世寧憤甚，正德九年三月上疏：……毋撓有司以靖亂源，銷意外變。』『萬元吉』條：『元吉，字吉人，南昌人，官至總督，殉節死。當福王居江南，元吉爲兵部職方郎中，上《前事之失爲後事之師疏》。』

《青簾詞》一卷

《中國古籍善本書目》集部詞曲類著錄，有國家圖書館藏闕里孔傳鐸牖氏輯《名家詞鈔》鈔本。是書共收鄧漢儀《武陵春·紀遇》、《浪淘沙·憶昔》、《小重山·金陵》、《蝶戀花·金陵》、《滿庭芳·吊袁荊州籜庵》、《鳳凰臺上憶吹簫·送孫介夫之石城》、《八聲甘州·感舊》、《念奴嬌·紅橋宴集》、《永遇樂·新秋康山雨集，送園次還吳門》、《夜飛鵲·席上有憶》等詞十首。

其他詞作

清鄒祗謨《倚聲初集》(清順治十七年刻本)卷四韻辨一：『鄧漢儀，孝威，泰州人，吳縣籍。有《輟耕堂詩餘》。』《輟耕堂詩餘》今未見傳本。

《倚聲初集》收其《昭君怨·春情》、《南鄉子·西湖感舊》、《蝶戀花·離情》、《蘇幕遮·桃葉渡，用舊韻》、《江南春・追和倪雲林韻》。《瑤華集》則另收其《念奴嬌・廣陵舟中送蘧庵先生還陽羨》。《眾香詞》湯萊詞後附其《減字木蘭花・讀憶蕙軒詞稿，奉贈湯夫人萊生》四闋。《同人集》另收其《夢揚州・和巢民先生酬萩翁見懷原韻》。《春雨草堂别集》另收其《滿庭芳・己酉上巳小西湖禊飲呈紫翁》。尤侗《西堂全集》另存其《過秦樓・題陳迦陵填詞圖》、《賀新涼・題汪蛟門錦瑟詞》、《意難忘・爲尤西堂悼亡》。《珂雪詞》存其《賀新涼・次韻答贈曹舍人京師見寄之作》。《廣陵倡和詞》則存其《念奴嬌・送陳其年歸陽羨》、《前調・送朱近修歸海昌，兼懷宋既庭先還吳門》、《前調・贈張稚恭舍人、丁飛濤祠部，兼柬顧庵學士》《前調・嘲王西樵司勳擁豔》、《前調・送沈方鄴還宣城，兼寄唐祖命》、《前調・抱琴堂與戴雲極司李夜集，因懷王阮亭祠部，兼柬西樵司勳》、《前調・戴大司農誕日，即席看演邯鄲夢劇》、《前調・贈季希韓》、《前調・聽范汝受談崇川近事》、《前調・龔芝麓尚書過寶應竹溪草堂，追和李過廬廷尉壁間原韻，即事奉寄。竹溪草堂，李素臣别業也》、《前調・吳薗次守吳興，重建先賢祠于峴山，即事有贈》[二]。共二十七首。合《青簾詞》所收，計得鄧漢儀詞三十七首。這些作品雖未必是鄧漢儀詞作的全部，但也反映了他詞的創作水準。特别是，這些詞不限於兒女情長，突出了清前期詞人間的交遊和友誼。

《慎墨堂筆記》一卷

是書原本今不傳，亦未見公私書目著録。夏荃於清道光八年戊子自同鄉韓慶門處抄録有《慎墨

[二] 參見南京大學中國語言文學系全清詞編撰研究室編《全清詞》順康卷第三冊。

堂筆記》一卷，今存夏荃鈔本均附於《慎墨堂詩拾》之後。夏荃有《慎墨堂筆記序》，談到了獲得是書和抄録的過程以及内容等情況（詳見本書正文）。現存夏荃輯本共一百餘則，多記鄧漢儀與清初其他詩人以及其他詩人間的交遊情況，其文獻價值也是不容忽視的。如有這樣一則關於龔鼎孳事蹟的記録：『龔大司寇芝麓給假歸廬州，道拜大司馬。至維揚，賓客既多，宴會復盛，公甚疲於應接。乘隙有友拉之紅橋看芙蓉。晚赴戴大司農岩犖之酌，時座客張祖明問曰：「公熱鬧人，何乃看秋江寂寞芙蓉？」公曰：「僕外邊熱鬧，胸中原自寂寞。」』〔二〕這對瞭解龔鼎孳的交遊和其内心世界是有幫助的。

（四）參選（編）、刊刻或序行的著作

鄧漢儀是一位多產的詩人，也是一位有成就的出版家。除上述我們已介紹的作品外，鄧漢儀還選評、序行或出版了不少清初人的作品，並參與編撰了其他著作。

如和黄雲一起，編選了徐豫貞的《逃莽詩草》（一名《滄浮子詩鈔》）。是書現存十卷，有康熙思誠堂刻本，《中國古籍善本書目》集部别集類、《販書偶記》等著録。

刊刻《梁公狄先生遺集》。李鄴嗣《梁公狄先生遺集序》云：『今秋吳郡鄧孝威自維揚寄我一札曰：「近得梁公狄先生全詩付梓。杲堂於梁先生，所謂千春知我者也。若得杲堂作一快序，以傳諸百世，足爲樂事。」余發書而泣曰：「嗟乎！世尚有鄧孝威知梁先生之知我者乎？然梁先生知我，孝威

〔二〕《慎墨堂全集》附《慎墨堂筆記》，天津師範大學圖書館藏民國鈔本。

能知之；梁先生屬余敘其詩甚久，孝威前未之知也。今日始無恨矣。」』『孝威復云：「先生之門人北平王汲能藏先生之遺集，以授孝威。」汲字潔公，其人亦奇士，誠先生之侯芭也。』[二]

序行《畦園全集》等。謝良瑜，字穀似，號鐘山，江南江都人，有《畦園詩稿》。《詩觀》三集卷五謝詩後記曰：『《畦園全集》，僕已序而行之。』鄧漢儀序行的作品還有丘元武的《丘柯村詩》、顏光敏《樂圃集》、孔尚任《湖海集》、張琴《耐軒集》等。

預修《江南通志》。《詩觀》三集卷五程祿詩後曰：『癸亥江南有《通志》之役，余與兩江制府于公周旋者三閲月。』今國家圖書館藏清康熙《江南通志》七十六卷。其修志姓氏記有總裁王新命、于成龍等五人，纂輯人有『泰州薦舉特授内閣中書鄧漢儀』，以及史秉直、蔡方炳、梅清、董俞、林子卿、錢德震、何絜、黄雲、戴移孝、宋恭貽等十人。

鄧漢儀是一位著名的出版家和成果豐碩的選學大家，選刻出版或選評了一大批作品，比如：

與吴綺同選《唐詩永》、《宋金元詩永》。《詩觀》初集卷七宗元鼎詩後云：『戊申（即康熙七年戊申）秋杪客苕上，與薗次有《唐詩永》之選。閲溫、李全集，乃知古人詞雖穠麗，而魄力之大、意識之高，迴非時流可望。後人徒用粉飾，遂而比擬西崑，其實去之遠甚。定九喜尚兩家，而機清格老，正與塗脂抹黛者大别，宜琅琊諸王亟爲推許不置也。』

與杜濬同選并評越（一作江）闓（辰六）《春蕪詞》二卷，有清康熙孫氏留松閣刻本。今本《春蕪詞》

〔二〕李鄴嗣《杲堂文鈔》卷一，清康熙十七年刻本。

共八十七調，一百二十二首。

與李天馥、宋犖、毛騤等同選《湖海樓詞集》。與富平李因篤天生、錢塘高士奇澹人、涇陽任璣訒庵同選《湖海樓詩集》。

重刻《日損堂詩》。王士禛《跋日損堂詩海陵本》云：『節之詩天才奇恣，元刻載之備矣。後屬唐耕塢、鄧孝威重刻於海陵，删其拗句、拗字不合者，不爲無功，然本色亦稍減矣。即此本是也。仍題數語以眎識者。』〔二〕

曾參與校訂劉榮嗣《簡齋先生集》詩選十一卷、文選四卷。劉榮嗣孫劉佑《簡齋先生集跋》云：『此予先大父司空之遺詩也……小子薄宦浠川、海陵間，簿領之暇，因取諸集，細爲編葺，即屬黄子美中、鄧子孝威，詳加較讐，付之剞劂。』〔三〕

與黄雲、宗元鼎同校閲孔尚任《湖海集》，與徐鳳垣同選李鄴嗣《杲堂詩鈔》等。

我們不想過多地評價鄧漢儀作品的文學價值，其實輯録的這些作品，也只是其生平創作的一小部份，無法代表其整體成就。但是走進鄧漢儀這些零散的作品，走進以鄧漢儀《詩觀》爲代表的清詩選本，走進鄧漢儀，我們就猶如走進了清初文人的一個巨大網絡，猶如走進了那個詩歌創作的繁榮時代。

〔二〕　王士禛《帶經堂集》卷九二，清康熙五十年刻本。

〔三〕　劉榮嗣《簡齋先生集》，清康熙元年劉佑刻本。

凡例

一、本書收録《官梅集詩》一卷、《慎墨堂詩拾》九卷、《青簾詞》一卷、《慎墨堂佚文》一卷、《慎墨堂筆記》一卷、《詩觀詩人小傳》三卷、《蓋心録》一卷，附録鄧漢儀傳記資料、交游唱和詩及親屬遺詩。自清乾隆年間鄧漢儀《詩觀》被抽禁後，鄧漢儀著作散佚，輯録難度較大且情況複雜。本書大體按詩詞文爲序排列，兼顧存書、前人輯録成書，以及本人輯録成書和存疑之書幾類情況。

二、各部分版本使用情況如左：

（一）《官梅集》以南京圖書館藏清無近名齋鈔本爲底本，以中國社會科學院歷史研究所藏舊鈔本、泰州圖書館藏程羽朋跋鈔本以及有關别集參校。

（二）清末泰州人夏荃所輯《慎墨堂詩拾》，以天津師範大學圖書館藏清末鈔本（原題《慎墨堂全集》，九卷）爲底本，以中國國家圖書館藏漢畫軒鈔九卷本、中國國家圖書館藏三卷鈔本、泰州圖書館藏鈔本及所輯詩原出處文獻參校。本次新輯詩作，按《慎墨堂詩拾》體例，輯入相應卷次，並在箋注中注明。

（三）《青簾詞》，匯集中國國家圖書館藏闕里孔傳鐸牖氏輯《名家詞鈔》鈔本、天津師範大學圖書館藏清末鈔本、夏荃所輯《慎墨堂詩拾詩餘》及相關詞總集重新編輯，參互校勘，並分别注明出處。

（四）鄧漢儀文集未見傳世，清代以來公私書目亦未見著録。《慎墨堂佚文》系自各種别集、總集等輯出，並於每篇下注明出處。

（五）《慎墨堂筆記》以天津師範大學圖書館藏清鈔本爲底本，以中國國家圖書館、泰州圖書館藏鈔本參校。《慎墨堂筆記》原無序號，爲方便使用，按照原書順序對每條加了編號。

（六）《詩觀》詩人小傳，輯自鄧漢儀《詩觀》，初集爲卷一，二集爲卷二，三集爲卷三。以康熙慎墨堂刻本爲底本，參校清乾隆重輯本及書林道盛堂本。小傳以選録《詩觀》傳記部分爲主，涉及詩人行跡及詩歌評論的詩後總評也收入，用◎與小傳隔開，便於讀者參考。康熙本序仍置各集之前。重輯本序等置於附録三。

（七）《蓋心録》僅有泰州鈔本（泰州武清波先生藏）。此書未見其他藏本，清代以來公私書目亦未見著録。暫存疑，今附文後，供參考。

三、本書對鄧漢儀作品進行箋注。鄧漢儀在明末清初交游甚爲廣泛，其詩文作品涉及當時人、事較多。爲方便讀者理解作品，本書對所輯鄧漢儀作品涉及人、事、典故、方輿地理、歷史事件等均作鉤沉説明。

四、書後附録四種：

（一）附録一爲王卓華所撰《鄧漢儀簡譜》。譜内所涉詩人年月，凡已見於一般工具書者，如《歷代名人年譜》、《中國歷代年譜總録》、《歷代人物年里碑傳綜表》、《清代碑傳文通檢》、《清代人物大事紀年》、《清代人物生卒年表》等，而又無異説者，不復注明出處；《詩觀》所涉詩人及收詩情况，特别是那些名不見經傳者，盡可能有所反映，以彰顯鄧氏與清初詩壇的關係。

（二）附錄二爲鄧漢儀傳記資料，收鄧漢儀之子鄧勱相所著《徵辟始末》及傳記雜錄十二則。
（三）附錄三收錄他人爲鄧漢儀編纂總集的序跋題記。
（四）附錄四爲涉及鄧漢儀的友人贈答倡和詩文詞。
（五）附錄五爲鄧漢儀親屬遺詩，聊備研究者參考。

四、本書用字一般採用通行規範字。個别文字及字形，根據學界新近研究成果及其本義與造字原理，對於通行字及字形有所取捨。異體字一般徑改，不出校記。

目録

官梅集

官梅集序……龔鼎孳 三
官梅集序……劉孔中 六
序官梅集……葉襄 七
官梅集序……方苞 九
官梅集弁歌有序……陸舜 一〇
喜晤陳涉江侍御賦贈二首……一三
和宋其武太史舟見新柳原韻二首……一四
二月念六淛師北旋小牧邗上和劉藥生師問宿天寧寺原韻二首……一五
送金又鑣視篆秦郵……一六
次答陸玄升見寄……一六
題劉君嶧巃師官閣讀書圖……一七
連雨……一七
贈林蔚起中翰……一八
懷李小有大令……一八
春日苦雨署中因而斷酒夜半口占破寂……一九
署齋寄潘曉青……一九
來威遠郡丞以愚公席上限韻詩屬和賦寄……二〇
李小有盟長復來吳陵以飢驅拙言見示二首……二〇
余澹心來吳陵邂逅於唐祖命邸中賦贈……二一
劉愚公孝廉招同成石生侍御吳源長觀察龔孝升奉常向遠他軍諮夜集蕭齋分賦二首……二二
同玄升問祖命謝林歸期用原韻……二三

周元亮老師招同唐祖命中翰張詞臣劉愚公丁謙龍孝廉宗定九茂才夜集署齋賦謝 …… 二三
唐祖命復招同詞臣謙龍玄升定九陪周元亮師夜集觀劇 …… 二五
余澹心來吳陵即返棹郡城載桃葉東去因次祖命催粧韻奉贈十首 …… 二五
劉藥生老師招同唐祖命中翰丁野鶴司李張詞臣丁謙龍孝廉崔子荊山人殷不侮幕客唐髯孫陸玄升茂才讌集芙蓉署齋限韻二首 …… 二八
贈送唐祖命遊雲陽兼柬令嗣髯孫用玄升韻二首 …… 二九
衙齋同玄升坐雨用七虞 …… 三〇
題唐髯孫區室四首 …… 三〇
芙蓉署送崔子荊歸長白次玄升韻 …… 三一
劉藥生老師以事至京口同丁野鶴崔子荊將爲金焦之遊恨不得共詩以寄之二首 …… 三二
遠林遊高沙甚困復至吳陵詩以嘲之 …… 三三
賦得一路看山到武夷呈贈周元亮老師之閩臬二首 …… 三三
寄贈來威遠郡丞時視陽山邑篆二首 …… 三四
聞簫 …… 三五
青樓怨 …… 三五
寄贈陳上儀師白門三首 …… 三六
方白英蒙冤繫廣陵獄中三月二十二日燈下拈韻寄懷 …… 三七
題丁謙龍漁園二首 …… 三八
李小有以瞻麓大司農奏疏見示賦感二章 …… 三八
衙齋雨後喜梁大年自秦淮來 …… 三九
和劉藥生師同丁野鶴月夜泛舟維揚用原韻二首 …… 四〇

壽劉藥生老師……四一
衙齋同粱大年陸玄升坐月……四一
同唐祖命中翰張詞臣丁謙龍孝廉唐
髯孫茂才夜集龔孝升奉常寓園即
席次韻二首……四一
同沈林公陸蓂兩炤四劉超玄僧心鑑
□涼大樹集飲風雨驟至晚即宿李
元玉齋頭……四二
贈瑯琊丁野鶴司李四首……四三
劉愚公僅三招同龔孝升奉常戚价人
茂才雨集山園即席限韻……四五
王雪蕉先生解滁和兵備任來憇吳陵
以詩集見貽賦此寄二首……四六
舟次贈別唐祖命髯孫用龔孝翁張詞
臣韻三首……四七
同林公西庵即事次韻……四八
嵇子震中翰顧余草堂賦贈……四八
得陳上儀師白門手書賦懷……四九
吳陵晤郭石公賦贈……四九
題黃仙裳樵青圖二首……五〇
立秋日復同林公飲西庵用前韻……五一
新秋訪丁野鶴於貝葉庵聞東警歸甚迫再
疊前韻奉酬四首……五一
送龔孝升奉常遊江南……五二
新秋送向遠他歸秣陵……五三
李小有自延令來同沈林公集丁野鶴
寓庵……五四
雨中劉愚公招同陸玄升徐小韓劉僅三夜
集因止宿齋頭時玄升初至海陵……五四
題張詞臣橘庵次韻二首……五五
宗定九過訪龍樹禪林同陸玄升小集……五六
同西生玄升僅三復集愚公草堂即事……五六
題宮紫玄春雨草堂四首……五六
新秋同丁野鶴朱清瑟劉愚公僅三陸玄

升宗定九邀龔孝升奉常社集栢庵草堂分韻二首 …… 五八
八月六日劉藥生老師招同龔孝升奉常劉愚公丁謙龍張詞臣孝廉朱清瑟徵君陸玄升劉僅三茂才雅集陳園限韻分賦四首 …… 五九
贈汪蘭碩外翰 …… 六〇
和劉藥生老師舟中獨酌懷鄉之作時東國有警 …… 六〇
久不晤白英秋仲自邗上歸集於林公齋頭限韻賦贈 …… 六一
送別陸玄升兼長輿 …… 六一
送潘曉青移居招烟村舍二首 …… 六一
贈送梁大年之白門兼寄澹心遠他伯紫 …… 六二
八月十一日同里社諸子邀劉藥生師夜集愚公草堂尋放舟攬金焦之勝有詩見寄即事奉答二首 …… 六三
贈別何野航歸青州 …… 六三
仲秋念四日龔孝升奉常招同楊贊皇職方成石生侍御儲中游大令劉愚公孝廉袁天游上舍劉僅三文學夜集抽慶堂觀劇兼以敘別即事賦贈 …… 六四

慎墨堂詩拾

慎墨堂詩拾序 …… 周　庠 六七
題燕市酒人篇 …… 錢謙益 六八
鄧孝威被徵詩序 …… 王士禛 七〇
鄧孝威詩集序 …… 陳維崧 七二
甬上遊草序 …… 李鄴嗣 七五
過嶺詩序 …… 陸　舜 七八
慎墨堂詩拾採輯羣書目錄 …… 夏　荃 八一

卷一　四言詩
贈同盟七子詩……八五
邗水三章……八六
卷二　樂府
中庭一樹梅爲賁貞女作……八七
甘烈女詩……八八
戰城南……八九
將進酒……九〇
門有萬里客行……九〇
子夜四時歌……九一
江南曲……九一
古別離……九二
少年行……九二
長相思……九二
宮怨……九二
卷三　五言古詩
寄懷沈仲方……九三
喜陸玄升至……九四
聞冒辟疆歸雉皋著書自娱賦寄……九四
查伊璜師別去七載懷之以詩兼示曉社諸子……九五
月夜舟中次韻……九七
嘆梅病……九七
丁亥元夕劉愚公招同毗陵譚叓夫令弟僅三長君鼎九集飲於柏庵草堂即席賦送叓夫南渡……九八
劉嶧籠師招同丁漢公夜集衙齋送之北上……九八
舟行次韻……九九
留行二首爲宮紫玄先生賦……九九
贈別二首爲紫玄先生賦……一〇〇
丁卯秋盡李礪園先生招飲拱極臺……一〇一
題巢民先生新構還樸齋兼呈青若世兄……一〇二

六月二十四日范園荷花盛開巢民先生
建臺置酒於園外隄上招諸子爲花壽
賦四十韻紀事……一〇三
庚子暮春祝巢民先生蘇夫人五十
雙壽……一〇四
孟秋陪金長真郡伯遊平山堂議復舊址
分韻得風字……一〇六
寄施愚山少參三首……一〇七
贈文安紀仲霽兼寄馬旻徠主簿……一〇九
送宗鶴問之秋浦學任……一一〇
寄淵公先生……一一一

卷四　七言古詩

貧交行贈諸知己……一一三
和梁仲木賀貧歌贈李小有……一一三
春寒衙齋曉起接讀張詞臣見和二詩口
占紀興……一一五
春夜盛寒與崔子荊劇談白門佳事爲之
破寂……一一五
秋日遊顧宗伯瑞屏山園因寫贈白雲……一一六
春愁曲……一一七
林若撫爲余談周元亮先生白門舊事因
及姚江黄太沖皖城吳子遠……一一七
妾薄命……一一八
郎何来……一一九
贈別何寤明……一一九
逃亡行……一二〇
憶昔行贈張天石納言兼弔張大隱張玉
調宋今礎丁野鶴張蝶龕諸公……一二一
送酒歌柬程穆倩兼寄喬雲漸……一二三
巢民集飲水繪庵共限枝字復爲長歌……一二四
湘中閣看雪歌呈巢民先生……一二五
前題……一二六
寒夜飲巢民得全堂觀淩璽徵手製花燈
旋之張宅聽白璧雙琵琶歌……一二七

壬戌冬日巢民先生招同曹秋岳諸公大集海陵寓館即事……一二九
後演劇行爲巢民先生作……一三〇
爲巢民先生題米南宮半巖飛瀑圖歌……一三二
題余羽尊望雲圖……一三三
房貞靖公祠堂雙白松歌兼寄呈令子興公同豹人作……一三四
次易簣歌原韻……一三五
久雨始霽汪叔定季角招遊平山堂登真賞樓分賦……一三六
集汪舟次玉持堂觀查二瞻所畫富春山幛子作歌……一三八
送汪舟次太史奉使冊封琉球……一三九
讀申端愍公行略……一四一
滄葦侍御招同馮硯祥楊商賢周季隰介弟南宮西園遊宴……一四二
畫松歌贈瞿山先生……一四三

卷五　五言律詩

送劉愚公之白門……一四七
題歸雁……一四七
柬來威遠……一四八
同丁懋公陸萸兩玄升訪夏郁生不值……一四八
劉嶧巃師示余漢公入都消息詩以志懷……一四九
沈林公得章右臣新安近書以詩寄余次韻志喜……一四九
過水月庵同遠林贈愚微次韻……一四九
和答遠林留別……一五〇
同曉青定九僅三集李小有寓園談詩因及吳門諸同社……一五〇
宮紫玄以采山諸集見餉……一五〇
送向遠他遊延令……一五一
阻風江上柬戚价人……一五一
廣陵答別張詞臣……一五一

與丁漢公言別北去……一五二
憶黃海鶴先生……一五二
梁溪候黃雲孫不至……一五三
吳門葉聖野來晤兼問宮紫玄徐爾虛
近況……一五三
送宗定九之秦郵……一五四
亂後懷姜如須……一五四
寄岱詹村居……一五五
雪中送吳玉水之金閶……一五五
渡江……一五六
聞曉青白英客蕪城懷之……一五六
錢塘江行……一五七
山行趨大庾……一五七
晚抵三水……一五八
宿八里江……一五八
過馬當山……一五九
秦郵曉發……一五九
月夜抵崇川……一六〇
汜水風夜……一六〇
宿放生庵……一六一
雨中泊海安鎮……一六一
芒稻河……一六二
九日揚州文星閣登高……一六二
初冬汎舟遊棲靈寺訪平山堂舊址……一六三
休園讌集四首……一六四
雲客自燕京過訪讀其昌平諸詠賦贈……一六五
讀制府吳大司馬巡海詩奉題六首……一六七
次顧天石韻柬方樸士二首……一六八
贈岳州沙別駕時解任歸里……一七〇
寄贈李逸樓先生時讀其四論兼選
其詩……一七一
贈吳又山次仙裳韻……一七二
庚子冬日過水繪庵次其年原韻……一七三
仲冬三日巢民招同嵋雪石霞飲得全堂

即席限冬宵二字……………………一七四
次日又雪再集得全堂限娛青二韻……一七五
巢民招同梅谷大師茶話即景限韻……一七五
仲冬晦前五日復雪同項嵋雪陳散木黃
　函石徐石霞譚永瞻集巢民先生得全
　堂限新傍二韻…………………………一七七
雪後同人小集得全堂巢民先生詩成有
　煮惠燒䴥之句戲和……………………一七八
予已有七律輓其年矣穀梁至邗出尊君
　巢民先生定惠寺中元追薦其年五律
　次韻二十首見示索余再和余因走筆
　聊跋佳吟至陽羨交情詩豈能悉……一七八
喜雨用青若原韻…………………………一七九
夏杪夜集見倩扶女郎寄巢民先生札因
　和梅村祭酒細林舊韻…………………一八〇
巢民先生招集同人於匿峯廬度七夕
　佳節余以病不能赴補作四律用紀
　勝遊……………………………………一八一
九日巢民先生招同諸子於匿峯廬
　登高效合肥宗伯以重陽登高四
　字爲韻…………………………………一八三
無題四首爲巢民先生作…………………一八四
寄懷黃明立先生…………………………一八五
過東村題沈林公壁間詩後………………一八五
過胡安定廢祠……………………………一八六
浮山禹廟…………………………………一八六
文選樓初夏雨晴送黃岡杜濬……………一八七
甲辰上巳宮紫玄招同劉雲麓使君楊恂
　庵田樹百暨令子武承於小西湖修禊
　次劉雲翁韻……………………………一八八
廣陵送曹侍郎赴浙東軍…………………一八九
邗關喜晤曾庭聞…………………………一八九
答施愚山新安見寄………………………一九〇
李絛侯遇訪蕭寺賦贈……………………一九〇

增補

棲雲庵 …… 一九一
秋浦樓 …… 一九一
乾明寺 …… 一九二
送孫豹人赴江右督府幕 …… 一九三

卷六　七言律詩

桐廬舟進 …… 一九五
章門逢談長益約同訪徐巨源陳士業不果 …… 一九六
遊海珠寺登丹霞臺眺望 …… 一九七
嶺南作 …… 一九八
張登子招集喜遇胡豹生感賦 …… 一九八
萬安道中病臥至章門小差時值清明 …… 一九九
孟冬朔日遊赤壁 …… 二〇〇
平淮西碑 …… 二〇〇
巴河鎮登太乙閣 …… 二〇一
題橫江館 …… 二〇二
和阮亭姑蘇懷古 …… 二〇二
穀雨與芝麓龔公相別江上蒙以三詩贈別奉酬一章 …… 二〇三
曾庭聞自潤州枉顧草堂賦贈 …… 二〇三
贈彭海翼兼悼其尊人禹峯方伯 …… 二〇四
答彭爰琴即用見贈原韻 …… 二〇五
丙寅秋日酬禹門中翰過寓樓話舊 …… 二〇六
禹門入粵訪其令兄遺骸聞者哀之 …… 二〇七
程湟溱卒於桂林貧無以葬禹門捐金治其喪感賦 …… 二〇八
奉寄黃州太守蘇公小眉四首詩選其詩集甫竣 …… 二〇八
雨中過訪朱君以陶已發棹之興化因次原韻奉寄 …… 二〇九
庚寅春辟疆先生四十覽揆五律 …… 二一〇
次巢民先生原韻贈梅谷和尚 …… 二一一
冬日再遇優砵庵訪梅谷仍次巢民韻 …… 二一二

和辟疆先生過海陵見贈四首 …… 二一二
甲子初夏假寓水繪庵即事奉柬巢民
先生 …… 二一三
詠竹夫人次李子鵠原韻二首 …… 二一五
和答王敬哉先生見懷原韻 …… 二一六
答吳纘姬孝廉 …… 二一七
留行二首爲紫玄先生賦 …… 二一七
贈別二首爲紫玄先生賦 …… 二一八
題春雨草堂 …… 二一九
登望江樓 …… 二一九
九日鐵佛寺同宗鶴問登高 …… 二二〇
宿竹隱庵 …… 二二一
海陵重建望海樓 …… 二二一
五月泰山岳祠聞杜鵑 …… 二二二
寄吳子遠驥沙 …… 二二二
黃仙裳自浙中歸避地東墅時納新姬詩
以寄之 …… 二二三
聞陸玄升丁漢公舟泊白隄卻寄 …… 二二三
逢楊介石詢維斗山居近事兼示拙生聖
野雲子天民諸子 …… 二二四
和姜匯思剪燭夜話之作兼呈金又鑣 …… 二二四
海上晤黃雲孫即送其公車北去 …… 二二五
宮紫玄招同李小有向遠他沈林公夜集
時小有將放舟南還 …… 二二五
燕子磯曉發有感 …… 二二六
舟泊燕子磯重遊宏濟寺有懷韓孟小
同社 …… 二二六
白門喜諸同社偕集 …… 二二七
向遠他過訪荒園余時客長干未晤比余
返棹遠他又復南歸賦此志憶 …… 二二七
寒夕飲劉嶧巃師夢捧堂時有詩社
之訂 …… 二二八
東吳玉水 …… 二二八
李小有爲談梁公狄且出葭園唱和

見示 …… 二二八
寄吳門林若撫葉聖野書感懷 …… 二二九
別宮紫玄四年矣今冬始一把晤詩以敘懷 …… 二二九
梁溪訪泊因爲十日之遊敘別言歡歌以紀興耳 …… 二三〇
遊九龍峯 …… 二三〇
春日同張詞臣丁漢公陸玄升翁岱詹妓郁生小集即賦送漢公玄升之雲間 …… 二三一
柏庵草堂贈劉愚公 …… 二三一
同林公白英登山兼送其廣陵之遊 …… 二三二
九日同七超岱詹登山 …… 二三二
送宗衍庵守平涼 …… 二三二
白門答曉青村雨見懷 …… 二三三
迎春日喜凱旋 …… 二三三
歲朝金又鑣明府枉顧失迓賦寄 …… 二三三
送袁雅儒都閫之廣陵晤陳百史銓部 …… 二三四
戊申春日舟泊虎丘有懷顧云美塔影園 …… 二三四
秋晚同程周量職方登天寧寺藏經樓 …… 二三五
秦郵雨發留別諸子 …… 二三五
挑河即事 …… 二三六
送徐健庵編修北上 …… 二三六
綠水送春帆 …… 二三七
都門送夏蘇州 …… 二三七
寄王近翁 …… 二三八
維揚客舍冬暮送黃與堅歸里 …… 二三八
送金公長真陞江寧觀察 …… 二三九
甲辰上巳宮紫玄招同劉雲麓使君楊恂庵田樹百暨令子武承於小西湖修禊次劉雲翁韻 …… 二四〇
暮春席允叔招飲聽花書屋即席分賦 …… 二四〇
寄懷廣平申鳧盟 …… 二四一

得魏叔子還山近耗喜而有作 …………… 二四一
送姜奉世歸吳門 …………………… 二四二
集席允叔寓園同黄仙裳諸子賦 ……… 二四二
送熊少宰守制歸豫章 ………………… 二四三
丙寅新秋吳子班過海陵依韻奉酬 …… 二四三
送友 …………………………………… 二四四
癸亥中秋後一日瞿山先生招集秦淮舫
中分韻 ………………………………… 二四四

增補

花朝飲張惟則邸中 …………………… 二四五
乙未都門元夕即事三首 ……………… 二四六
過泡子河感舊 ………………………… 二四七
寄懷劉公勇時公勇北上 ……………… 二四八
酬張明府還額詩 ……………………… 二四八

卷七　五言排律

劉愚公以秋實園假余一載移家東去賦
詩以謝 ………………………………… 二五一
秋客廣陵訪詞臣岱詹於舊城廢寺則詞
臣已去之白門因與岱詹徘徊古文選
樓下弔古慨今得十二韻 ……………… 二五一
病中蔣行乾移酒過寓聽季瑞生度曲
即事 …………………………………… 二五二
余將遊吳門復滯梁鴻溪上酒間丁子期
別余去賦此贈送兼訂同遊 …………… 二五二
皖桐吳子遠春初過訪久客維揚賦贈 … 二五三
期白英子不至念之 …………………… 二五四
秋夜偶閲同社姓氏凋謝良多不勝人琴
之感賦此志慟 ………………………… 二五四
寄懷章素文同社 ……………………… 二五五
金長真太守興復平山堂落成讌集紀事
一百韻 ………………………………… 二五五

卷八　五言絕句

白沙詞 ………………………………… 二五九
詠春雨草堂 …………………………… 二五九

東沈林公……二六〇
秋歸……二六〇
春雨閨情……二六〇
花朝不赴諸同社盟集……二六一
辭郎河……二六一
寶應雙烈士祠……二六一
擬閨中怨詞……二六二

卷九 七言絕句

題息夫人廟……二六三
厲烈士招遊天寧寺塔有作……二六四
詠懷……二六四
濛瀼歸舟偶成……二六五
曲江野望……二六五
韶陽寓感……二六六
過江州琵琶亭……二六六
江行雜詠……二六七
別趙五絃……二六七
散花洲……二六八
白隄雨泊……二六八
中秋坐雨水繪庵聞巢民先生抱痾戲作四斷句……二六九
徐郎曲……二六九
楊枝曲……二六九
過某氏廢園……二七〇
枕烟亭雪集聽白三琵琶……二七〇
和定園六首之一……二七二
過東昌……二七三
題吳巖子青山集……二七三
憶同龔定山尚書遊嶺南距今十九載矣甲寅秋日汪蛟門舍人以梁蒼巖大司農使粵詩屬余選次因題其上得截句四章……二七四
贈吳門王鶴洲……二七五
答彭然石道中見懷二絕……二七五

遊紅橋湄園……二七六
選梁大司馬蒼巖先生詩竟獨成四截句書於詩尾……二七六
漁壯園舞燈之盛里中豔傳而余未寓目因占絕句記其事……二七七
韓聖秋職方歿後其姬歸竇應爲尼和朱秋崖韻弔之……二七八
和華陰壁間鄧氏韻……二七九
廣陵怨二十首之十次原韻……二七九
春日讀白門友人游草率記……二八〇
乙酉聞丁漢公登賢書將從白門入燕賦此寄贈……二八〇
憶季瑞生……二八一
逢蔣行乾問丁子期近況……二八一
金陵與沈聞遐別……二八一
送鄒子有南還兼寄嵋雪北上……二八一
舟中寄友人……二八二
送吳翌皇歸閩中……二八二
宮詞……二八二
贈桑楚執四首……二八三
平山送宗鶴問之金陵廣文任……二八四
天濤有少君之慟僕適過堰口坐其書閣賦此慰之……二八四
送陳其年赴崑山縣……二八五
歌筵感舊……二八五
送董蒼水之汴梁……二八五
湖干訪友……二八六
歌筵忽得周伯衡死信……二八六
新秋楊世功自金陵來……二八六
俞錦泉先生招集園林聽歌呈陳芳世兄……二八七
甲子春遊杏花村……二八八

增補

三月十九日感事……二八九

寄劉雲麓二首……二八九
和葉奕苞憶鶴……二九〇
過龔公宅述感……二九〇
黃仙裳邀同彭爰琴范汝受何奕美小飲
　揚州秀野園是日餞春……二九一

慎墨堂詩拾逸句

嶺南……二九三
登海鹽塔……二九三
過錫山……二九三
佚題……二九四
詠木棉花……二九四
遊揚州花村……二九四
過虞姬墓……二九五
過釣台……二九五
阻風燕磯……二九五
輓顧九錫臨邛……二九六
送桑雪蘅遊吳門……二九七
過吳江……二九七
從京口渡江……二九七
佚題……二九八
孔東塘將返都門賦贈……二九八

增補

歲暮送宗鶴問歸廣陵……二九八
佚題……二九九
佚題……二九九
佚題……三〇〇

青簾詞

武陵春 紀遇……三〇三
浪淘沙 憶昔……三〇三
小重山 金陵……三〇三
蝶戀花 金陵……三〇四
滿庭芳 弔袁荊州籜庵……三〇五

鳳凰臺上憶吹簫送孫介夫之石城……三〇六
八聲甘州感舊……三〇六
念奴嬌感舊……三〇七
永遇樂新秋康山雨集，送菌次還吳門……三〇七
夜飛鵲席上有憶……三〇八
昭君怨春情……三〇九
南鄉子西湖感舊……三〇九
蝶戀花離情……三〇九
蘇幕遮桃葉渡，用舊韻……三一〇
江南春追和倪雲林韻……三一〇
念奴嬌廣陵舟中送蘧庵先生還陽羨……三一一
減字木蘭花讀憶蕙軒詞稿，奉贈湯夫人萊生
四闋……三一一
滿庭芳己酉上巳小西湖禊飲呈紫翁……三一三
夢揚州和巢民先生酬菽翁見懷原韻……三一三
過秦樓題陳迦陵填詞圖……三一四
賀新涼題汪蛟門錦瑟詞……三一五
意難忘爲尤西堂悼亡……三一五
賀新涼次韻答贈曹舍人京師見寄之作……三一六
念奴嬌送陳其年歸陽羨……三一七
前調送朱近修歸海昌，兼懷宋既庭先還吳門……三一八
前調贈張稚恭舍人、丁飛濤祠部，兼柬顧庵學士……三一九
前調嘲王西樵司勳擁豔……三二〇
前調送沈方鄴還宣城，兼寄唐祖命……三二一
前調抱琴堂與戴雲極司李夜集，因懷王阮亭祠
部，兼柬西樵司勳……三二一
前調戴大司農誕日，即席看演邯鄲夢劇……三二二
前調贈季希韓……三二三
前調聽范汝受談崇川近事……三二三
前調龔芝麓尚書過寶應竹溪草堂，追和李過廬
廷尉壁間原韻，即事奉寄。竹溪草堂，李素臣
別業也……三二四
前調吳菌次守吳興，重建先賢祠於峴山，即事
有贈……三二五

慎墨堂佚文

宗梅岑芙蓉集序……三二九

東郊草堂集序……三三〇
積書巖詩序……三三一
中咼盟詩選序……三三二
定園詩集序……三三三
瞿山詩略序……三三五
櫟園先生南還重遊海陵序……三三六
跋周櫟園先生書影後……三三八
耐軒集序……三四〇
黄雲鄧旭等僊舟圖倡和詩序……三四一
樂圃集序……三四二
寒碧堂贈詩跋……三四三
跋細林山館夜集送别倩扶女郎……三四四
跋七夕匿峯廬倡和詩……三四四
如皋縣九日倡和詩小跋……三四五
吉祥相跋……三四五
慎墨堂名家詩品·彭桂詩序……三四六
慎墨堂名家詩品·施閏章詩序……三四七
慎墨堂名家詩品·梁清標詩序……三四八

添油接命金丹大道敘……三四九
畦園詩集序……三五〇
丘柯村詩序……三五一
尊道堂集序……三五二
南堂詩鈔序……三五三
湖海集序……三五四
跋曹溶徐器之出所藏宋硯爲長歌壽
我有眉畫春山之句戲答……三五五
與袁籜庵……三五六
與劉津逮……三五六
與孫豹人……三五七
致瞿山……三五七
十六家詞序……三五八

慎墨堂筆記

序……夏　荃　三六三
慎墨堂筆記……三六五

詩觀詩人小傳

詩觀初集

詩觀序……鄧漢儀　四〇五
詩觀初集凡例十三則……鄧漢儀　四〇六

詩人小傳

錢謙益……四〇九
王　鐸……四〇九
高　珩……四一〇
吴偉業……四一〇
孫廷銓……四一〇
周亮工……四一〇
杜　濬……四一一
孫枝蔚……四一一
范鳳翼……四一一
季振宜……四一一
季公琦……四一一
陳台孫……四一二
李天馥……四一二
黄九河……四一二
釋大健……四一二
龔鼎孳……四一二
紀映鍾……四一三
黄　雲……四一三
顧九錫……四一三
劉梁嵩……四一四
白夢鼐……四一四
張　陛……四一四
釋滲挺……四一四
釋宗蓮……四一四
許承欽……四一四

王　熙……四一五
鄧　旭……四一五
鄧廷羅……四一五
申涵光……四一五
王崇簡……四一五
梁清標……四一五
楊思聖……四一五
魏裔介……四一六
李　霨……四一六
梁清寬……四一六
傅維鱗……四一六
王　鑨……四一六
張文光……四一六
趙　賓……四一六
宋　琬……四一七
施閏章……四一七
嚴　沆……四一七
陳祚明……四一七
胡承諾……四一七
余　懷……四一八
釋空昰……四一八
張　琴……四一八
萬斯備……四一八
韋人鳳……四一八
韓　魏……四一九
桑　豸……四一九
季開生……四一九
曹貞吉……四一九
朱淑熹……四一九
陳志紀……四一九
孫　觚……四二〇
章耿光……四二〇

汪士裕……四一〇
彭爾述……四一〇
彭始奮……四一〇
彭始摶……四一〇
戴明說……四一〇
李因篤……四一一
胡國柱……四一一
佟鳳彩……四一一
孫宗彝……四一一
孫光祀……四一一
徐元文……四一一
趙開雍……四一一
郭士璟……四一一
丁象煇……四一二
丁日乾……四一二
張玉裁……四一二
張玉書……四一二
羅承祚……四一二
何　林……四一二
李呈祥……四一二
杜　漺……四一二
李國璉……四一三
李化麟……四一三
李景麟……四一三
冒　襄……四一三
王廣心……四一三
顧大申……四一三
柯　聳……四一三
許　珌……四一三
嚴曾榘……四一四
曹鼎望……四一四
劉　佑……四一四

宮家壁……四二四
嵇永仁……四二四
許承宣……四二四
許承家……四二四
劉懋贄……四二四
劉胤祚……四二五
徐　倬……四二五
趙進美……四二五
熊文舉……四二五
曹　溶……四二五
李文胤……四二五
李念慈……四二五
陳維崧……四二六
徐　緘……四二六
姜廷梧……四二六
謝天樞……四二六
陳忠靖……四二六
薛　耳……四二六
談允謙……四二六
費　密……四二六
喬　鉢……四二七
辛　民……四二七
黄與堅……四二七
賀　宿……四二七
釋今釋……四二七
徐　芳……四二七
胡文蔚……四二七
沈　寬……四二七
釋圓生……四二八
黄　稼……四二八
房廷禎……四二八
王祚昌……四二八

任　璣……四二八
柯崇樸……四二八
柯弘本……四二八
柯維楨……四二九
黎士弘……四二九
黎士毅……四二九
戴本孝……四二九
戴遂孝……四二九
林古度……四二九
顧夢遊……四二九
沈復曾……四三〇
何　煜……四三〇
陳　素……四三〇
釋函可……四三〇
邢　昉……四三〇
方　文……四三〇
李　盤……四三〇
趙而忭……四三一
王無咎……四三一
曹申吉……四三一
周茂源……四三一
黃　永……四三一
史樹駿……四三一
毛重倬……四三一
龔百藥……四三二
陳玉璂……四三二
張纘孫……四三二
龔雲從……四三二
周　綸……四三二
錢朝鼎……四三二
董　黃……四三二
許　旭……四三二

錢鼎瑞……四三三
王昊……四三三
毛甡……四三三
張埈……四三三
陸堦……四三三
蔣玉章……四三三
魏允枘……四三三
陳大成……四三四
葉舒崇……四三四
顧震省……四三四
顧有孝……四三四
徐乾學……四三四
韓裝……四三四
彭孫遹……四三四
倪粲……四三四
蔣玉立……四三五
顧宸……四三五
項景襄……四三五
嚴正矩……四三五
米漢雯……四三五
白夢鼎……四三五
戴王綸……四三五
戴王縉……四三五
張謙……四三六
查繼佐……四三六
卓天寅……四三六
卓胤域……四三六
吳鏘……四三六
閔麟嗣……四三六
王又旦……四三六
嵇宗孟……四三六
吳雯清……四三七

吴山濤……四三七
孫蕙……四三七
李瀅……四三七
吕祚德……四三七
姚文熊……四三八
陳豐陛……四三八
宗觀……四三八
張恂……四三八
張載緒……四三八
錢中諧……四三八
熊僎……四三八
吴崇先……四三八
于沅……四三九
史逸孫……四三九
謝楙樹……四三九
蔡爾趾……四三九
吕振之……四三九
石璜……四三九
汪文孫……四三九
陳寅……四三九
陳聯……四四〇
陳誠……四四〇
萬鍾……四四〇
王廷璧……四四〇
法若真……四四〇
佟世南……四四〇
徐旭旦……四四〇
王士禄……四四〇
王士祜……四四一
王士禛……四四一
宗元鼎……四四一
程可則……四四一

汪　琬……四四二
曹爾堪……四四二
沈　荃……四四二
譚　篆……四四二
劉體仁……四四二
劉懋勛……四四二
周迪吉……四四二
錢陸燦……四四三
徐延壽……四四三
孫　錄……四四三
張一鵠……四四三
釋行悅……四四三
林嗣環……四四三
項玉筍……四四三
范廷瓚……四四三
李如泌……四四四
馮愷章……四四四
饒宇朴……四四四
顏堯揆……四四四
王　巖……四四四
羊　璘……四四四
李士端……四四四
錢　霍……四四五
汪鶴孫……四四五
秦定遠……四四五
席居中……四四五
釋行潤……四四五
周在浚……四四五
朱文心……四四五
計　東……四四五
曾　畹……四四六
曾傳燦……四四六

魏學渠……四四六
張新標……四四六
宫偉鏐……四四六
朱鳳台……四四六
張綱孫……四四六
張賁孫……四四七
鄭　重……四四七
袁　元……四四七
宋之繩……四四七
鄭日奎……四四七
盧　紘……四四七
胡在恪……四四七
錢光繡……四四七
嚴　熊……四四八
吳　綺……四四八
史大成……四四八
嚴胤肇……四四八
陳允衡……四四八
李文純……四四八
戚　藩……四四八
董道權……四四八
蔣　壙……四四九
趙三麒……四四九
李夏器……四四九
張　蓋……四四九
殷　岳……四四九
劉逢源……四四九
王俞巽……四四九
趙　湛……四五〇
釋戒顯……四五〇
屈大均……四五〇
釋方璿……四五〇

吴振宗……四五〇
王相業……四五〇
侯　性……四五〇
王猷定……四五〇
胡　介……四五一
韓　畕……四五一
姚永昌……四五一
徐　籀……四五一
吴景凱……四五一
朱　鈛……四五一
王余高……四五一
釋序樞……四五一
梁以枬……四五二
梁以樟……四五二
楊樹聲……四五二
談震德……四五二
程康莊……四五二
陳祺芳……四五二
惲于邁……四五二
許　宸……四五二
王載寧……四五三
羅　坤……四五三
釋超潭……四五三
李世恪……四五三
莫與先……四五三
易　東……四五三
馮雲驤……四五三
曹　釗……四五三
王　戩……四五四
宮夢仁……四五四
王錫琯……四五四
李拔卿……四五四

王無逸……四五四
王無荒……四五四
王無回……四五四
杜世捷……四五四
宮鴻營……四五五
王　揆……四五五
侯方巖……四五五
徐作肅……四五五
侯方岳……四五五
林逢震……四五五
華　袞……四五五
金　敞……四五六
楊　岱……四五六
江　闓……四五六
沈　泌……四五六
王　賓……四五六
金　鎮……四五七
鄭⿰火鼎新……四五七
謝爲霖……四五七
趙有成……四五七
陶成瑜……四五七
嚴　津……四五七
徐　梅……四五八
劉孔中……四五八
韓　詩……四五八
郭維寧……四五八
鄭　廉……四五八
劉孔和……四五八
田作澤……四五八
張幼學……四五八
馬之驌……四五九
葉有馨……四五九

顧萬祺……四五九
冒嘉穗……四五九
冒丹書……四五九
姚諲昉……四五九
吳參成……四五九
石洢……四五九
吳麐……四六〇
黄之翰……四六〇
魯瀾……四六〇
羅世珍……四六〇
曹偉謨……四六〇
張芳……四六〇
高阜……四六〇
馮肇杞……四六〇
黄虞稷……四六一
周在浚……四六一
周在延……四六一
吳晉……四六一
周蓼卹……四六一
王楫……四六一
孫汧如……四六一
王概……四六一
李郊……四六二
杜紹凱……四六二
董含……四六二
張彥之……四六二
徐奇……四六二
洪嘉植……四六二
蔡孕環……四六二
張元嘉……四六二
楊通睿……四六三
楊通俊……四六三

楊通儆……四六三
胡餘祿……四六三
汪黃贊……四六三
徐　章……四六三
黃士瑋……四六三
釋銘起……四六三
越　珣……四六四
王與襄……四六四
錢　岳……四六四
周斯盛……四六四
張　英……四六四
釋大依……四六四
閔　鵬……四六四
陳　釴……四六五
曹延懿……四六五
呂師濂……四六五
曹　鈖……四六五
顧　彩……四六五
張華錫……四六五
凌元鼒……四六五
李嘉胤……四六六
蔡元翼……四六六
蔡元粹……四六六
唐允甲……四六六
陸　舜……四六六
閻爾梅……四六六
丁　澿……四六六
朱潮遠……四六七
李希膺……四六七
胡延年……四六七
譚弘憲……四六七
吴　雯……四六七

王抃……四六七
王曜升……四六七
顧湄……四六七
王攄……四六八
魏禮……四六八
王道新……四六八
張天植……四六八
吴興祚……四六八
吴光……四六八
孫自成……四六八
李良年……四六八
吴學炯……四六九
鍾淵映……四六九
計南陽……四六九
孫默……四六九
趙吉士……四六九
王轂……四六九
胡映日……四六九
喻指……四六九
杜世農……四七〇
郭礎……四七〇
吴璉……四七〇
尤侗……四七〇
王宗蔚……四七〇
甘京……四七〇
王撰……四七〇
楊晟……四七〇
卞汾陽……四七一
趙潛……四七一
汪耀麟……四七一
汪懋麟……四七一
陸求可……四七一

劉廷傳……四七一
謝良琦……四七一
周體觀……四七一
何元英……四七二
吴汝亮……四七二
田茂遇……四七二
佘𡷫……四七二
張養重……四七二
李國宋……四七二
王仲儒……四七二
王熹儒……四七二
高晫……四七三
陶澂……四七三
龔賢……四七三
黄周星……四七三
彭士望……四七三
蔡方炳……四七三
吴穎……四七三
丁澎……四七三
張宸……四七四
沈胤範……四七四
孫一致……四七四
諸九鼎……四七四
宋實穎……四七四
趙澐……四七四
毛騤……四七四
許之漸……四七四
周令樹……四七五
宋曹……四七五
程封……四七五
吴懋謙……四七五
佘𡷫（再見）……四七五

吴樹誠……四七五
梅　清……四七五
宫象宗……四七六
馬振飛……四七六
李　基……四七六
沙鍾珍……四七六
迮　俊……四七六
沈奕琛……四七六
許納陛……四七六
徐鼎鉉……四七六
佘儀曾……四七七
釋成德……四七七
喬可聘……四七七
喬　邁……四七七
吕大器……四七七
吕　潛……四七七
佘　杰……四七七
陳　瑚……四七八
陳恭尹……四七八
朱彝尊……四七八
魏　禧……四七八
劉祚遠……四七八
王　清……四七八
趙錫胤……四七八
王曰高……四七八
梁　鋐……四七九
秦松齡……四七九
朱廷燝……四七九
蔣　超……四七九
婁鎮遠……四七九
王無忝……四七九
馬　駿……四七九

江　皋……四七九
徐旭齡……四八〇
李文秀……四八〇
歸　莊……四八〇
王儆通……四八〇
何　絜……四八〇
程世英……四八〇
孫自式……四八〇
丘象升……四八一
丘象隨……四八一
傅爲霖……四八一
黃若庸……四八一
魏　憲……四八一
朱克生……四八一
陳　鈺……四八一
劉中柱……四八一
李　沂……四八二
陸廷掄……四八二
宗元豫……四八二
李　淦……四八二
陳世祥……四八二
陶開虞……四八二
程　謙……四八二
黃　霖……四八二
程　邃……四八三
廖文英……四八三
吳嘉紀……四八三
劉康祚……四八三
范國祿……四八三
毛師柱……四八三
陳維岳……四八三
阮旻錫……四八三

龔士薦……四八四
趙　貞……四八四
曹　禾……四八四
周　聚……四八四
沙張白……四八四
彭師度……四八四
張圯授……四八四
郁　植……四八四
許嗣隆……四八五
葉　藩……四八五
沈受宏……四八五
曹　繡……四八五
王吉武……四八五
王曾斌……四八五
李　葉……四八五
周廷徵……四八五
許　焜……四八六
馮官揆……四八六
曹　漢……四八六
黃　層……四八六
呂　楠……四八六
鄭吉士……四八六
許朝礎……四八六
沈　藻……四八六
徐　深……四八七
鄒　翊……四八七
賁　琮……四八七
陳甡成……四八七
李　敕……四八七
吴觀垣……四八七
杜世廈……四八七
鄭一鳴……四八七

郁　江……四八八
龐　鴻……四八八
田　鋐……四八八
朱　璐……四八八
蔣斯行……四八八
釋野檝……四八八
王雍鎬……四八八
黄　鍾……四八八
黄　沆……四八九
黄德溢……四八九
黄陽生……四八九
黄泰來……四八九
薛　開……四八九
何　鐵……四八九
繆　尊……四八九
錢　覲……四九〇
顧九銘……四九〇
姚　曼……四九〇
王孫驂……四九〇
韓　肅……四九〇
魯東錡……四九〇
王奇遇……四九〇
袁　衡……四九〇
釋行如……四九一
釋宗炳……四九一
江允汭……四九一
謝天錦……四九一
吴維翰……四九一
鮑夔生……四九一
李　湘……四九一
王　簡……四九一
錢　點……四九二

丁龍受……四九二
丁行乾……四九二
丁元會……四九二
釋德孚……四九二
黄兆隆……四九二
黄　衍……四九二
黄師憲……四九三
黄　藻……四九三
程　毓……四九三
程端德……四九三
程　奇……四九三
張李鼎……四九三
李仙原……四九三
郜瑞麟……四九三
汪徵遠……四九四
孫自益……四九四
黄　琯……四九四
鄧勖采……四九四
鄧劭榮……四九四
鄧勷相……四九四
吴　琪……四九四
周　瓊……四九五
范　姝……四九六
蔣　葵……四九六
吴　山……四九七
卞　氏……四九七
黄媛介……四九八
商景蘭……四九八
祁德淵……四九八
祁德瓊……四九八
祁德茝……四九九
張德蕙……四九九

朱德蓉……四九九
胡應佳……四九九
鄭莊範……四九九
徐横波……四九九
李　因……四九九
陳結璘……五〇〇
袁九嫕……五〇〇
張　昊……五〇一
張　昂……五〇一
陳　挈……五〇一
王璐卿……五〇二
王端淑……五〇二
陸幽光……五〇二
湘揚女子……五〇三
鄧　氏……五〇三
宋蕙湘……五〇四
趙雪華……五〇四
葉子眉……五〇四
徐淑秀……五〇四
王芝玉……五〇四
張　氏……五〇四
汪　氏……五〇五
章有湘……五〇五
林文貞……五〇五
吴　綃……五〇五
張　粲……五〇六
邵　笠……五〇六
湘中女子……五〇六
吴　娟……五〇七
錢令暉……五〇七
錢令嫻……五〇七
徐　氏……五〇七

夏　沚……五〇七

詩觀二集

詩觀二集序……鄧漢儀　五〇九
詩觀二集凡例十四則……鄧漢儀　五一〇

詩人小傳

姜　埰……五一三
姜　垓……五一三
萬壽祺……五一三
梁以樟……五一三
申涵光……五一三
徐　汧……五一三
胡　介……五一四
杜　濬……五一四
紀映鍾……五一四
孫枝蔚……五一四
葉　襄……五一四
梁以枏……五一四
曹　溶……五一四
王　岱……五一四
王永吉……五一五
馮之圖……五一五
傅振商……五一五
王一翥……五一五
閻爾梅……五一五
屈大均……五一五
王猷定……五一五
徐　波……五一五
陸君弼……五一六
王　醇……五一六
姚孫棐……五一六
馮明期……五一六
曾　畹……五一六

雷士俊……五一六
王　巖……五一六
釋讀徹……五一七
于奕正……五一七
孫奇逢……五一七
王相業……五一七
許元方……五一七
劉體仁……五一七
姜希轍……五一八
郝　浴……五一八
喻成龍……五一八
梁清標……五一八
王崇簡……五一九
李　霨……五一九
馮　溥……五一九
魏裔介……五二〇
趙開心……五二〇
金　鎮……五二〇
汪懋麟……五二〇
徐乾學……五二〇
何天寵……五二一
張　琴……五二一
魏　勷……五二一
宋德宜……五二一
葉映榴……五二一
繆　彤……五二一
胡在恪……五二一
董　含……五二二
黄　雲……五二二
程　守……五二二
黄傳祖……五二二
王　清……五二二

王爾梅……五一三
趙嶷……五一三
崔華……五一三
程端德……五一四
程瑞禴……五一四
薛所蘊……五一四
程正揆……五一五
宋琬……五一五
王熙……五一五
丁澎……五一五
曹爾堪……五一五
施閏章……五一六
沈荃……五一六
王士祿……五一六
程可則……五一六
王士禛……五一六
陳廷敬……五一六
佟鳳彩……五一六
李呈祥……五一七
高道素……五一七
高晫……五一七
姜垚……五一七
蔣守大……五一七
孫蕙……五一七
喬萊……五一七
釋銘起……五一八
查昇……五一八
于王庭……五一八
吳秉謙……五一八
江羽青……五一八
魏翚……五一八
何負圖……五一九

丘履程……五二九
彭　桂……五二九
彭　極……五二九
毛際可……五二九
黃滻若……五二九
黃　任……五二九
譚弘憲……五三〇
葛一龍……五三〇
王相說……五三〇
宮繼蘭……五三〇
黃　輔……五三〇
蔣　宸……五三〇
錢邦芑……五三〇
顧　苓……五三一
李　雯……五三一
錢　穀……五三一
沈會霖……五三一
傅　山……五三一
陳之遴……五三一
朱　隗……五三一
俞南史……五三一
朱士稚……五三二
林雲鳳……五三二
史　玄……五三二
東蔭商……五三二
潘　陸……五三二
王　潢……五三二
王光承……五三二
王　烈……五三二
朱鶴齡……五三三
宋之普……五三三
查繼佐……五三三

趙　琳……五三三
馮如京……五三三
孫　晉……五三三
呂大器……五三三
包爾庚……五三三
張綱孫……五三四
雷　珽……五三四
卞三元……五三四
韓純玉……五三四
釋南潛……五三四
孫　觚……五三四
汪徵遠……五三四
吳之騄……五三五
蔡　望……五三五
吳　晉……五三五
魏際瑞……五三五
凌元鼒……五三五
陳　誠……五三五
蔣　易……五三五
濮陽錦……五三六
盛符升……五三六
王　庭……五三六
毛　甡……五三六
卓天寅……五三六
左維垣……五三七
王仲儒……五三七
王熹儒……五三七
李國宋……五三七
解　謙……五三七
閻兆鳳……五三八
費經虞……五三八
孔胤樾……五三八

陳瓊仙……五三八
張問達……五三八
劉梁楨……五三八
周在建……五三八
鄭爲光……五三八
王日藻……五三九
杜滨……五三九
郭菜……五三九
金世鑑……五三九
任璣……五三九
王遵訓……五三九
宋炘……五三九
劉德新……五三九
汪如龍……五四〇
顧樵……五四〇
茅麐……五四〇
李因篤……五四〇
丁煒……五四〇
李鎧……五四〇
方仲舒……五四〇
孔衍樾（再見）……五四一
陳祖法……五四一
姚思孝……五四一
陳瑚……五四一
顧夢麟……五四一
吴懋謙……五四一
戴逡孝……五四二
方中履……五四二
錢澄……五四二
李念慈……五四二
吴嘉紀……五四二
汪楫……五四三

王又旦……五四三
彭　椅……五四三
顧　岱……五四三
許　虬……五四三
徐旭齡……五四四
宋實穎……五四四
吴　度……五四四
余　杰……五四四
王逢禧……五四四
許　楚……五四四
趙吉士……五四四
梅枝鳳……五四四
李　珪……五四五
羅　坤……五四五
姚夢熊……五四五
吴　周……五四五
何　絜……五四五
程世英……五四五
李　煒……五四五
張汪慶……五四六
梅　素……五四六
金敬敷……五四六
許維袢……五四六
陳志諶……五四六
金憲孫……五四六
陈　信……五四七
黄　儀……五四七
黄之琮……五四七
黄之裳……五四七
吴崇先……五四七
田　庶……五四七
王而强……五四七

林銘璜……五四七
邵潛……五四八
劉道開……五四八
彭士望……五四八
靳應昇……五四八
李沛……五四八
王光魯……五四八
費密……五四八
呂潛……五四九
梅清……五四九
梅庚……五四九
卞永吉……五四九
何嘉頤……五四九
鄧廷羅……五五〇
湯寅……五五〇
閔麟嗣……五五〇
梁允植……五五〇
徐釚……五五〇
張壇……五五〇
曹貞吉……五五〇
計東……五五一
姜宸英……五五一
吳綺……五五一
江闓……五五一
吳參成……五五一
吳壽潛……五五一
陳玉堪……五五一
周在浚……五五二
趙弼……五五二
黄元治……五五二
俞森……五五二
顧自俊……五五二

葉燮……五五二
楊崑……五五二
葉榮……五五三
嚴繩孫……五五三
錢肅圖……五五三
彭年……五五三
于王臣……五五三
閔崧……五五三
李淳……五五三
李潤……五五四
張天中……五五四
何嘉琳……五五四
釋弘仁……五五四
袁于令……五五四
王咸……五五四
于王棟……五五四
趙潛……五五五
釋行弘……五五五
吳統持……五五五
金德嘉……五五五
陳志襄……五五五
夏羽儀……五五五
李澄中……五五五
吳雯……五五六
程瑞社……五五六
程瑞祊……五五六
程禕……五五六
高層雲……五五六
葉奕苞……五五六
許自俊……五五六
張大年……五五六
朱笏……五五七

林華昌……五五七
釋大雲……五五七
曹鳴遠……五五七
鄧　旭……五五七
王　掞……五五七
韓　菼……五五七
朱　雯……五五七
龔翔麟……五五八
吴于績……五五八
申維翰……五五八
黄　雲……五五八
程一中……五五八
陳志繹……五五八
丁德明……五五九
侯方域……五五九
魏　禧……五五九
魏　禮……五五九
朱彝尊……五五九
薛信辰……五六〇
羅承祚……五六〇
白夢鼎……五六〇
方殿元……五六〇
劉逢源……五六〇
劉　佑……五六〇
何　林……五六〇
余國楷……五六〇
張玉裁……五六一
張玉書……五六一
楊　岱……五六一
魏麟徵……五六一
高士奇……五六一
顔光敏……五六一

越　珃……五六一
曾孫瀾……五六一
彭　焱……五六二
高以位……五六二
俞　森（再見）……五六二
王穀韋……五六二
畢際有……五六二
朱鳳台……五六二
程　謙……五六二
孫繼登……五六二
周金然……五六三
于　佶……五六三
潘　耒……五六三
殳丹生……五六三
潘廷章……五六三
方中德……五六三
宋思玉……五六三
曾餘周……五六三
張秀璧……五六四
吴　非……五六四
吴孟堅……五六四
劉漢系……五六四
方中通……五六四
王體健……五六四
王履同……五六四
林九棘……五六四
佟世思……五六五
李聖芝……五六五
韓　魏……五六五
夏九敘……五六五
饒　眉……五六五
范國祿……五六六

徐無爲……五六六
孫宗元……五六六
湯彭年……五六六
徐　善……五六六
李良年……五六六
徐弘炯……五六六
席居中……五六六
李　傑……五六七
吳聞啓……五六七
范　遇……五六七
方　熊……五六七
方兆瑋……五六七
徐元夢……五六七
博爾都……五六七
鄧勷相……五六七
戴文柱……五六八
羅教善……五六八
方　挺……五六八
王　鐸……五六八
王　鑨……五六八
劉正宗……五六八
張縉彥……五六九
彭而述……五六九
范文芡……五六九
雷起劍……五六九
冒起宗……五六九
許鼎臣……五六九
馬　頎……五七〇
張若麒……五七〇
王貴一……五七〇
石　申……五七〇
顧九錫……五七〇

李　沂……五七一
周　安……五七一
吴興祚……五七一
洪　琮……五七一
惲本初……五七一
惲于邁……五七一
馮雲驤……五七一
侯　性……五七一
蔣平階……五七二
侯　汸……五七二
陳肇曾……五七二
王孫晉……五七二
張象樞……五七二
冷時中……五七二
程正萃……五七二
潘　高……五七二
宫夢仁……五七三
董　俞……五七三
葉方恒……五七三
錢芳標……五七三
龔士薦……五七三
張養重……五七三
徐　枋……五七三
湯燕生……五七三
張　琪……五七四
彭士右……五七四
周而衍……五七四
陳晉明……五七四
吴康侯……五七四
秦保寅……五七四
鮑忠勑……五七四
高文涵……五七四

宗元豫……五七五
陸　御……五七五
張　梧……五七五
陳增新……五七五
陳大成……五七五
時　炳……五七五
姜廷幹……五七五
方式玉……五七五
杨　岐……五七六
瞿鉉錫……五七六
沈聃開……五七六
鄧子儀……五七六
金俊明……五七六
蘇　震……五七六
趙而忭……五七六
韓玉房……五七六

熊維熊……五七七
諸葛麒……五七七
李　巖……五七七
姚啟聖……五七七
姚子莊……五七七
阮述芳……五七七
王　易……五七七
鍾　岱……五七七
鍾　嵋……五七八
汪文楨……五七八
汪　森……五七八
傅　奇……五七八
釋今釋……五七八
釋正巖……五七八
林賓王……五七八
湯思孝……五七九

彭熙棟……五七九
蔡景定……五七九
霍映琇……五七九
釋興正……五七九
姚曼……五七九
曹應鵬……五七九
劉之湛……五七九
張德盛……五八〇
葉舒胤……五八〇
釋上旨……五八〇
王者堭……五八〇
李思訓……五八〇
杜濬（再見）……五八〇
魏裔介（再見）……五八〇
魏象樞……五八一
王曰高……五八一
李贊元……五八一
葉封……五八一
汪琬……五八二
曹國柄……五八二
艾元徵……五八二
成克鞏……五八二
劉達……五八二
陳協……五八二
柯聳……五八二
李天馥……五八三
王澤弘……五八三
項景襄……五八三
徐悍……五八三
陳襄……五八三
戴王綸……五八三
葉方藹……五八三

嚴　沆……五八三
陸求可……五八四
嚴我斯……五八四
許之漸……五八四
吳雯清……五八四
田　雯……五八四
孟亮揆……五八四
張　英……五八四
王　樛……五八四
許孫荃……五八五
謝重輝……五八五
徐　倬……五八五
蔣弘道……五八五
李夢庚……五八五
張　烈……五八五
程　邃……五八五
曹廣憲……五八六
曹廣端……五八六
周龍舒……五八六
高承埏……五八六
崔干城……五八六
秦定遠……五八六
釋正玉……五八六
釋海祿……五八六
釋超際……五八七
釋晉因……五八七
盧元昌……五八七
張淵懿……五八七
孔　暹……五八七
釋宏幬……五八七
孫　嶠……五八七
張　汧……五八七

田雯（再見）……五八八
邵長蘅……五八八
洪昇……五八八
魏力仁……五八八
陳維崧……五八八
陶澄……五八八
姜梗……五八九
尤侗……五八九
徐崧……五八九
錢肅潤……五八九
陸進……五八九
陸雋……五八九
王嗣槐……五八九
王暐……五八九
董訥……五九〇
許承家……五九〇
陳維岳……五九〇
淩元鼎……五九〇
梁舟……五九〇
郭士璟……五九〇
鍾淵映……五九〇
賀宿……五九〇
張鷺……五九一
周斯盛……五九一
馮俞昌……五九一
高緝睿……五九一
桑豸……五九一
孫默……五九一
李攀鱗……五九一
龔百朋……五九一
歸允肅……五九二
程正閒……五九二

喬　邁……五九二
丁啟相……五九二
朮翼宗……五九二
李枝翹……五九二
王祚昌……五九二
王　賓……五九三
李時燦……五九三
盧廷簡……五九三
丁　倬……五九三
喬出塵……五九三
李　頴……五九四
鄭惟颸……五九四
張大復……五九四
郭永豐……五九四
程　兼……五九四
柳　文……五九四
季公琦……五九五
曹　鈐……五九五
毛鳴岐……五九五
謝天錦……五九五
黄九河……五九五
徐　衡……五九五
瞿時行……五九六
沈思倫……五九六
丁日乾……五九六
佘　懷……五九六
任　楓……五九六
龐　塏……五九六
方象瑛……五九七
祁文友……五九七
洪圖光……五九七
崔徵璧……五九七

林堯光……五九七
林堯英……五九七
林麟焻……五九七
毛天麒……五九七
蔣景祁……五九八
鄭　茂……五九八
譚　宗……五九八
周　篔……五九八
路澤農……五九八
朱爾邁……五九八
崔　嵸……五九八
宋　犖……五九八
李　驎……五九九
趙　澐……五九九
顏伯珣……五九九
閻若璩……五九九
范承斌……五九九
范承烈……五九九
鄧林尹……五九九
鄒之璜……五九九
楊雍建……六〇〇
趙士麟……六〇〇
柯崇樸……六〇〇
柯維楨……六〇〇
曹鑑平……六〇〇
曹鑑章……六〇〇
毛　逵……六〇〇
孫　郁……六〇〇
魏　憲……六〇一
沈胤範……六〇一
謝橿齡……六〇一
汪耀麟……六〇一

陳璜……六〇一
蘇瑋……六〇一
李贊元……六〇一
衛既齊……六〇一
張愬……六〇二
吴之紀……六〇二
董允瑫……六〇二
畢三復……六〇二
張辰樞……六〇二
吴甲……六〇二
吴鉅……六〇二
蔣楛……六〇二
吴之振……六〇三
呼谷……六〇三
黄礽緒……六〇三
沈蕙纕……六〇三
金肖孫……六〇三
曹禾……六〇三
沈攀……六〇三
錢光繡……六〇三
譚吉璁……六〇四
潘江……六〇四
湯格……六〇四
秦鉽……六〇四
鄧林梓……六〇四
葉舒崇……六〇四
王九徵……六〇四
陳檀禧……六〇四
曾王孫……六〇五
蔣日成……六〇五
顧景文……六〇五
陳鈺……六〇五

董文驥……六〇五
沈世奕……六〇五
楊自牧……六〇五
關鱗如……六〇五
陸慶臻……六〇六
顧有孝……六〇六
徐　增……六〇六
練貞吉……六〇六
黄之翰……六〇六
董元愷……六〇六
劉中柱……六〇六
迮　俊……六〇六
陸元泓……六〇七
湯傳楹……六〇七
陳希稷……六〇七
鄒祗謨……六〇七
董以寧……六〇七
魏世傑……六〇七
王　潔……六〇七
吴肅公……六〇七
柳　棻……六〇八
陳　琅……六〇八
王　翃……六〇八
周榮起……六〇八
何龍文……六〇八
夏洪基……六〇八
車萬育……六〇八
沈奕琛……六〇八
沈　謙……六〇九
王鴻緒……六〇九
于覺世……六〇九
蔣　伊……六〇九

曾燦……六〇九
劉書……六〇九
劉元徵……六〇九
張鴻儀……六〇九
李振世……六一〇
蔣玢……六一〇
紀炅……六一〇
徐士芝……六一〇
程瑞初……六一〇
胥庭清……六一〇
鄒溶……六一〇
李蘭……六一〇
任西邑……六一一
鄒顯吉……六一一
沈希亮……六一一
鄺日晉……六一一
諸嗣郢……六一一
張麋……六一一
夏駰……六一一
張吉……六一一
陳浣……六一二
黃霦……六一二
丁耀亢……六一二
劉懋賢……六一二
鄭元志……六一二
程祐……六一二
程瑞禴……六一二
白眉……六一二
陳治……六一三
鮑鼎銓……六一三
姚克家……六一三
吳琦……六一三

謝　淳……………………六一三
徐旭旦……………………六一三
羅自觀……………………六一三
熊一藻……………………六一四
姚景詹……………………六一四
姚景明……………………六一四
陳啟源……………………六一四
申涵煜……………………六一四
程　毓……………………六一四
程應騏……………………六一四
吳卜雄……………………六一四
釋本月……………………六一五
釋大燈……………………六一五
何金驤……………………六一五
繆永謀……………………六一五
鄭　培……………………六一五
汪　楷……………………六一五
高　詠……………………六一五
陸　輅……………………六一五
趙其隆……………………六一六
沈純中……………………六一六
胡玉昆……………………六一六
顧自惺……………………六一六
喻全易……………………六一六
趙　陛……………………六一六
朱　曙……………………六一六
官純胤……………………六一六
夏州梁……………………六一七
翁　磊……………………六一七
葉　藩……………………六一七
卓人皋……………………六一七
顧　兼……………………六一七

許心宸……六一七
劉應麟……六一七
浦　舟……六一七
徐國顯……六一八
吳　沛……六一八
錢士馨……六一八
蔣之翹……六一八
劉　侗……六一八
彭孫貽……六一八
梁于涘……六一九
鄭元勳……六一九
金俊明……六一九
金　侃……六一九
黃周星……六一九
陳名夏……六一九
姚永昌……六一九
劉佐臨……六一九
徐宗健……六二〇
何士震……六二〇
許喬蘅……六二〇
釋大健……六二〇
董德偁……六二〇
褚　篆……六二〇
米漢雯……六二〇
周　肇……六二〇
莊振徽……六二一
李　瀅……六二一
梁佩蘭……六二一
汪徵遠（再見）……六二一
瞿有仲……六二一
何　讓……六二一
王奪標……六二一

李　漁……六二二
孫　治……六二二
金　鍔……六二二
計　東（再見）……六二二
蔡　瑤……六二二
劉儀恕……六二二
魯　灝……六二二
倪之煌……六二三
胡　遲……六二三
馬之輅……六二三
王　倜……六二三
潘　岵……六二三
程　煥……六二三
湯帝臣……六二三
申紘祚……六二三
李長順……六二四

王弘祚……六二四
譚貞默……六二四
李良年（再見）……六二四
董　俞……六二四
高佑釲……六二四
卞善述……六二四
鄧廷羅（再見）……六二四
劉壯國……六二五
季　静……六二五
田作澤……六二五
林鼎復……六二五
謝良琦……六二五
王元度……六二五
卓胤域……六二五
卓胤基……六二五
袁啟旭……六二六

許納陛……六二六
孫汧如……六二六
唐念祖……六二六
侯方通……六二六
許世昌……六二六
周宗儒……六二六
許獻科……六二六
徐　熺……六二七
白夢鼐……六二七
張大賡……六二七
李　楷……六二七
張　嵋……六二七
王如琮……六二七
是　名……六二七
王　蔚……六二八
張礽煒……六二八
杜首昌……六二八
郝士儀……六二八
劉彥初……六二八
魏敏祺……六二八
張玉藻……六二八
朱　珏……六二八
釋琛大……六二九
袁懋年……六二九
袁爾萃……六二九
孫　益……六二九
陸　菜……六二九
釋楚琛……六二九
釋宗渭……六二九
佘儀曾……六二九
閻若璩……六三〇
董用楫……六三〇

姚諲昉……六三〇
白　采……六三〇
白　英……六三〇
李彥瑁……六三〇
孟九銀……六三〇
許　茹……六三〇
董孫符……六三一
王國璽……六三一
孫錫蕃……六三一
張陳鼎……六三一
王九寧……六三一
鄭吉士……六三一
宋　琦……六三一
釋常岫……六三一
釋宗炳……六三二
王俞巽……六三二
程樹德……六三二
釋本晝……六三二
釋今無……六三二
何嘉廸……六三二
何嘉延……六三二
徐　惺（再見）……六三三
耿願魯……六三三
邵錫申……六三三
釋佛暘……六三三
張懋京……六三三
房廷禎……六三三
許孫荃……六三三
周斯盛……六三四
顧道含……六三四
李　曉……六三四
劉長發……六三四

成　光……六三四
鄭熙績……六三四
江　湘……六三五
程　洪……六三五
周棐臣……六三五
江世棟……六三五
方兆兗……六三五
方拱乾……六三五
方亨咸……六三五
李鄴嗣……六三六
李元鼎……六三六
李振裕……六三六
戴　重……六三六
戴本孝……六三六
史可程……六三六
申涵盼……六三六
黄天嗣……六三六
金祖誠……六三七
錢　霍……六三七
趙文煚……六三七
潘問奇……六三七
施彦恪……六三七
路金聲……六三七
喬出塵（再見）……六三七
萬斯備……六三八
張　陛……六三八
曹　寅……六三八
胡德邁……六三八
蔡　珮……六三八
熊　釗……六三八
彭　瓏……六三八
彭定求……六三八

朱　瞻……六三九
咼重望……六三九
咼正儀……六三九
周體觀……六三九
唐賡堯……六三九
釋原志……六三九
江天一……六三九
郝　璧……六三九
劉文炤……六四〇
蔡德烈……六四〇
馬　翀……六四〇
袁　藩……六四〇
釋鐙溥……六四〇
范宣詮……六四〇
馮蕃大……六四〇
張　潮……六四〇
陳宗石……六四一
金敬致……六四一
黃　律……六四一
汪　弼……六四一
田于邠……六四一
田于隆……六四一
田于郃……六四一
徐　斅……六四一
孫叔詒……六四二
黃陽生……六四二
黃泰來……六四二
姜　梗……六四二
魏　坤……六四二
姜　諫……六四二
孫　延……六四二
吴紹熹……六四三

吴　炯……六四三
吴　燭……六四三
沈傳弓……六四三
戚　懋……六四三
王澤孚……六四三
汪　曾……六四三
左維垣……六四四
李　暾……六四四
黄　對……六四四
黄　時……六四四
陸引年……六四四
顧紹美……六四四
蔡孕環……六四四
袁　佑……六四四
釋性本……六四五
釋通問……六四五
朱　璽……六四五
高必達……六四五
繆肇甲……六四五
方　淳……六四五
程允生……六四五
宗　觀……六四五
汪　度……六四六
程化龍……六四六
賈良璧……六四六
朱　紘……六四六
釋大汕……六四六
釋興源……六四六
董道權……六四六
陸嘉淑……六四七
俞　楷……六四七
劉元勳……六四七

彭翼宸……六四七
朱綬……六四七
朱弦（再見）……六四七
傅鸞祥……六四七
張鴻漸……六四八
程羽豐……六四八
周藩……六四八
周以忠……六四八
孫志喬……六四八
冒丹書……六四八
汪達……六四九
孫綏……六四九
閔恭……六四九
閔寬……六四九
佘瓚……六四九
江益……六四九
江斌……六五〇
孫錫蕃（再見）……六五〇
劉芳蔭……六五〇
胡其毅……六五〇
黃虞稷……六五〇
徐廷翰……六五〇
馬禹錫……六五一
彭始奮……六五一
彭始摶……六五一
朱虹……六五一
孫暘……六五一
曾明新……六五一
舒逢吉……六五一
鄒震謙……六五二
李贊元（再見）……六五二
李孚良……六五二

文　果……六五二
宋　炌……六五二
陳寶鑰……六五二
李基和……六五三
趙廷錫……六五三
李　鴻……六五三
許夢麒……六五三
柳　焴……六五三
葉灼棠……六五三
徐之駿……六五四
曹垂璨……六五四
趙　湛……六五四
金　炯……六五四
王士祜……六五四
吳　愉……六五四
喬　寅……六五四
王　待……六五四
牛　奐……六五五
毛會建……六五五
朱廷鉉……六五五
顧符稹……六五五
陸　韜……六五五
釋弘修……六五五
釋興杲……六五五
釋理昇……六五五
鄧勖采……六五六
鄧劭棨……六五六
鄧勷相……六五六
鄧勷秀……六五六
李　蓰……六五六
侯懷風……六五六
朱中楣……六五七

柳　因……六五七
吳坤元……六五七
吳　吳……六五七
白　氏……六五七
方　琬……六五八
陳　瓊……六五八
俞　氏……六五八
王淑卿……六五八
湯　萊……六五八
范　姝……六五八
湯淑英……六五八
平陽女子……六五八
張　潮……六五九
蔣　蕙……六五九
林文貞……六五九
程　淑……六五九
許心澧……六五九
龐蕙纕……六六〇
彭孫婧……六六〇
宋　氏……六六〇
蔣　葵……六六〇
余子玉……六六〇
胡介妻……六六〇
范滿珠……六六〇
滎　氏……六六〇
朱雪英……六六一
袁　鑾……六六一
朱中楣（再見）……六六一
秦昭奴……六六二
白抗月……六六三
范滿珠（再見）……六六三
戴　璽……六六三

詩觀三集

詩觀三集序……鄧漢儀 六六五
詩觀三集序……張潮 六六六

詩人小傳

黃淳耀……六六九
李永茂……六六九
申涵光……六六九
吳甡……六七〇
吳應箕……六七〇
劉文炤……六七〇
柳寅東……六七〇
李鄴嗣……六七〇
楊廷麟……六七一
閻爾梅……六七一
沈士柱……六七一
馮明期……六七一
馮如京……六七一
王猷定……六七一
姚思孝……六七二
陳之遴……六七二
胡兆龍……六七二
李元鼎……六七二
黃與堅……六七三
高詠……六七三
余懷……六七三
宋實穎……六七三
宗觀……六七三
徐乾學……六七三
韓菼……六七四
翁叔元……六七四
孫在豐……六七四
徐倬……六七四

丘象升……六七五
徐秉義……六七五
汪　楫……六七五
許承家……六七五
徐起霖……六七五
劉天閒……六七五
梁清標……六七六
施閏章……六七六
王士禛……六七六
王又旦……六七六
吳兆騫……六七六
馮雲驤……六七七
張九徵……六七七
張玉書……六七七
屈大均……六七七
彭而述……六七七
楊素藴……六七七
申涵盼……六七八
吳興祚……六七八
孔尚任……六七八
李鴻霔……六七九
吳秉謙……六七九
曹　溶……六七九
汪士鋐……六八〇
沈士尊……六八〇
程　守……六八〇
楊時化……六八〇
李天爵……六八〇
顧景星……六八一
史弱翁……六八一
徐　崧……六八一
李　眖……六八一

張習孔……六八二
張　潮……六八二
潘　耒……六八二
王項齡……六八二
吳農祥……六八二
林　鴻……六八二
楊還吉……六八三
王孫蔚……六八三
嚴繩孫……六八三
方　熊……六八三
方淇藎……六八三
趙廷錫……六八三
紀　炅……六八四
周起辛……六八四
高層雲……六八四
丘象隨……六八四
毛會建……六八四
陳玉璂……六八四
程瑞禴……六八四
孫叔詒……六八四
羅　俊……六八五
茅兆儒……六八五
祖應世……六八五
佟　藹……六八五
呂　磻……六八五
傅澤洪……六八五
田　雯……六八六
李良年……六八六
吳　雯……六八六
李念慈……六八六
秦松齡……六八七
董　俞……六八七

李猶龍……六八七
李振裕……六八七
胡會恩……六八七
汪文楨……六八七
汪　森……六八八
汪文柏……六八八
朱　虹……六八八
丁德明……六八八
謝開寵……六八九
閔麟嗣……六八九
吳　嶽……六八九
汪文雄……六八九
王廷璧……六九〇
方　淳……六九〇
顧　彩……六九〇
王嗣槐……六九〇
俞　瑒……六九〇
黃　瀚……六九〇
黃朝美……六九〇
來集之……六九一
李　敬……六九一
湯燕生……六九一
汪　祉……六九一
陸　鴻……六九二
汪允讓……六九二
錢光繡……六九二
廖騰煃……六九二
李因篤……六九三
陳維崧……六九三
宋徵輿……六九三
喬　萊……六九三
曹　禾……六九三

洪宮諧……六九三
羅坤……六九四
范必英……六九四
卓爾堪……六九四
張彥之……六九四
倪燦……六九四
徐嘉炎……六九四
謝良瑜……六九四
鄭晉德……六九五
毛奇齡……六九五
尤侗……六九五
崔岱齊……六九五
李傑……六九五
閻興邦……六九六
劉德新……六九六
金之麟……六九六
王岱……六九六
顧圖河……六九六
張韻……六九七
張鴻烈……六九七
趙進美……六九七
戴王綸……六九七
王昊……六九七
朱觀……六九七
洪鉽……六九八
程士光……六九八
張奇……六九八
蕭説……六九八
王易……六九八
鄭從諫……六九八
黄澂之……六九九
沈琰……六九九

袁　佑 …… 六九九
羅教善 …… 六九九
錢中諧 …… 六九九
錢　岳 …… 六九九
程化龍 …… 七〇〇
程瑞初 …… 七〇〇
程　祿 …… 七〇〇
黄　對 …… 七〇一
黄　時 …… 七〇一
李　杰（再見） …… 七〇一
釋自安 …… 七〇一
杜　濬 …… 七〇一
吴之振 …… 七〇二
陸次雲 …… 七〇二
吴　苑 …… 七〇二
吴　荃 …… 七〇二
吴　菘 …… 七〇三
吴瞻泰 …… 七〇三
吴懋謙 …… 七〇三
鄭熙績 …… 七〇三
佟世思 …… 七〇三
謝家樹 …… 七〇三
高天佑 …… 七〇四
蘇良嗣 …… 七〇四
色　冷 …… 七〇四
孫志喬 …… 七〇五
許　嵎 …… 七〇五
張鴻佑 …… 七〇五
汪　舟 …… 七〇五
姜希轍 …… 七〇五
周　燦 …… 七〇五
王紀昭 …… 七〇六

段維衮……七〇六
胡文學……七〇六
李載……七〇六
梅鋮……七〇六
王言……七〇六
汪沅……七〇七
吴山……七〇七
譚宗……七〇七
陳上年……七〇七
朱慎……七〇七
王材任……七〇八
范大士……七〇八
盧績……七〇八
李天馥……七〇八
陳廷敬……七〇八
李基和……七〇八
顔光敏……七〇九
許孫荃……七〇九
宋犖……七〇九
宋炘……七〇九
宋炌……七〇九
趙吉士……七〇九
高士奇……七〇九
曹廣端……七〇九
浦舟……七一〇
許夢麒……七一〇
李孚青……七一〇
于覺世……七一〇
龐塏……七一〇
胡介祉……七一〇
謝重輝……七一〇
邊汝元……七一〇

龐克慎……七一一
高以永……七一一
宋李顒……七一一
李　符……七一一
李更生……七一一
殷四端……七一一
朱光嵒……七一一
姚諲昉……七一二
朱光巒……七一二
周　篔……七一二
周　岳……七一二
徐　亭……七一二
戴文柱……七一三
程邦彩……七一三
楊自牧……七一三
程世經……七一三
朱　絲……七一三
程元善……七一四
杜光先……七一四
團　鴻……七一四
程世統……七一四
孫秉銓……七一四
胥時夔……七一四
施　清……七一五
戴世敞……七一五
石爲崧……七一五
方　挺……七一五
陳　翼……七一五
錢程煥……七一五
戴文敏……七一五
方象瑛……七一六
李　鎧……七一六

曹貞吉……七一六
施世綸……七一七
靳治荊……七一七
姚士塈……七一七
曹　純……七一七
翁介眉……七一八
徐芳霖……七一八
陸引年……七一八
鮑開宗……七一八
潘　銑……七一八
唐廷伯……七一九
程　禕……七一九
陳祖法……七一九
朱爾邁……七一九
朱　澐……七一九
華　黄……七一九
包　斌……七一九
錢　豥……七二〇
鄭　濂……七二〇
王爾綱……七二〇
蘇應檖……七二〇
馮鼎延……七二〇
俞星留……七二〇
黄士塤……七二〇
沙鍾珍……七二〇
吴宗渭……七二一
李中黄……七二一
李澄中……七二一
孟亮揆……七二二
彭孫遹……七二二
朱彝尊……七二二
曹貞吉（再見）……七二二

曹申吉 …… 七二二
魏善長 …… 七二三
鄭　昂 …… 七二三
吴從殷 …… 七二三
陳娗章 …… 七二三
林世俊 …… 七二四
陳秉樞 …… 七二四
尤　珍 …… 七二四
許維梃 …… 七二四
錢　鍈 …… 七二四
笪重光 …… 七二五
黄　生 …… 七二五
吴　鏘 …… 七二五
任紹爌 …… 七二五
程先澤 …… 七二五
吴　寅 …… 七二五
吴啟鵬 …… 七二五
沈　白 …… 七二六
楊嗣漢 …… 七二六
劉芳洪 …… 七二六
查嗣瑮 …… 七二六
吴德照 …… 七二六
李　德 …… 七二六
盧　勷 …… 七二六
危映壁 …… 七二七
曹繼參 …… 七二七
曹有爲 …… 七二七
宫鴻曆 …… 七二七
金德嘉 …… 七二七
胡繩祖 …… 七二七
汪　穎 …… 七二八
吴宗烈 …… 七二八

汪光祥……七二八
白良琯……七二八
李　楠……七二八
范國祿……七二八
范　遇……七二九
釋慧覺……七二九
王日講……七二九
吳　濤……七二九
釋上思……七二九
程應鵬……七三〇
李贊元……七三〇
杜　濬（再見）……七三〇
釋聞潭……七三〇
釋德基……七三一
蘇　嵋……七三一
蘇　峒……七三一
蘇　溥……七三一
吳敬儀……七三一
馮庭楷……七三一
汪獻文……七三二
錢　蝦……七三二
王　璋……七三二
王　環……七三二
傅　山……七三二
杜　越……七三二
王方穀……七三二
丁　煒……七三三
梅枝鳳……七三三
梅　清……七三三
迮　俊……七三三
余賓碩……七三三
余蘭碩……七三三

李亦文……七三三
端揆……七三四
何一化……七三四
朱鍾仁……七三四
余讜……七三四
吴雯清……七三四
吴秋士……七三四
丘元武……七三四
臧振榮……七三五
劉凡……七三五
吴崇光……七三五
蔣鑨……七三五
徐章……七三六
蘇卓……七三六
朱爽……七三六
温養度……七三六
劉芳猷……七三六
劉首拔……七三七
彭禎源……七三七
鄭壽……七三七
沈廣輿……七三七
吴元麟……七三七
程瑞社……七三八
程瑞祊……七三八
王巒……七三八
楊瑚璉……七三八
盧綎……七三八
王玑……七三九
王孫茂……七三九
徐豫貞……七三九
俞楷……七三九
楊綱……七四〇

劉克坒……七四〇
林堯光……七四〇
趙有成……七四〇
冒褒……七四一
張圯授……七四一
丁其锡……七四一
方象瑛……七四一
閻若璩……七四一
盧洽……七四二
耿興行……七四二
周疆……七四二
徐旭旦……七四二
朱國琦……七四二
蔣景祁……七四二
孔尚恪……七四三
卞元彪……七四三
余雯……七四三
閔思……七四三
陳大謨……七四三
茆薦馨……七四四
黄師憲……七四五
黄瑧……七四五
陸珂……七四五
咎章……七四五
曹光昇……七四五
釋行溗……七四六
黄龍官……七四六
釋超普……七四六
吴宗湑……七四六
朱欽……七四六
黄雲……七四六
黄陽生……七四七

黃泰來……七四七
劉中柱……七四七
繆肇甲……七四七
吳景鄴……七四八
陸　愚……七四八
潘　瀓……七四八
楊廷鎮……七四八
金懋禧……七四八
呂泗洲……七四九
馬之驊……七四九
丘同升……七四九
史　仲……七四九
陶爾燧……七四九
沈季友……七四九
戴劉淙……七五〇
葉　燮……七五〇
吳孟堅……七五〇
黃啟祚……七五〇
梅文鼎……七五〇
孫又玠……七五〇
王元弼……七五一
張思任……七五一
張思信……七五一
閻中寬……七五一
張　禎……七五一
陳于王……七五一
蔣繼軾……七五一
胡其毅……七五二
魏壽期……七五二
彭希周……七五二
張　儼……七五二
孔毓禎……七五二

奚　藩……七五二
奚　自……七五二
何良球……七五二
汪元暉……七五三
方　山……七五三
劉清玫……七五三
閻　詠……七五三
卓允基……七五三
王鴻藻……七五四
劉家珍……七五四
錢柏齡……七五四
楊廷顯……七五四
唐麟翔……七五四
杜逢春……七五四
潘　鼎……七五四
沈嘉植……七五五
張　昭……七五五
王拱辰……七五五
孫　暨……七五五
王　待……七五五
汪岱實……七五五
趙鳴鸞……七五五
鄧鶴在……七五六
程鴻鼎……七五六
文師伋……七五六
許大儒……七五六
佘　昂……七五六
黃九洛……七五六
程　鼎……七五七
劉小雅……七五七
戴元琛……七五七
范　韓……七五七

釋祖琴……七五七
李遴……七五八
陶元運……七五八
張奎鶚……七五八
李堂……七五八
喜越……七五八
吴維翰……七五八
李振裕（再見）……七五九
許孫荃（再見）……七五九
靳治荊（再見）……七五九
汪士鋐（再見）……七五九
閻爾梅（再見）……七六〇
閔麟嗣（再見）……七六〇
趙吉士（再見）……七六〇
方淳（再見）……七六〇
許夢麒（再見）……七六〇
釋上寧……七六一
徐章（再見）……七六一
程先達……七六一
程士芷……七六一
佘儀曾……七六一
釋元奭……七六二
顧鳳彩……七六二
程瑞禴（再見）……七六二
程瑞社（再見）……七六二
程瑞祊（再見）……七六二
冒綸……七六三
黄喬年……七六三
程世經（再見）……七六三
繆肇祺……七六三
戴文柱（再見）……七六四
冒起霞……七六四

冒起英……七六四
黃　潔……七六四
王　讓……七六五
施震鐸……七六五
戴　珩……七六五
黃淑貞……七六五
李季嫻……七六五
李　妍……七六六
黃之柔……七六六
龔靜照……七六六
彭　氏……七六六
尹　氏……七六七
冒德娟……七六七
彭　淑……七六七
呂　氏……七六七
王　正……七六七
周貞媛……七六七
秦　雲……七六八

藎心錄

葉　允……七七一
劉　基……七七一
李善長……七七一
蔡學英……七七一
方國珍……七七二
宋　訥……七七二
崔　亮……七七二
程　徐……七七三
葉伯臣……七七三
鄭士利……七七三
周敬心……七七三

解　縉……………………七七三
帖木兒……………………七七四
卓　敬……………………七七四
高　巍……………………七七四
王　直……………………七七四
徐有貞……………………七七四
周洪謨……………………七七四
楊守陳……………………七七四
王　恕……………………七七五
楊守隨……………………七七五
劉大夏……………………七七五
徐　溥……………………七七五
丘　濬……………………七七六
馬文升……………………七七六
倪　岳……………………七七六
吴世忠……………………七七六
王　鏊……………………七七六
謝　遷……………………七七六
傅　瀚……………………七七六
劉　健……………………七七七
席　書……………………七七七
李東陽……………………七七七
張敷華……………………七七七
韓　文……………………七七七
胡世寧……………………七七八
徐文華……………………七七九
王　思……………………七七九
王守仁……………………七七九
楊一清……………………七八〇
王　瓊……………………七八〇
程啟充……………………七八〇
梁　儲……………………七八〇

蔣　冕……七八〇
毛　澄……七八〇
楊廷和……七八一
毛　紀……七八一
石　珤……七八一
鄒守益……七八一
崔　銑……七八一
何孟春……七八二
安　磐……七八二
張　璁……七八二
桂　萼……七八二
方獻夫……七八二
黃　綰……七八三
黃宗明……七八三
霍　韜……七八三
唐　胄……七八三
趙時春……七八三
郭　楠……七八三
張　鶚……七八四
唐　樞……七八四
田汝成……七八四
馮　恩……七八四
馮行可……七八四
周　怡……七八四
沈　錬……七八五
楊繼盛……七八五
鄒應龍……七八五
湛若水……七八五
鄔景和……七八五
翁萬達……七八六
海　瑞……七八六
沈束妻……七八六

楊繼盛妻……七八七
戚繼光……七八七
歐陽一敬……七八七
魏時亮……七八七
鄭履淳……七八八
梁夢龍……七八八
王宗沐……七八八
汪文輝……七八八
劉奮庸……七八八
劉　臺……七八八
施天麟……七八八
潘季馴……七八九
傅應禎……七八九
吴中行……七八九
鄒元標……七八九
趙用賢……七八九
艾　穆……七八九
王用汲……七九〇
方逢時……七九〇
張學顔……七九〇
丘　橓……七九〇
余懋學……七九〇
李懋檜……七九〇
雒于仁……七九一
萬國欽……七九一
湯顯祖……七九一
譚　綸……七九一
陳于陛……七九一
孟一脈……七九一
王家屏……七九二
王錫爵……七九二
錢一本……七九二

劉應秋……七九二
馮從吾……七九二
史孟麟……七九二
于玉立……七九三
安希範……七九三
王如堅……七九三
顧憲成……七九三
顧允成……七九三
朱載堉……七九四
馬經綸……七九四
張養蒙……七九四
戴士衡……七九四
王就學……七九四
呂　坤……七九四
劉　綱……七九五
馮　琦……七九五
魏允貞……七九五
田大益……七九五
李　戴……七九五
朱國祚……七九五
謝廷諒……七九五
溫　純……七九六
李三才……七九六
何士晉……七九六
陸大受……七九六
張　庭……七九六
葉向高……七九六
王德完……七九七
姜志禮……七九七
李　樸……七九七
夏嘉遇……七九七
趙南星……七九七

楊時喬……七九八
孫如游……七九八
王　紀……七九八
左光斗……七九八
黃克纘……七九八
孫慎行……七九九
韓　爌……七九九
張問達……七九九
張慎言……七九九
孫承宗……七九九
文震孟……七九九
孫　瑋……八〇〇
李希孔……八〇〇
王允成……八〇〇
周宗建……八〇〇
萬　燝……八〇〇
楊　漣……八〇〇
蔡毅中……八〇〇
魏大中……八〇一
袁化中……八〇一
李應昇……八〇一
鄒維璉……八〇一
黃尊素……八〇一
程　紹……八〇一
江秉謙……八〇二
李　倧……八〇二
倪元璐……八〇二
徐光啟……八〇二
李天經……八〇三
朱爕元……八〇三
范景文……八〇三
劉宗周……八〇三

黃道周……八〇三
解學龍……八〇三
祁彪佳……八〇四
淩義渠……八〇四
錢士升……八〇四
金　聲……八〇四
吴甘來……八〇四
盧象昇……八〇四
張　采……八〇五
趙士春……八〇五
左懋第……八〇五
汪　偉……八〇五
祝　淵……八〇五
姜曰廣……八〇六
袁繼咸……八〇六
萬元吉……八〇六
熊汝霖……八〇六
陳潛夫……八〇六
錢用任……八〇七
朱　善……八〇七
任亨泰……八〇七
張　籌……八〇七
馬文升……八〇七
汪　俊……八〇八
吴一鵬……八〇八
李承勳……八〇八
夏　言……八〇八
徐貞明……八〇八
楊　璟……八〇八
王叔英……八〇九

羅汝敬 …… 八〇九
徐一夔 …… 八〇九
羅欽順 …… 八〇九
魏校 …… 八〇九
李騰芳 …… 八〇九
左良玉 …… 八一〇
馬世奇 …… 八一〇
汪偉 …… 八一〇
申佳允 …… 八一〇
薛蕙 …… 八一一
尹直 …… 八一一
于慎行 …… 八一一
范常 …… 八一一

附録一　年譜

鄧漢儀簡譜 …… 王卓華 八一五

附録二　傳記資料

徵辟始末 …… 鄧勷相 九三一
傳記雜録 …… 九三六

附録三　序跋題記

蕭樓集序 …… 尤侗 九四一
蕭樓集序 …… 吴綺 九四二
謝晉侯詩品序 …… 吴綺 九四五
跋日損堂詩海陵本 …… 王士禛 九四六
重輯詩觀序 …… 仲之琮 九四七
重輯詩觀二集序 …… 仲之琮 九四八
重輯詩觀三集敘 …… 仲之琮 九四九
詩觀題記 …… 鮑倚雲 九五〇

附録四　友人贈答倡和

九日龔孝升社集秦淮市隱園同

鄧孝威杜于皇限三十韻……邢　昉　九五三
和鄧孝威見贈四章元韻……丁耀亢　九五四
約鄧孝威共訂杜詩名以清歸破
　時調也因次元韻……丁耀亢　九五四
寄懷鄧孝威……王崇簡　九五五
送酒歌和鄧孝威韻寄贈喬雲
　漸兼示宗雀問……程　邃　九五五
聞警和鄧孝威韻柬金長真高
　蒼巖兩使君……程　邃　九五六
仲冬晦前五日復雪同項嵋雪鄧
　孝威陳散木黃函石徐石霞譚
　永瞻集巢民先生得全堂限新
　傍二韻……許承欽　九五六
桂林和鄧孝威見懷元韻……彭而述　九五七
學圃歌贈鄧孝威……紀映鍾　九五八
次韻贈鄧孝威……紀映鍾　九五八
喜孝威來白門……紀映鍾　九五九
海陵訪舍弟孝威有作……鄧　旭　九五九
春孟同匡侯孝威孟新致巢諸子
　怡園分韻……杜　濬　九五九
二月十二日李匡侯招同鄧孝威
　范汝受於高座上人房同用青
　字……杜　濬　九六〇
早春同匡侯孝威飲劉氏園……杜　濬　九六〇
秋日登周處臺 同孝升孝威伯紫
　友沂園次赤方……杜　濬　九六一
甲午臯月送趙友沂入都四首和
　鄧孝威原韻……冒　襄　九六一
過海陵與鄧孝威話舊得四首……冒　襄　九六二
豔月樓臘梅盛開與孝威其年輟
　耕諸子即席分韻……冒　襄　九六三
寓園留酌張天任丁漢公劉膚公
　黃仙裳鄧孝威……周亮工　九六三
廣陵同姚仙期鄧孝威飲吳薗次

臘梅花下……………………方文　九六三
揚州遇鄧孝威有作……………方文　九六四
梁仲木招同鄧孝威飲瓊華觀醉後作歌兼懷令弟公狄…………方文　九六四
偕姚仙期王尊素紀伯紫趙友沂鄧孝威吳薗次劉玉少龔半千李秀升集龔孝升寓齋爲別限韻…………方文　九六五
懷鄧孝威……………………曹溶　九六五
雜憶平生詩友十四首其六…………曹溶　九六六
遙同芝麓孝威海珠寺之作…………曹溶　九六六
燕京送家孝威南還……………鄧廷羅　九六六
春日招杜于皇鄧孝威遊長干里用杜少陵集遊園韻…………李贊元　九六七
冬日鄧孝威見過集飲次韻…………李贊元　九六七
冬日同杜茶村鄧孝威宗鶴問登遯園草亭…………李贊元　九六七
贈鄧孝威……………………姜垓　九六八
和鄧孝威立秋日送余赴吳會兼懷葉聖野之作…………姜垓　九六九
吳薗次招同白仲調鄧孝威王惟夏孫坦夫介夫泛舟夾山漾分韻…………宋琬　九六九
爲宮紫玄留行和鄧孝威…………龔鼎孳　九七〇
爲紫玄送別和鄧孝威…………龔鼎孳　九七〇
探梅圖歌賦謝吳岱觀兼柬聖秋孝威…………龔鼎孳　九七一
鴛水夜泊楊扶曦枉送招同孝威諸子小集舟中用少陵湖城韻…………龔鼎孳　九七一
劉藥生使君招同鄧孝威徐欽我諸子讌集陳園各拈三韻…………龔鼎孳　九七二
伯紫穆倩見過時寓後荒園新

啟命僮子縛帚掃除月下邀同秀升譙集適孝威菌次繼至即席限韻……龔鼎孳 九七三
與治孝威園次伯紫集飲木末亭共用秋字韻予未克赴悵焉補作……龔鼎孳 九七四
容與臺即事同孝威瑞涵諸子限韻……龔鼎孳 九七四
中林堂聽雨同孝威菌次作……龔鼎孳 九七五
長干秋興……龔鼎孳 九七五
送秋兼送客爲洞門及友沂返廣陵也是日秋盡伯紫孝威同賦……龔鼎孳 九七七
邗江春暮于皇孝威菌次辟疆過集用少陵陪鄭廣文遊同何將軍山林十首之八韻……龔鼎孳 九七八
寄懷趙友沂兼柬洞翁和孝威韻……龔鼎孳 九七九
和孝威秋懷十首……龔鼎孳 九八〇
喜孝威至都門……龔鼎孳 九八一
花朝友沂孝威同集尊拙齋……龔鼎孳 九八二
春日友沂孝威過集……龔鼎孳 九八三
館卿命下孝威以詩見贈和答二首……龔鼎孳 九八四
洞門罷御史大夫南還同伯紫孝威賦于席上……龔鼎孳 九八四
八月十六日夜集龍松館看月寓懷用少陵秦州雜詩韻同成二鴻鄧孝威得二十首……龔鼎孳 九八五
秋夜聽雨用少陵秋野五首韻同二鴻孝威興公……龔鼎孳 九八八
九日邀同何榕庵成二鴻吳岱觀韓聖秋紀伯紫鄧孝威李素臣陸吳州王玉式白仲調何濮原

王燕友集慈仁寺毘盧閣登高遂飲松下用少陵九日諸韻……龔鼎孳 九八九
歸後復同二鴻孝威飲小齋看菊用空同菊韻……龔鼎孳 九九〇
雪後岱觀孝威同集春帆用少陵韻……龔鼎孳 九九〇
寄懷孝威……龔鼎孳 九九一
飲菌次齋中同疇五孝威得花字……龔鼎孳 九九一
元夕後三日孝威偕三仙裳諸子雨集寓齋送藥生觀察之潁上……龔鼎孳 九九二
喜孝威自廣陵至白門……龔鼎孳 九九二
再疊前韻二首……龔鼎孳 九九三
九月八日張紫淀趙友沂杜于皇紀伯紫姚寒玉姜子翥鄧孝威家弟孝積同集容與臺……龔鼎孳 九九三
和答孝威秋日得予濟上書……龔鼎孳 九九四
上巳韓聖秋丁野鶴鄧孝威段雨巖白仲調趙友沂過集聽王子玠度曲……龔鼎孳 九九四
九日邀同何榕庵成二鴻吳岱觀韓聖秋紀伯紫鄧孝威李素臣陸吳州王玉式白仲調何濮原王燕友集慈仁寺毘盧閣登高遂飲松下用少陵九日諸韻……龔鼎孳 九九五
爲宮紫玄留行和孝威……龔鼎孳 九九六
爲紫玄送別和孝威……龔鼎孳 九九六
成二鴻歸大寒樓詩以送之同孝威分賦……龔鼎孳 九九七
和孝威題友人旅壁韻……龔鼎孳 九九七
壽聖秋同孝威賦……龔鼎孳 九九八
壽孝威即和其述感韻……龔鼎孳 九九八
癸巳元日和孝威除夕慈仁寺守

歲韻……龔鼎孳 九九九
孝威還邗上和薗次韻……龔鼎孳 九九九
鄧孝威程穆倩宗定九申周伯姚心繩許力臣師六鄭方旦次巖李玉潤劉玉少卞雲郭高蒼巖招同于皇辟疆集衣德堂……龔鼎孳 一〇〇〇
語溪夜泊同孝威用秋岳舊韻……龔鼎孳 一〇〇一
人日同張登子鄧孝威遊海幢寺訪澹歸上人……龔鼎孳 一〇〇一
雨集愚公僅三齋中即席同孝威賦分得九青韻……龔鼎孳 一〇〇一
又和孝威元字韻……龔鼎孳 一〇〇二
早春友沂招同伯紫孝威薗次仙裳定九諸子由天寧寺泛舟至平山堂踏青記事五十韻分得虞字……龔鼎孳 一〇〇二
九日邀趙洞門友沂陳涉江張紫淀何寤明宋又韓邢孟貞杜于皇鄧孝威紀伯紫余澹心白孟新仲調姚寒玉登容與臺時張燕筑丁繼之王公遠諸君度曲角技趙玉林徐欽我文漪介玉叔氏鳴玉家弟孝積竝下榻市隱園集飲甚歡……龔鼎孳 一〇〇四
省齋太史同令兄次德省其尊人於虔州響值吳城道上時爲清明後一日匆匆夜話遂別去將抵皖城見孝威四絕句因補和如數……龔鼎孳 一〇〇五
見孝威清明詩補一絕句……龔鼎孳 一〇〇五
孝威江上紀別……龔鼎孳 一〇〇六
宛南秋日慰留鄧孝威……戴明說 一〇〇六

寄鄧孝威三首…………吴嘉紀　一〇〇七
三月歸自燕京與鄧孝威集飲
東園即席賦贈…………劉體仁　一〇〇七
客秣陵送鄧孝威之壽春……吴　綺　一〇〇八
蛟門招同孝威豹人鶴問
小集…………吴　綺　一〇〇八
送孝威歸吴陵…………吴　綺　一〇〇九
集聽鸝酒罏喜遇穆倩孝威…吴　綺　一〇〇九
冬至同孝威楚執飲鶴問
齋頭共用杜句爲首并
嘲楚執…………吴　綺　一〇一〇
得鶴問書次同孝威趙客見
憶韻…………吴　綺　一〇一〇
次孝威聞瑋原韻…………吴　綺　一〇一〇
满江红和鄧孝威韻…………吴　綺　一〇一一
念奴嬌孝威以予修峴山祠爲贈即次
來韻…………吴　綺　一〇一一
望湘人贈杜茶邨次鄧孝威韻……吴　綺　一〇一二
賀新郎送鄧孝威用辛稼軒贈陳同
父韻…………吴　綺　一〇一二
春日同孝威仙裳天濤泛舟湖
西再和草堂韻二首……白夢鼎　一〇一二
客新安得鄧孝威廣陵書
奉寄…………施閏章　一〇一三
酬鄧孝威廣陵見寄…………施閏章　一〇一三
冬夕豹人大可孝威舟次杜集
寓齋…………施閏章　一〇一四
杜于皇鄧孝威過宿寓樓……施閏章　一〇一四
早春廿一日微雪喜孝威絳雲
見過同藕長小集拈得天冬
二韻…………施閏章　一〇一五
送鄧孝威…………施閏章　一〇一五
海陵喜遇鄧孝威有贈……孫枝蔚　一〇一六
同鄧孝威飲錢山銘廣文

齋中……孫枝蔚 一〇一六
同鄧孝威飲陳鴻羣爽西堂……孫枝蔚 一〇一七
同孝威仙裳田授飲趙乾符郡丞署中……孫枝蔚 一〇一七
十四夜雪後同鄧孝威黃仙裳飲錢山銘廣文署齋觀燈……孫枝蔚 一〇一七
午日雨中丘曙戒廷尉招同諸子飲白雲草堂時余同鄧孝威南還兼承即席贈別之作賦此奉酬……孫枝蔚 一〇一八
閏中秋同涂子山鄧孝威查二瞻吳薗次桑楚執宗鶴問華龍眉諸子飲閔于天春星草堂……孫枝蔚 一〇一八
病後同杜于皇鄧孝威程穆倩宴集陸咸一督學寺寓分韻得聲字并和諸君之作……孫枝蔚 一〇一九
和孝威丹字……孫枝蔚 一〇一九
楊吉公招同程穆倩鄧孝威林伯逸泛舟納涼分韻得川字今字……孫枝蔚 一〇二〇
觀察金長真以丁巳八月十三日祀歐陽子於平山堂招客賦詩予亦與焉詩限體不拘韻……孫枝蔚 一〇二〇
汪季角舍人與令兄叔定招同程穆倩鄧孝威宗鶴問陶季深華龍眉范汝受王仔園家無言汎舟至平山堂登真賞樓樓有歐陽公木與諸子展拜既畢乃飲酒堂上各賦七言古詩一首時予初歸自豫章幕中登覽唱和之樂二年來所未有也……孫枝蔚 一〇二二
次韻答孝威……孫枝蔚 一〇二三

施尚白少參招同鄧孝威毛大可汪舟次飲寓齋賦謝 …… 孫枝蔚 一〇二三
夜過汪舟次寓舍適鄧孝威吳天章亦至因留飲賦詩 …… 孫枝蔚 一〇二三
燭影搖紅 同曹顧庵、鄧孝威、雷伯籲、孫介夫飲王司勳寓園，聽雲然女史度曲，分韻得六字 …… 孫枝蔚 一〇二四
碧浪湖同鄧孝威宗鶴問餞宋觀察還朝舟中分賦 …… 王嗣槐 一〇二四
淮揚陪張大隱寒河賦飲時同李仍耳馬旻騋張祖望孫豹人杜于皇鄧孝威諸駿男洪亭玉諸子 …… 王嗣槐 一〇二五
與宗子發論文兼懷王築夫鄧孝威及令兄鶴問 …… 何絜 一〇二五
文選樓賦贈鄧孝威 …… 何絜 一〇二五
剔銀燈 鄧孝威、毛大可、吳慶伯、汪舟次、吳志伊、徐大文集邸中小飲 …… 梁清標 一〇二六
次韻寄鄧孝威 …… 梁清標 一〇二六
贈徐亦史步鄧孝威韻 …… 顧景星 一〇二七
海陵劉僅三招同葉予聞鄧孝威諸子飲花下 …… 曾畹 一〇二七
甬上秋望柬鄧孝威 …… 李文胤 一〇二八
郡樓秋眺再柬孝威 …… 李文胤 一〇二八
丁巳長夏得鄧孝威寄詩即韻奉答四首 …… 李文胤 一〇二八
再次前韻奉寄孝威俱未達四首 …… 李文胤 一〇二九
丁巳除夕從友人借得《詩觀》夜讀即賦二首寄孝威 …… 李文胤 一〇三〇
口占贈余二兄鮫巽之揚州五首兼致鄧孝威 …… 李文胤 一〇三〇
毘陵天寧寺答贈鄧孝威 …… 釋今釋 一〇三一
人日龔芝麓鄧孝威張登子垂訪海幢寺奉和 …… 釋今釋 一〇三一
廣陵贈鄧孝威 …… 趙而忭 一〇三二

同孝升丈即席次鄧孝威見
送韻……趙而忭 一〇三二
次孝威韻寄別龔丈時丈新
補館卿……趙而忭 一〇三二
寄贈南陽鄧孝威……梅清 一〇三三
家徒四壁歌贈鄧孝威……梅清 一〇三三
懷孝威先生……梅清 一〇三四
中秋前二日讌後同鄧舊山黃仙
裳蔡息關宗鶴問張冲乙金雪
鴻吳尃公徐程叔諸子出院步
秦淮河上仍用秋字……梅清 一〇三五
中秋後二日同陳滌岑鄧舊山白
孟新黃仙裳宗鶴問蔡息關黃
靜御何雍南張冲乙吳尃公孫
子寬端燧承戴無忝金雪鴻徐
程叔陳綏四徐希南諸公秦淮
舟泛分得九青……梅清 一〇三五
汪舍人懋麟招同程邃孫枝蔚
鄧漢儀宗元鼎陶澂王賓華
袞汎舟登平山堂……范國祿 一〇三六
辛亥端陽宴集詩……魏禧 一〇三六
贈別孝威鄧氏……陳維崧 一〇三七
同鄧孝威集許元錫雪蕣倣康
樂體……陳維崧 一〇三八
王大司馬胥庭先生招飲怡園
同陸翼王鄧孝威毛大可田
髴淵朱錫鬯李武曾周次修
分賦……陳維崧 一〇三九
念奴嬌被酒呈荔裳、顧庵、西樵三公，并
示豹人、孝威、梅岑、舟次、方鄴、希韓、
汝受、散木諸子，仍用原韻……陳維崧 一〇三九
念奴嬌曹顧庵、王西樵、鄧孝威、沈方鄴、
汪舟次、季希韓、李雲田、兄散木皆有
送予歸陽羨詞，作此留別……陳維崧 一〇四一

念奴嬌送沈方鄴還宣城兼懷唐耕隖、施愚山、梅子長，同西樵用孝威韻 …… 陳維崧 一〇四一
念奴嬌丁巳仲秋，廣陵寓中病瘧，不獲爲紅橋平山之遊，悵然有作，奉柬金觀察長真先生并示豹人、穆倩、孝威、定九、鶴問、仙裳、蛟門、叔定、女受、仔園、龍眉、爰琴、扶晨、無言諸君 …… 陳維崧 一〇四二
念奴嬌賦得『朝雲墳在落花中』爲黃天濤悼亡姬陸羽戲作 …… 陳維崧 一〇四二
雲陽逢鄧孝威舟泊握手移時即解纜去因有虎丘之訂 …… 丁日乾 一〇四三
喜鄧孝威至江上 …… 徐　章 一〇四三
孟冬望前二日巢民先生招同楊無聲鄧孝威項嵋雪飲水繪庵即席共用枝字 …… 徐　章 一〇四四
同孝威次巢民先生原韻贈梅谷和尚 …… 徐　章 一〇四四
仲冬三日巢民招同孝威嵋雪飲得全堂即席限冬宵二字 …… 徐　章 一〇四四
仲冬晦前五日復雪同許漱雪鄧孝威陳散木黃函石項嵋雪譚永瞻集巢民先生得全堂限新傍二韻 …… 徐　章 一〇四五
孟冬望前二日巢民先生招同楊無聲鄧孝威徐石章飲水繪庵即席共用枝字 …… 項玉筍 一〇四五
和孝威倣栢梁體限枝字長歌 …… 項玉筍 一〇四六
同孝威次巢民先生原韻贈梅谷和尚 …… 項玉筍 一〇四六
仲冬三日巢民招同孝威石霞飲得全堂即席限冬宵二字 …… 項玉筍 一〇四七
仲冬晦前五日復雪同許漱雪

鄧孝威陳散木黃函石徐石霞譚永瞻集巢民先生得全堂限新傍二韻……項玉筍 一〇四七
小至日巢民先生招同嵋雪孝威石霞默庵孺子集得全堂限知趨二韻……釋行悦 一〇四八
孟冬望前二日巢民先生招同楊無聲鄧孝威徐石章飲水繪庵即席共用枝字……錢岳 一〇四八
同孝威次巢民先生原韻贈梅谷和尚……錢岳 一〇四九
遥和巢民先生招同楊無聲鄧孝威徐石章飲水繪庵即席共用枝字……張圯授 一〇四九
水繪庵訪鄧孝威中翰話舊……張圯授 一〇四九
仲冬晦前五日復雪同許漱雪鄧孝威項嵋雪黃函石徐石霞譚永瞻集巢民先生得全堂限新傍二韻……陳世祥 一〇五〇
仲冬晦前五日復雪同許漱雪鄧孝威陳散木項嵋雪徐石霞譚永瞻集巢民先生得全堂限新傍二韻……黃士瑋 一〇五〇
廣陵五日讌集作之五贈鄧孝威……計東 一〇五一
送鄧孝威南還……孫暘 一〇五一
偕孝威令五飲子存從叔齋……王昊 一〇五二
喜珍示至兼得孝威書……王昊 一〇五二
孟冬二日吳薗次郡伯招同宋荔裳觀察于斯郡丞暨白仲調鄧孝威孫坦夫介夫泛舟夾山以停車坐愛楓林晚霜葉紅於二月花平聲爲韻得林字……王昊 一〇五二

愛山臺藺次郡伯席偕宋荔裳觀察謝星源司李暨鄧孝威徐碩林孫介夫陳子壽茆載馨羅弘載賦得今日良宵會……王　昊　一〇五三
又分韻得二蕭……一〇五三
季春客邗上過文選樓訪孝威同鶴問穆倩諸子小集漫賦……葉　燮　一〇五四
攜鄧孝威過嶺集入粵東還過維揚值其方營選政即事賦贈……李念慈　一〇五四
何雲壑招同方邵村鄧孝威程穆倩宗鶴問惲正叔及令姪仲弢夜集出家樂侑酒……李念慈　一〇五五
自荊州軍中暫下揚州次韻答鄧孝威六首……李念慈　一〇五五
長安送鄧孝威還山……李念慈　一〇五六
江城子 王隆吉孝廉招游秦淮畫舫同徐子能鄧孝威……杜首昌　一〇五七
過桐舫偕鄧孝威王仔園高治安夜集限韻……熊　僎　一〇五七
揚州喜晤程穆倩鄧孝威孫無言孫豹人越辰六李箕山諸子……彭　桂　一〇五八
黃仙裳邀同鄧孝威范汝受何奕美小飲揚州秀野園是日餞春……彭　桂　一〇五八
歲暮送鄧孝威歸吳陵……彭　桂　一〇五八
淮南喜晤程穆倩孫無言鄧孝威宗鶴問范汝受……彭　桂　一〇五九
懷鄧孝威……彭　桂　一〇五九
吳江旅舍示弘仁孝威……徐乾學　一〇五九
春夜同鄧孝威李箕山黃仙裳

天濤小集……潘問奇　一〇六〇
懷鄧孝威……潘問奇　一〇六〇
悼鄧孝威中翰……潘問奇　一〇六〇
任城寄懷鄧孝威……任　璣　一〇六一
送鄧孝威授正字歸海陵再示豹人……王士禛　一〇六二
聞季角言平山堂已修復賦寄豹人定九孝威舟次……王士禛　一〇六二
賀新涼寄鄧孝威……曹貞吉　一〇六三
哭漢儀……曹貞吉　一〇六三
同臞庵居士過董公祠訪鄧孝威……釋行溗　一〇六四
聽鄧孝威話平山遺址……王仲儒　一〇六四
雨夜懷鄧孝威二首……戴王縉　一〇六五
花朝前一日曹正子招同李天生孫豹人鄧孝威尤悔庵彭羨門李屺瞻陳其年汪舟次朱錫鬯李武曾王仲昭陸冰脩沈融谷陸雲士楊六謙李渭清顧赤方吳天章潘次耕董蒼水田髴淵吳星若諸君讌集園亭二首……徐　釚　一〇六五
贈鄧孝威……陳維岳　一〇六六
鄧孝威枉贈詩次韻奉答……秦松齡　一〇六六
送泰以御歸里兼柬鄧孝威……李天馥　一〇六七
寄鄧孝威……汪懋麟　一〇六八
題鄧孝威詩卷三絕句……汪懋麟　一〇六八
許竹隱招飲寓齋看菊同穆倩孝威黃仙裳劉彥度分得中字……汪懋麟　一〇六八
六月七日汎舟登平山堂作歌同宗鶴問孫無言豹人穆倩孝威仙裳汝受陶季仔園龍眉家兄叔定……汪懋麟　一〇六九

孝威鶴問以詩見簡平山堂依
韻奉答六首……汪懋麟　一〇六九
鶴問至自秋浦邀同孝威菌次
豹人集小齋即送還任……汪懋麟　一〇七〇
贈別鄧孝威……咼正儀　一〇七〇
寄鄧孝威……高士奇　一〇七一
贈鄧孝威……潘　耒　一〇七一
苕上與鄧孝威話舊有贈……徐　緘　一〇七二
避亂海陵喜晤鄧孝威……許承家　一〇七二
送秦對巖太史赴荊州五首次
孝威韻……許承家　一〇七三
仲冬如皋冒辟疆青若泰州黃
仙裳交三鄧孝威合肥何蜀
山吳江吳聞瑋旭丙文諸城
丘柯村松江倪永清新安方
寶臣張山來諧石姚綸如祁
門李若谷吳縣錢錦樹集廣
陵邸齋聽雨分韻……孔尚任　一〇七三
江都董子祠訪鄧孝威時選詩觀
三集……孔尚任　一〇七四
暮春張筵署園北樓上大會詩人
漢陽許漱石泰州鄧孝威黃仙
裳交三上木朱魯瞻徐夔攄山
陰徐小韓遂寧柳長在錢塘徐
浴咸吳江徐丙文江都閔義行
如皋冒青若彭縣楊東子休寧
查秋山海門成陟三家樵嵐琴
士興化陸太丘畫士武進李左
民泰州姜尺玉琵琶客通州劉
公寅時閔義行代余治具各即
席分賦……孔尚任　一〇七四
將之海上同社許漱石鄧孝威
黃仙裳上木儀逋交三徐小
韓浴咸丙文夔攄柳長在繆

墨書陸太丘楊東子朱魯瞻
宮敘五姜尺玉家樵嵐醲金
張宴折柳贈別即席分韻再
倡疊和 …… 孔尚任 一〇七五
又倡絕句 …… 孔尚任 一〇七六
海陵留別鄧孝威將之都門 …… 孔尚任 一〇七六
暮秋喜冒辟疆鄧孝威諸耆舊
集昭陽俞錦泉中翰亦挾女
部至欲作花州社不果悵悵
賦此 …… 孔尚任 一〇七六
五月六日集繆墨書宅觀葵同
鄧漢儀黃仙裳交三楊古存
俞陳芳陳鶴山分韻 …… 孔尚任 一〇七七
又至海陵寓許漱雪農部間壁
見招小飲同鄧孝威黃仙裳
戴景韓話舊分韻 …… 孔尚任 一〇七七
海陵寓邸沽酒留許漱雪鄧
孝威黃仙裳儀逋月肪交
三戴景韓徐西泠朱天錦
小飲兼索詩送予還廣陵
分得四豪 …… 孔尚任 一〇七八
喜鄧孝威中祕病愈來尋 …… 孔尚任 一〇七八
哭鄧孝威中翰 …… 孔尚任 一〇七八
同鄧孝威陳其年遊天寧寺 …… 佚名 一〇七九
懷孝威 …… 王曜升 一〇七九
同孝威鴻調伯兄惟夏過飲學
山園得風字 …… 王曜升 一〇八〇
懷孝威途次 …… 王曜升 一〇八〇
百字令答別曹秋岳、嚴顥亭、吳方漣、
張穉恭、白仲調前輩，張登子、呂錫
馨、計甫草、程穆倩、鄧孝威、孫無
言、魏叔子、孫嘉客、羅弘載、閔賓
連、朱錫鬯諸子 …… 越闓 一〇八〇
綺羅香文選樓坐雨酬鄧孝威見贈卻
和原韻 …… 董元愷 一〇八一

上巳孔東塘使君招同吳薗次鄧孝威費此度李艾山黃仙裳宗定九子發查二瞻蔣前民閔賓連王武徵喬東湖朱其恭朱西柯張諧石楊爾公吳彤本趙念昔王浮嘉楚士允文閔義行紅橋修禊……卓爾堪 一〇八一

重九後一日集翠影山樓同鄧孝威顧同東佘羽尊張孺子作……范大士 一〇八二

夏日簡鄧丈孝威……陳志襄 一〇八二

孝威過寓園留飲和見贈韻……席居中 一〇八三

柬鄧孝威……張韻 一〇八三

閣學項眉山先生於虎林幕府會而今二十餘年復見燕邸招同宋既庭毛大可陳其年鄧孝威夏宛來飲感賦……徐咸清 一〇八四

九日同鄧孝威吳薗次桑楚執查二瞻宗梅岑蔣前民孔東塘閔賓連郭皋旭盧歇庵陳健夫卓子任諸公梅花嶺登高分賦……朱慎 一〇八四

訪孝威夜話……劉逢源 一〇八五

與孝威分韻得詩一首……劉逢源 一〇八五

別鄧孝威……劉逢源 一〇八六

董子祠喜晤鄧孝威中翰賦贈……鄭昂 一〇八六

鄧孝威以客秋來潁余以今仲春至晤於梟藻閣中云欲遄歸賦此以贈……張幼學 一〇八六

鄧孝威移家秋實園賦寄……王礪品 一〇八七

翩翩鄧子八章章八句……張琴 一〇八七

文選樓贈鄧孝威先生……陳志襄 一〇八七

己丑仲春同孝威諸子合社小

集即事 …………………… 沈復曾 一〇八八
將西同詞臣孝威賦 …………… 沈復曾 一〇八八
寄懷鄧孝威燕邸 …………… 沈復曾 一〇八九
早春懷鄧孝威邗上 …………… 沈復曾 一〇八九
秋日鄧孝威舍人寄詩見懷次
韻奉答二首 …………… 陳　誠 一〇八九
贈鄧孝威 ……………… 朱文心 一〇九〇
秋日泛舟西渚同鄧孝威周
雪山 ……………… 劉懋勛 一〇九〇
蕪城道上望京口有感同孝威
漢公奠兩 …………… 劉懋勛 一〇九一
雪中鄧孝威見過小飲六寉齋
留贈一章次韻奉答 ……… 范廷瓚 一〇九一
秋日棹舟過鄧孝威先生舊
山草堂以先子遺集求入
詩選 ……………… 李善樹 一〇九二
淮陰喜晤鄧孝威 …………… 徐　梅 一〇九二
燕市送鄧孝威遊宛南 ……… 韓　詩 一〇九二
過洗鉢池訪鄧孝威有贈 …… 許納陛 一〇九三
秋深喜鄧孝威見過留飲學莽
同賦 ……………… 許納陛 一〇九三
己亥秋深與鄧孝威先生坐
家園 ……………… 黃陽生 一〇九三
將歸江南次答鄧孝威見贈 … 周　瓊 一〇九四
和廣陵鄧孝威秋日送姜如須
赴吳兼承見懷之作 ……… 葉　襄 一〇九四
送汪扶晨之維揚兼懷孝威野
人豹人諸子 …………… 程　守 一〇九五
何雲壑轉運席上遇鄧孝威因
詢及陳藹公感賦 ………… 金憲孫 一〇九五
中秋後一日程穆倩鄧孝威宗
鶴問華龍眉秦以御黃屺懷
過半山樓小集分韻 ……… 張天中 一〇九六
文選樓訪鄧孝威同葉星

期作 …… 高以位 一〇九六
秋日文選樓再晤鄧孝威
賦贈 …… 崔千城 一〇九七
祖命林公紫玄孝威汎舟西渚
乘月過荒廬小酌 …… 劉懋賢 一〇九七
次鄧孝威見寄來韻奉懷 …… 田作澤 一〇九八
邗上答鄧孝威見贈 …… 周體觀 一〇九八
同白醒齋話舊有懷鄧孝威 …… 朱紘 一〇九九
鄧孝威項嵋雪許漱石陳善
百諸先生集飲弘業堂共
用開字 …… 佘瓆 一〇九九
晉中寄贈鄧孝威 …… 江斌 一〇九九
元夕有懷鄧孝威黃仙裳俞
陳芳 …… 李鴻霔 一一〇〇
次韻酬鄧孝威徵君過訪昭
陽見贈 …… 吳秉謙 一一〇〇
次韻答中翰鄧孝威先生寄
懷四首選二 …… 程瑞禴 一一〇〇
初冬鄧孝威黃仙裳黃儀逋戴
景韓黃交三鄧若雍姪天有
集飲詠歸堂即席分韻 …… 程瑞禴 一一〇一
和鄧孝威家禹門兩舍人邗關
寓樓話舊原韻 …… 程瑞禴 一一〇一
禹門家兄入粵訪伯氏遺骸著有
粵遊詩聞者哀之用鄧舍人
前韻 …… 程瑞禴 一一〇二
懷鄧孝威先生 …… 程瑞禴 一一〇二
留別鄧孝威先生即用見送
原韻 …… 程瑞禴 一一〇三
夏日同何御鹿過興教寺訪
鄧孝威未值 …… 謝良瑜 一一〇三
解奉天任回里次答鄧孝威 …… 姜希轍 一一〇四
贈鄧孝威舍人 …… 朱絲 一一〇四
九日陪孔東塘夫子及鄧孝威

吳藺次蔣前民宗梅岑桑楚
執諸先生梅花嶺登高……陳　翼　一一〇五
鄧孝威舍人過訪梳山草堂不
值有詩題壁……危映壁　一一〇五
孝威鶴問集飲山齋次前韻……危映壁　一一〇五
過鄧舊山寓樓適閔檀林張山
來亦至即席得同字……迮　俊　一一〇六
苦熱行同鄧孝威宋既庭孫豹
人家山子桑楚執華龍眉王
椒邵次宗鶴問原韻……趙有成　一一〇六
鄧孝威來遊江上花朝奉訪和
原韻……趙鳴鸞　一一〇七
集徐石霞之有鄰堂同鄧孝
威曾止山巖庶華沙定峯
華商原鄧七友潘君粲高
端士賦……趙鳴鸞　一一〇七
春夜步月和孝威叔韻……鄧鶴在　一一〇八
春日同鄧孝威黃仙裳華龍眉
席兒叔黃月舫遍遊西城古
跡分賦……吳維翰　一一〇八
喜鄧孝威至江上……徐　章　一一〇八
謝汪扶晨於孝威處索補長干
塔燈詩昌雪擲賜更依酬閔
子賓連謝臘梅原韻見贈……方　淳　一一〇九
飲俞錦泉中翰東園觀家劇次
鄧孝威先生原韻……程瑞社　一一〇九
燕京和別鄧孝威……陳豐陛　一一一〇
答鄧孝威……梁以樟　一一一〇
寄鄧孝威……龔鼎孳　一一一一
與鄧孝威……諸九鼎　一一一一
答鄧孝威……孔尚任　一一一二
與鄧孝威……孔尚任　一一一二
與鄧孝威……孔尚任　一一一二
與鄧孝威……孔尚任　一一一三

與鄧孝威……………孔尚任　一一一三
與鄧孝威……………孔尚任　一一一三

附録五　親屬遺詩

鄧勖采
遊野寺……………一一一五
別姚舒恭……………一一一六
九日之東皋省家大人即呈巢民先生用合肥重陽登高四韻……………一一一六
鄧劭榮
登金山和壁間韻……………一一一七
梅雨……………一一一八
送舒恭之潘村……………一一一八
秋感……………一一一九
秋日登文選樓……………一一一九
鄧勷相
秋日遊阿育王山謁嵩巖禪師……………一一二〇
天童寺……………一一二〇
立秋日微雨送姚舒恭次原韻……………一一二〇
廣陵奉贈杜茶村先生……………一一二一
鄧勷秀
春日登太白樓……………一一二二
姚諲昉
再過廣陵……………一一二二
紅橋野望……………一一二三
海陵道中阻雨夜宿白馬廟……………一一二三
秋晚郊行……………一一二三
暮春書感……………一一二四
送顧庶其北上……………一一二四
水繪園留別陳郎靈雛……………一一二四
飲紅橋野園……………一一二五
寒夜風雨獨酌有懷扶風……………一一二五
杪春同團雲蔚集朱藥圃小樓……………一一二五
鄧七友歸自雉皋枉顧荒園夜話……………一一二六

海陵重晤佘聖玉感舊兼憶家叔
都門……一一二六
李雪公自如皋來……一一二七
丘素人來海陵次舊山外父韻……一一二七
廢園……一一二七
王讓
廣陵秋望……一一二八
主要參考文獻……一一二九
跋……一一三五

官梅集

官梅集

官梅集序

龔鼎孳

『東閣官梅動詩興，還如何遜在揚州。』即景懷人，風流標映，迢迢千載，鬱爲雅談。吾薄遊海陵，采綴淵藻。藥生使君，贈書盈几，厥有風人之篇，欣荷覽持，衿情相接，中間連璣編貝，名彦如林。乍到山陰，目不給賞。嘗見一題《白門喜同社偕集》，曰：『人言吾黨虚名甚，試問當年執政誰？』鐵案崚峋，唾壺欲缺。已盡讀其諸什，絕麗無雙。菰蘆中乃有此人，則吾孝威鄧子也。鄧子以吴趨之妙族，生東陽之秀里。少弄柔翰，長交名〔一〕流。瓊華敷藻于中外，璧樹含芳于左右。冰紬〔二〕鮫雨，織子雲油素之書；范豔班香，祧孝穆珊瑚之位。名動卿相，文滿國山，兼以神簡〔三〕孤超，門風蕭澹。清鮭濁酒，時等味於五鯖；謝米潘輿，尚待資乎三釜。而人惟菊似，客許蓬開。孔座雖登，氣長橫鶚；嵇疏獨許，性不馴龍。卓乎孺子之遐標，不愧真長之畏友。即嘯詠日盈於叢竹，而介貞彌表於猗蘭矣。爾其爲詩也，遠規栢梁，近矩魏晉。前追蘇李之轍，後迴鮑謝之旃〔四〕。以至揚開扢歷〔五〕，上初下晚。漢粒巫雨，宜大呼上天子之船；御柳宫烟，會特敕入舍人之院。香奩句就，步爲花搖；紈扇笑迴，髻將柳綰。莫不比音八律，絜采七襄，固兼出而並齊〔六〕，紛雲屬其波委也。若乃簫當橋寂，山高紅樹之鵑；角爲晨吹，城墮玉鈎之月。鈿轅繡柱，半藉芳塵；瑶瑟翠翹，同銷烟草。昭明溝古，傷流水之難回；杜牧情多，怪珠樓之似夢。固已身同秋士，賦咽蕪城。飛絮飄搖，蘭成自語；空江杳靄，叔寶能愁。不只閲斜日於鳳臺，遥題吳晉；眺〔七〕荒潮於越嶠，獨響鷓鴣矣。夫詩之爲道，以言性情。論詩於今，尤必取諸懷抱。懷抱遠者，其人必忠孝，其語必幽深，其取友必簡嚴，而遇物必深厚。正則之想靈叫帝，愬茝讐葹，捐玦珮於湘君，告然疑於山鬼。頓使離離清蔚，起楚水以波瀾。終古而還，椒者猶椒，桂者猶桂。君子以安其霰雪，美人以爛其車旗。拾遺之困蜀哀江，聽猿拜鳥。驪路迴腸〔八〕於罷酒，故園眼亂於隨風。乃猶娓娓龍湫，祝春姿於溪壑。解人難索，哭者自哭，歌者自歌。臣子以奉其日星，朋友以召其風雨。蓋兩君子生當憔悴，世隔悲歡。或含辭負屈，絮語如顛；或泛梗依人，低頭忍泣。開萬世柔腸之祖，最宛轉而不聊；入老人失路之心，偏酸辛其有謂。長鑱難託，漁父何知。其別具懷抱有如此者。孝威逸才曠世，少年負盛名，羽獵上林，方當搴壯。乃吾獨覩其意思所寄，蒼茫綿邈，一往而深。似此心期，不睽今曩。吾安能再把臂於寒谿老樹邊，與我〔九〕吳陵諸子揖騷而坐杜，兼索水部於季孟之間耶！

丁亥初冬，社弟龔鼎孳拜手題於京口寓樓。

【校記】

〔一〕『名』,《定山堂古文小品》(清康熙五十三年龔志説刻本)卷上作『倩』,《定山堂全集》(清光緒刻本)作『清』。

〔二〕『紬』,《定山堂古文小品》卷上、《定山堂全集》均作『絲』。

〔三〕『簡』,《定山堂古文小品》卷上、《定山堂全集》均作『檢』。

〔四〕《定山堂古文小品》卷上無『前追蘇李之轍,後迴鮑謝之旃』二句。

〔五〕《定山堂古文小品》卷上無『以至』二字。

〔六〕『齊』,《定山堂古文小品》卷上作『奇』。

〔七〕『眺』,底本作『眛』,據《定山堂全集》改。

〔八〕《定山堂古文小品》本無『腸』字。

〔九〕《定山堂古文小品》本無『我』字。

【箋注】

《官梅集》,據南京圖書館藏清無近名齋鈔本,原題:『丁亥詩編,濟南劉嶧巃老師鑒定,吳州鄧漢儀孝威父著,同社陸舜玄升父閱。』『官梅』:南朝梁何遜爲官揚州時,官府中有梅,常吟詠其下。杜甫《和裴迪登蜀州東亭送客逢早梅相憶見寄》有:『東閣官梅動詩興,還如何遜在揚州。』龔鼎孳(一六一五—一六七三),字孝升,號芝麓,江南合肥(今屬安徽)人。明崇禎七年(甲戌)進士。官授兵科給事中。入清,官至禮部尚書。與鄧漢儀長期交遊,友誼篤深。鄧漢儀《詩觀》初集選龔鼎孳詩並跋云:『昔客京師,及過庾嶺,以至萸灣、桃渡之間,僕莫不奉鞭弭以從。』

官梅集序

劉孔中

余以乙酉夏來蒞吳州。兵火流落，井邑孤虛。昔人道院清涼之樂，渺乎若不世事也。居頃，流徙日還，門風再集，民謳於途而士弦於戶，參軍、吏部之雅，與有修焉。余因採風而人士輩出，貼經之餘，吟望不輟。余亦不能開何遜之閣，設孔融之樽，然竊有愿焉。戶外之屨亦遂幾滿，而鄧子孝威，則拔其尤者歟！鄧子姿才敏贍，妙絶時人。每清風朗月，坐余弦酒官梅之下，風流轉佳，引人著勝。郄家賓不入幕，則誰可賓者。每入，吟嘯永日，不獵而有喜心。翻蜀郡麻、弄上黨墨，意體互出，句字相生。太沖之賦，不十年而紙筆盈筐；昌谷之囊，輒一出而烟雲滿楮。唱歎滋多，官梅匯集，其亦水部之和歌而廣平之别調乎？詩備諸體，亦極羣情，清新掩庾，俊逸駕鮑，沈雄擬杜，遵秀如韋。關河放溜，而未始無聲；霽晚孤吹，而自然入調。既女郎之歌綽板，復老將之戍幽燕。至抽其繭緒，揆厥思愁，觸手蒼涼，喻懷悲壯。大都愁苦之調易工，和平之音難造。矧士各齎志自有，胸中每多塊壘也。今其集授梓，將與同人共讀之，不其香雪亂落，吹滿騷流懷袖耶！

濟南友人劉孔中藥生父題于芙蓉清署。

【箋注】

劉孔中（一六一〇—一六七三），字藥生，别號嶧龍，山東長山人，明崇禎相劉鴻訓之子。清夏荃《退庵筆記》（清鈔本）卷六『吴陵國風』條云：『公順治二年任（泰州知州）。本朝州有牧自公始。』高珩《江南布政使司分守潁州兵備道參議嶧龍劉公墓志銘》：『（劉孔中）甲申二月避闖亂，僑寓白門，乙酉豫王定江南，擢内院中書。兩閲月，改授泰州知州。』『泰之人士大服，相就問字者無虚日，乃擇地之爽塏者構堂，集多士課之，題社曰「吴陵」。自爲文勒石志焉。政事之暇，即較藝課詩。』（清乾隆刻本《棲雲閣文集》卷一三）吴陵，此爲吴陵縣，唐武德三年（六二〇）改海陵縣置，爲吴州治，治所即今江蘇泰州市。劉孔中任泰州知州期間，鄧漢儀從其學。《詩觀》初集卷九亦收入劉氏此期《將之潁川留别吴陵諸子》、《題橘庵用丁野鶴韻》詩二首。

序官梅集

葉襄

客夏鄧子孝威來吴門，訪余於采山别墅，意況慘悴。兩人各出袖中詩讀之，不禁淚淫淫欲下也。迨别去，寒暑載離，而孝威以《官梅》一編見寄，江楓朗月，把誦徘徊，寧無情之概於中耶？夫士之抱奇情盛藻者，當其遭遇聖明，出入金闥，固侍從而奏《甘泉》之賦，亦從容而扈驪山之遊，著作紛紜，良爲絶盛。至若棲遲草澤，偃蹇歧途，歌《五噫》以抒哀，悵《四愁》之莫慰，則或王粲登景升之閣，杜甫遊中丞之廬。任昉賴文憲以知名，袁虎藉仁祖則增價。淵明之逢特進，不乏酒錢；相如之遘臨邛，且多恭敬。則於是飛西園之蓋，傾北海之尊。叉手而溫尉遜奇，七步而陳思退舍。雖不敢擬天祿石渠之勝，然投翰歎息，綺麗難忘，永日行游，極歡迺罷，謂非文人之雅覯、賦手之極觀耶。則孝威之以『官梅』命篇，是殆有懷弗可抑也。孝威少負英妙之才，江東名流，拱揖恐後，固久聲馳洛下，而譽滿雲間。乃時值仳離，至彈鋏而食苦無魚，閉雪而任從僵臥。當此之際，誠難遣懷。乃長山劉藥生先生，以眼之青，拔眉之白，未即令吟老空谷，嘯盡高臺，迺延司馬之車，爲置梁王之宴。而孝威亦箕踞自若，諷詠連宵，一樹梅花，春愁欲曉。正使水部情魂復起，孤山風格如存。孝威雖貧，藉滿署梅花，覺烟玉佳人，贈我芬馨，累旬不散。則藥生先生之貽孝威，誠何必琅玕瓊玖之紛若耶？嗟乎！余屈首吳趨，佯狂未敢，每瞻山水，輒起悲哀。而孝威擁桂樹於淮南，搴芙蓉於江上，百篇告就，三斗淋漓。藥生先生其爲詞壇領袖，不真曠代也耶？然孝威雖坐蓮幕，邇琴臺，而悵東門之已蕪，憫人琴之俱化，悲來四座，風雨無端。忽覺靦面傾城，消索殆盡，則猶是『客歲吳王宮畔地，一卷青衫淚濕時』也。

丁亥秋仲，同郡社盟弟葉襄聖野氏題於采山堂。

【箋注】

葉襄（？—一六五五），字聖野。據《詩觀》二集，葉襄爲『江南吳江籍吳縣人』，有《紅藥堂詩》。

《小腆紀傳》卷第五八：『葉襄，字聖野，與萊陽姜垓詩篇唱和，力屏鍾、譚邪説。所刊吟稿今不傳。』孫枝蔚《溉堂前集》（康熙刻本）卷四順治十二年乙未詩有《輓葉聖野》云：『豈是龍蛇歲，胡爲失大賢。江山存四壁，風月剩空船。酒負一生債，詩齊七子間。招魂如有客，欲就訪遺編。』鄧漢儀曾與葉襄交遊，且二人論詩極合。鄧漢儀《慎墨堂筆記》曾記：『與余論詩極合。丙戌（即清順治三年）訪余吳趨，語余云：「元微之《連昌宮詞》、白樂天《長恨歌》，皆唐人極有關係詩，而鍾、譚不錄，所以爲舛。」』《詩觀》初集卷一吳偉業《琵琶行》詩後亦記之。

官梅集序

方　苞

士抱曠世之才，而長懷窈窕，結志嶔岑。如井子春、王無功輩，翱溯青霞，猶夷白露。即有賢王公子欽文好道，招隱山阿，而糾形抗跡，致存高渺。老椒蘭之鬱鬱，生不知城闕之嵯峨。此鸞鶴爲羣，忘情當世，其文彩不蔚於空山，風雅無傳於讌會，斯亦已矣。至賦才典麗，氣振青霓，筆槧縱横，風雲頓起，有不思英彥聯鑣，聲歌華闥，而徒刻畫蟲吟，悲嘯宿莽者哉？此鍾子伯敬有云：『鄴下西園，詞場雅事，惜無蔡中郎、孔文舉、禰正平其人以應之。』嗟呼！士有奇才，而又有奇遇，花新酒熟，祕閣談兵，山足水邊，名流造請，勒劍氣而纏綿，對馬首以慨歎，逸情天半，詞炙雕龍，而舉世之人歎若神仙，渺不可匹。豈非士既其才，又既其遇，是可以增長而永譽者歟？ 我友鄧子孝威，與予生同閭閈，風雨聯吟，往往叩鉢詩成，酒闌紙盡，未嘗不歎士衡之無才，而鄙陳思之不速也。奈白鳳空來，青衫徒濕，才多見擲，季女朝饑。孝威賦招隱之篇，而予亦有行路之歎。嗟乎！ 士恨不才耳，遇不遇，豈可量哉？ 嶧巃劉師來牧予州，進同社數子，披其詞藻，鮮不爲刮目，而倍才孝威，時招之，讀書芙蓉署，八閱月而《官梅集》成。官閣梅花，何水部之風流具在也。孝威攬義以名厥詩，將亦琴樽高會，附使君之風流以傳達也。不則巾車灑酒，稚子候門，較賦雪王園，陳詩公讌，固各足千古。孝威志之，其亦感一時遭逢之雅，而知己爲不可忘也。予故曰： 士恨不才耳，遇不遇豈可量哉？

社盟弟方苞伯英題於清漣草舍。

【箋注】

方苞，生卒不詳，字伯英，一作白英，號清漣，又號鄴隱園、清漣漁父。泰州人。劉孔中牧泰州時，方苞與鄧漢儀同爲其社盟弟子。同社共七人，爲昭陽李小有，白門向遠他，會稽金又鑣，泰州鄧孝威、宮紫玄、方白英、陸玄升。《淮海英靈續集》己集卷三云方苞有《夢羅浮》、《鄴隱園》、《蒹葭》、《清漣》諸集。

官梅集弁歌 有序

陸舜

鄧子孝威，與余官閣聯帷，較讐《玉海》，風燈月案，吟嘯間之。彼此唱酬之樂，不異晨昏。橘里白眉，匪我過也。鄧子《官梅集》成，而余亦著《琴鶴餘音》之帙，比余附之，未遂當兩部鼓吹，而鄧子則一卷冰雪矣，歌以弁之。

靈禽悲薄暮，奇馬嘶亂流。志士感勝心，淚落關山秋。朱華吐光迷鄴水，臨川巨筆照才子。開元鉛水滴宫人，天寶鮫珠零内使。春燈秋帳官梅閣，有情未免猶如此。喬桑漏月月半明，人人懷抱熒熒清。此夜不必聽玉笛，别有腸肺生商聲。何堪風日新亭上，咫尺之外關山情。澀霜滿櫟動衙鼓，葳甤漸鎖芙蓉午。空庭晝白形影孤，芒芒百端緒能吐。不著離騷亦屈原，敢賦新蒲如杜甫。白璯簪來筆筆愁，一草一蟲送悲苦。咄嗟行吟踽踽踏莓苔，自有心胸塊壘來。風光好惡兩無定，逐人嚬笑爲裴徊。吟望强半對摇落，哀不樂兮樂且哀。握君手，飲君酒，桓宣武兮哭種柳。戟君鬚，發君歈，王處仲兮擊唾壺。壺口缺，柳條折，憂從中來，不可漫滅。風景蕭蕭，山河□□。懷以亂深，目與愁結。人情古今，鏦錚筆舌。述懷懷可言，飲恨恨難説。噫吁嘻，痛乎傷哉！鄧□州，八斗才，登臨每上宋公戲馬之高臺。□□□學楊朱泣，途窮真可悲□□。□□□□□□偪迫纔我非一觴一詠何□□□□□□□定因鸜鵒謫，卻教抑塞磊落之士疾走□□□。

盟弟陸舜玄升氏題於茱萸酒□。

【箋注】

陸舜（一六一四—一六九二），阮元《淮海英靈集》（清嘉慶三年小琅嬛仙館刻本）卷一：『陸舜，字玄升，泰州人。順治甲午舉人，康熙甲辰進士。初任刑曹，多所平反。提學浙江，勤於教士，旋以疾乞歸，戊午舉鴻博不赴。著有《雙虹堂集》。』陸舜原爲明諸生，崇禎十四年，曾與張幼學、張一僑等結曲江社。清順治初陸舜與鄧漢儀等同爲劉孔中門下社友。是序不見現存清雙虹堂刻本《陸吳州集》。

喜晤陳涉江侍御賦贈

春雨嗚榔下石頭，一船書畫寄千秋。剛逢□□花間洒，獨上孤僧月裹樓。撫事□□□□□，□詞何忍戀揚州。夜來忽作都□□，□□□□□轡游。

又

海角羈棲莫淚彈，故人蓴菜可同餐。□□□□興亡語，滿渡騷吟山水寒。鐵騎蚤聞宣殺賊，□旗空擁號登壇。只今追說淮淝事，悔殺朝廷誚謝安。

【箋注】

陳丹衷（一六一〇—？），清吳山嘉《復社姓氏傳略》卷二：『陳丹衷，字敏昭，號涉江，上元人。事母以孝聞。爲文閎奥，自成一家。詩原本《離騷》，出入少陵、長吉，尤工書畫，崇禎庚辰成進士，授河南道御史。招募苗兵，甫持節而國變，著《魂遠遊賦》以自傷。又爲《秋拍詩》二百餘章。晚年一意禪悅，一飯一豆終其身。有《蔗渣藁》二十餘卷。』

和宋其武太史舟見新柳原韻

揚子江深二月天，簑烟箬雨半漁船。幾人搖落同枯夢，一樹風流自少年。青眼若爲隋苑盡，細腰寧受楚宮憐。空餘驛舍千條在，送客無心奏管絃。

又

何許春風徹楚天，吹來柳帶繫孤船。攀條不憶西征日，種樹猶存大業年。似借輕烟江外織，恰隨好月晝中憐。玉關人散無車馬，留得羌聲拂夜絃。

【箋注】

宋之繩（一六一二—一六六九），字其武，號紫雪，江南溧陽人。《崇禎十六年癸未科進士三代履歷》：『其武。詩六房。辛酉年十一月初三日生，溧陽人。己卯九名，會試一百五十六名，一甲二名，授翰林院編修。』太史：明清兩代翰林院負責修史，俗稱翰林爲太史。

二月念六潮師北旋小牧邗上和劉藥生師問宿天寧寺原韻

邗濤百尺挂飛檣，隔岸漁燈掠水黄。晚夢欲尋芳草路，征旗猶捲大河霜。不堪酒對離宫黍，何處烟炊隔宿糧。鼓角城頭寒欲盡，柳堤空老白公航。

又

閫天萬里促艨艟，壯士依然唱大風。繫馬緑楊嘶苑北，啼烏青草徹江東。寺深雨夜三更燭，岸落春霜十里篷。吟罷官梅摧返棹，麥芽欣對日曈曨。

【箋注】

邗：古地名，在今江蘇省揚州市東北。《左傳·哀公九年》：『吴城邗，溝通江淮。』北魏酈道元《水經注·淮水》：『昔吴將伐齊，北霸中國，自廣陵城東南築邗城，城下掘深溝。』後人稱揚州爲『邗』。天寧寺：即天寧禪寺。嘉慶《揚州府志》卷二八：『天寧禪寺，新城拱宸門外，《寶祐志》爲「報恩光孝禪寺」，唐則天證聖元年建，名證聖寺。』北宋年間始賜名『天寧禪寺』，後屢經重建或修葺。清代列揚州八大古刹之首。

送金又鑣視篆秦郵

玉帳宵嚴罷，參軍擁篆遊。酒分宣武座，月想庾公樓。官驛花飛燕，漁帆浪起鷗。莫言攜鶴暫，司牧自君儔。

【箋注】

金鎮（一六二二—一六八五），字又鑣，號長真，順天宛平籍，浙江山陰人。明崇禎十五年舉人。入清歷官山東曹縣知縣、刑部郎中、河南汝寧知府。康熙十二年任揚州知府，十四年升江蘇按察使。秦郵：今江蘇省高郵市別稱。秦時於此築臺置郵亭，故名秦郵。清顧祖禹《讀史方輿紀要·江南五·揚州府》：『高郵廢縣，今州治，秦高郵亭也。』金鎮與鄧漢儀同爲劉孔中門下社友。

次答陸玄升見寄

南浦輕帆握別同，春雲千里送歸鴻。人離楊柳寒山外，家在梅花細雨中。短夢可憐櫻筍隔，新詩剛值燕梁空。風流莫更悲江左，芳草依然滿舊宮。

題劉君嶧龍師官閣讀書圖

使君青齊彦，早讀中祕書。丘壑有餘悦，墳典無苟疏。曠焉懷古道，羲農與興居。雖結明時珮，不忘韋帶初。簿領紛旦夕，遺編恣獵漁。峩峩官閣清，芬烈繞衣裾。高鳥鳴槐柳，輕烟冒芙蕖。石泉煎午茗，園圃刈朝蔬。著史軼遷固師有《讀史腋》之刻，採風埒麟睢師有《吳陵國風》之選。搜古得娜嬛，愛玩逾璠璵。且飛西園蓋，爲烹東海魚。樽酒集嘉賓，言笑皆起予。賦聲何琅琅，公子揖應徐。樗櫟唯鄙人，信宿邦君廬。丙夜披絳帳，分藜較石渠。獲聞諸大義，粲發心胸舒。觀其吟覽暇，宰割刃有餘。以此服先訓，仕學交相胥。何爲綰墨綬，沈頓忽居諸。作吏此事廢，鄙俗何繇除。

連雨

連雨無昏旦，鳩聲歷亂呼。雲垂疑近屋，草暗已成蕪。苔蘚侵床濕，風花入酒沽。試來汀際望，縹緲出漁艀。

贈林蔚起中翰

簪筆逍遥集鳳池，江門烽火徹天時。中朝屢犯王丞相，近塞全無霍驃騎。斷髮苦吟西浦月，擔囊欣採北山芝。酒闌爭望關東氣，未必華陽散馬宜。蔚起是夜與余談天官家言。

【箋注】

林蔚起：生平事蹟不詳。

懷李小有大令 時以《明月篇》見寄

歲暮天涯別，驪歌酒一尊。梅開孤嶺月，笳到六朝猨。水國艱栽秫，江臯獨佩萱。奚囊分我讀，不忍閉柴門。

【箋注】

李盤（？—一六五七），鄧之誠《清詩紀事初編》卷一：『李盤，原名長科，字根大，號小有。興化人，春芳孫。兄弟皆登科，獨盤落拓不第。崇禎末，以薦授廣西懷遠知縣，入清以隱逸終。』『撰《李小有詩紀》二五卷。』大令：戰國至宋以前，縣官都稱令，秦漢以後縣官一般也稱令。鄧漢儀曾與李盤交游。鄧漢儀《贈同盟七子詩》小序云：『志班荊也。沈子林公示余七子蘭言，爲昭陽李小有，白門向遠他，會稽金又鑣，同里宮紫玄、方白英、陸玄升，因賦以答。』《詩觀》三集卷一一王孫茂詩後云：『曩時尊君于一先生僑居廣陵，與梁仲木、公狄、李小有、惲道生、杜于皇諸君，交情極洽，而余亦竊附嚶鳴之好。』

春日苦雨署中因而斷酒夜半口占破寂

半月連陰雨，人情寂似秋。枯燈餘影濕，綠夢閉窗幽。蓉署瓢空棄，花村酒自篘。步兵當此際，漠索竟何求。

署齋寄潘曉青　客歲花鄰，倡酬獨盛。今來雨坐，索莫無羣，賦以志感

去年愁斷落花村，薜荔深陰閉早暾。人隔一橋通酒約，詩成半帙擬清言。何當歲歲鶯簧澁，卻見家家燕壘昏。香署鐘敲還惜別，新詞無處寄黄門。

來威遠郡丞以愚公席上限韻詩屬和賦寄

風雨連宵積深巷，蛙吠池塘春水淙。柳色非關隋代青，桃花猶似秦時絳。高齋有客劉更生，憂時不語懷多戇。喜接名流如聚星，爭吞濁酒疑渴虹。海陵從事雅翩翩，相見不煩侈登降。吟詩夜半歸未歸，樹上棲烏驚鼓撞。

【箋注】

來鎮之，字威遠，生卒、籍里不詳，順治初任泰州州同。郡丞，本爲郡守之佐官，此借稱州同。愚公：劉懋賢。鄧漢儀《詩觀》二集卷一一：『劉懋賢，愚公，江南泰州人。』有《檗庵詩》。嘉慶《揚州府志》卷四〇：『劉懋賢，泰州人。天啟丁卯舉人。』

李小有盟長復來吳陵以飢驅拙言見示

故人重攬袂，揮淚讀新詞。車馬寧辭困，雲山未療飢。時窮難放眼，宦拙敢抒眉。文酒天涯夜，驚心是路歧。

又

詞壇名早著，垂老困江干。知己無多輩，深恩在一餐。裘應憐范叔，鋏不共馮驩。要識陶彭澤，非真少熱官。

余澹心來吳陵邂逅於唐祖命邸中賦贈

石城江雨夜初晴，一舫移燈續舊盟。邗北已無隋夢好，海東尚有客星明。美人久佇長門賦，公子新催短篴聲。蕭寺月闌鶯把袂，相思何必恨啼鶯。

又

曾來海角聚霜天，我獨遲尋訪戴船。見面忽消春雨恨，論心擬對夜鐘眠。故人卻共梁園客，濁酒重澆杜若篇。爲是琵琶催曲處，隔簾隨意惜花鈿。澹心曾爲胡姬作合重圓，時祖命有謝林在幙。

【箋注】

余懷（一六一六—一六九六），字澹心，一字無懷、廣霞，號曼翁、鬘翁、寒鐵道人、老樹道人等，福建莆田人，江南江寧籍。有《味外軒詩輯》等。鄧漢儀與其交遊并極力推崇其詩，如《詩觀》三集卷一評余懷《宣德窰脂粉箱歌爲萊陽姜仲子賦》詩云：『敘次興廢，婉轉抑揚。其虚實離合之間，大有古法變動。非曼翁熟於杜家，不能以史筆作詩歌也。』《詩觀》初、二、三集共選余懷十九題詩。唐祖命：即唐允甲，弘光朝官中書舍人，入清隱居。《漁洋山人感舊集》卷六記云：『允甲，字祖命，號畊隖，江南宣城人，官中書舍人，有《畊隖山人集》。』《詩觀》初集卷一〇自其《耕坞山人詩集》選其弘光朝爲官時遭阮大鋮等排擠後所作《還山詩》，且評云：『此耕塢忤懷寧被放時作也。風節矯矯，豈惟詞采映人？』

劉愚公孝廉招同成石生侍御吴源長觀察龔孝升奉常向遠他軍諮夜集蕭齋分賦

高齋涼雨拂椶櫚，一夕牕燈照客裾。舊夢東山催蠟屐，新歡北固釣鱸魚。那堪酒熟無巾漉，恰喜詩成與病疏。故國烽烟談未了，銅駝應不似當初。

【箋注】

成石生：即成友謙。友謙，字六吉，號石生，南直隸通州海門人。崇禎七年甲戌進士，官閬中令，以卓異擢御史，後歸里。事蹟見《復社姓氏傳略》卷四。吳源長：即吳之漢。盛叔清輯《清代畫史增編》卷四：『吳之漢，字源長，號涉江，元和人，國子生，工畫梅。詩有《生寄軒遺稿》。』向遠他，金陵白下（今江蘇南京）人，生平事跡不詳，清初曾與鄧漢儀等結詩社，并同學於劉孔中門下。奉常，本爲秦代掌管宗廟禮樂及文教之官員，後更名太常。《漢書·百官公卿表》引顔師古曰：『太常，王者旌旗也，畫日月焉。王有大事則建以行，禮官主奉持之，故曰奉常也。』龔鼎孳時仕清爲太常寺少卿，故稱奉常。

同玄升問祖命謝林歸期用原韻

江上何須怨逐臣，楚南桃葉伴孤身。玉妃有浦皆名洛，簫史無樓不是秦。好疊新衣歸舊篋，莫將纖月妒佳人。幾時載得紅粧去，贈取輕螺一抹春。

周元亮老師招同唐祖命中翰張詞臣劉愚公丁謙龍孝廉宗定九茂才夜集署齋賦謝

芙蓉池畔美遨遊，笳鼓無須問楚謳。鎖苑人歸官署月，小山客到畫屏秋。不拘禮數因嵇阮，每促新詞出應劉。明夕布帆淮水急，屐聲想在宴花樓。時將遊淮上。

【箋注】

周亮工（一六一二—一六七二），《崇禎十三年庚辰科進士三代履歷便覽》：『周亮工，元亮，易四房。癸亥年四月初七日生。金溪籍，祥符縣人。』鄭方坤《清名家詩鈔小傳》卷一《賴古堂詩鈔》小傳：『周亮工，字元亮，一字減齋，又別自號櫟園。學者稱之曰櫟下先生。』雍正《揚州府志》卷一八：『周亮工，祥符人，進士，（順治）二年任（兩淮都轉鹽運使司運使）。』卷一九：『（順治）三年任揚州分巡兵備道。』在揚州任上，鄧漢儀與周亮工結識，且以師事之。《詩觀》初集卷一收周亮工詩五十題。張幼學（？—一六五四），字詞臣，號曉庵，江南泰州人。順治三年丙戌舉人，官鄞縣知縣。有《双虹堂詩》。《詩觀》初集卷九收張幼學《宣鎮雜詠》二首，且評云：『詞臣詩，喜爲公安一派。如此壯麗英矯，實爲傑構。』丁謙龍：即丁日乾。清嘉慶三年小琅嬛仙館刻本阮元《淮海英靈集》卷一：『丁日乾，字謙龍，號漢公，泰州人，順治乙酉舉人。』丁日乾與鄧漢儀爲泰州同鄉，非常熟悉，鄧漢儀不僅在《詩觀》初、二集選收其詩四八題，且記云：『謙龍於宅畔構漁園池亭，竹石俱勝，客至則引與賦詩。所著神富。』孝廉：本爲漢選舉官吏的兩種科目名，孝，指孝子；廉，指廉潔之士。後合稱孝廉。清代別爲貢舉之一類，俗稱舉人爲孝廉。宗元鼎（一六二〇—一六九八），字定九，號梅岑，江南江都人，有《芙蓉集》。鄧漢儀與宗元鼎交遊，并選其詩二十九題入《詩觀》初集卷七。茂才：本爲漢代舉用人才之科目，清代俗稱『秀才』爲『茂才』。

唐祖命復招同詞臣謙龍玄升定九陪周元亮師夜集觀劇

使君高嘯發東京，命駕還追阮步兵。有酒且同山簡醉，無心偏識孟嘉名。曲因名士翻多誤，月爲諸君若倍明。還憶梁園秋雨夜，幾回歌舞說平生。

余澹心來吳陵即返棹郡城載桃葉東去因次祖命催粧韻奉贈

文園車騎逐花飄，貰酒新來念四橋。不道揚州征戰後，月明猶有玉人簫。

又

邗溝風雨病難支，猶向紅樓訪雪兒。惟有多情京兆是，教人別樣畫修眉。澹心自云佳事乃張介子所促。

又

連宵秉燭與卿杯，即挂雙帆海上回。想有青鸞天外到，春雲南浦故相催。

又

選得瓊花只一枝，分明隋苑未開時。殷勤護取春風夜，小語私憐卻問誰。

又

十幅紅綃織彩鸞，嫁衣裁得倩誰看。催燈且向空箱疊，長短猶須問阿歡。

又

歌吹年年青雀舟，嘗如杜牧在揚州。卻驚好夢成佳事，月照芙蓉水自流。

又

雙柑斗酒興方酣，一線桃源徑自探。倘向女兒樓下過，不通名姓認江南。

又

翩翩翠袖慣雙遮，今日因郎繫絳紗。不語自憐頻聽取，隔簾曾送舊琵琶。

又

開奩收拾點胭脂，驄馬來時儂未知。日日花間尋蛺蝶，今朝促出故偏遲。

又

阿母新將寶帳披，喚聲小字應聲痴。嫁來建業才人去，曉月殘風學製詞。

劉藥生老師招同唐祖命中翰丁野鶴司李張詞臣丁謙龍孝廉崔子荊山人殷不侮幕客唐髯孫陸玄升茂才讌集芙蓉署齋限韻

高臺命酒集仙鳧，不道梁園客盡無。地是淮南猶有桂，蓴來江左況兼鱸。虛齋烟冷人疑鶴，官閣風來雨到梧。爲是使君耽著作，强將鉛槧製三都。時同玄升較次《玉海》。

又

雲山何必羨吳興，水部樓開上一層。日落遠峯青入樹，風搖古樹綠移燈。好從梅墅通杯酒，莫使桃源覓磵藤。握手難堪遽離別，夢飛汶水又金陵。時野鶴、子荊將歸齊州，祖命、髯孫將歸白下。

【箋注】

丁耀亢（一五九九—一六六九），字西生，號野鶴，諸城人。明諸生。甲申九月，入劉澤清幕，先後被授以行軍贊畫、紀監司理。司理亦稱『司李』。順治四年丁亥夏，野鶴南遊泰州、揚州。《吳陵遊·丁亥夏日野鶴自記》：『丁亥仲夏，丁子家居鬱鬱不得志，泛舟淮海，孑焉無侶。聞故人劉君吏隱海陵，乘興訪戴……』崔子荊，生平事蹟不詳。山人，本指掌管山林之官吏，此指隱士。殷不侮，生平事蹟不詳。唐髯孙：唐念祖。念祖，字髯孫，宣城人，唐允甲子。《詩觀》收唐念祖詩《白紵與友人野酌》，鄧漢儀評云：『聲調諧，格律正，此爲正始之音。』

贈送唐祖命遊雲陽兼柬令嗣髯孫用玄升韻

吳王宫殿草初平，妄語何須更問卿。奪鳳有人棲異國，聞雞何客報天明。橋連丁卯三更月，騷唱庚寅滿渡聲。劉尹縱誇供帳盛，莫忘海北故人情。

又

敬亭梅落夜潮平，裘馬翩翩到長卿。千里趨庭勞子舍，數年彈鋏去承明。佩刀豈壯封侯色，詞賦還催擲地聲。此去偃王祠下過，吹簫入縣可勝情。

【箋注】

雲陽，雲陽邑，即今江蘇丹陽市。《方輿紀要》卷二五『丹陽縣』：『本楚之雲陽邑。』

衙齋同玄升坐雨用七虞

夜雨官樓急，昏燈照夢癯。林高風易響，山遠壁全圖。幾載連盟社，今宵擊唾壺。匡床渾不寐，更起唤狂奴。

題唐髯孫區室

聞君新卜築，絕遠世間塵。松菊餘三徑，圖書繞一身。溪魚堪供客，山鳥只呼人。但愿頻嘉遯，衣冠足避秦。

又

五嶽遊難遍，幽棲祇敬亭。鹿床人不到，蛙鼓夢嘗醒。容膝偏宜懶，齋心何用銘。夜來門外看，應指少微星。

又

剡溪誰築屋，所少是郄超。伐木新穿徑，尋花舊置橋。蓬蒿應滿戶，風雨任連朝。卻起吟詩句，多慚兩鬢凋。

又

清世無徵聘，安居且獨遊。茆齋麋鹿跡，春樹鷓鴣愁。何用懷京邑，聊爲枕謝樓。尊公歸計近，好與醉鄉謀。

芙蓉署送崔子荊歸長白次玄升韻

踏雪攜笻訪舊遊，還家剛值麥苗秋。花開隋驛迷官舍，酒載秦郵覓渡頭。裘馬故人依歲月，烽烟何地卜林丘。多君畫我棲巖石，永夜相思上北樓。

劉藥生老師以事至京口同丁野鶴崔子荊將爲金焦之遊恨不得共詩以寄之

使君畫舫自從容，釃酒臨江二客從。六月鼉鼉千片雪，三山樓閣半天鐘。登臺可憶袁綯弄，捫石猶尋郭璞蹤。最是凴欄淒絶處，漢家陵寢只孤松。

又

鐵板何人唱大江，盡收山靄入船牕。波潮隔樹飛林磬，風雨連帆到寺幢。寒接諸峯疑虎豹，燈依古佛只花尨。當年玉帶聽僧說，恨少攀樓屐一雙。

【箋注】

京口：即今江蘇省鎮江市。東漢末、三國吳時稱爲京城，後稱京口。《元和志》卷二五『潤州』：『後漢獻帝建安十四年，孫權自吳理丹徒，號曰「京城」，今州是也。十六年遷都建業，以此爲京口鎮。』

遠林遊高沙甚困復至吳陵詩以嘲之

不入廬山社，翻爲梁苑遊。吟高秋到樹，酒半客登樓。强語溫僮僕，良懷逐馬牛。卻憐飄泊甚，無策動諸侯。

賦得一路看山到武夷呈贈周元亮老師之閩臬

一路看山到武夷，烟雲十幅照雙眉。人過笠澤思鱸膾，客向榕城訪荔枝。畫舫琴尊孤鶴共，官衙晴雨凍猿知。從今不作邗樓嘯，楊柳如逢水部詩。

又

一路看山到武夷，濤聲吹送白雲旗。仙衣臨海天無瘴，蠟屐穿峯寺有碑。豈教百蠻催草檄，應逢九曲障罘罳。何堪閩水秋猿叫，無計追陪謝傅棋。

【箋注】

臬，按察使之别稱，又稱臬司。陳基《烏夜啼引》：『執法霜臺舊臬司。』清順治四年，周亮工遷福建按察使，尋遷布政使。

寄贈來威遠郡丞時視陽山邑篆

江東詞賦出名家，占得西山爽氣加。宦味只如揚子水，詩情端繞杜陵花。蒼茫水國煩栽秫，蕭瑟侯門看種瓜。指吳鹿友故平章。百里只今謳誦遍，豈須烽火悵京華。時河間郡告警。

又

别後春燈夜雨深，思君採葛向荒岑。好憑慈月憐孤雁，穩放青山入素琴。舊苑花開殘夢到，新衙酒熟故人尋。扁舟未敢輕過從，但對官梅屬苦吟。

【箋注】

吳甡（一五八九—一六七〇），字鹿友，號紫庵，江南興化人。萬曆四十一年癸丑進士，由知縣，入爲御史。後歷河南、陝西巡按。崇禎七年任山西巡撫。崇禎十五年任東閣大學士。晉太子少保、戶部尚書兼兵部尚書、文淵閣大學士，坐事戍金齒。福王即位赦還，復故官爲太子少保戶部尚書兼兵部尚書文淵閣大學士。唐王立於閩，復召入閣，以道阻未赴，久之卒於家。《詩觀》三集卷一著錄其有《柴庵稿》。鄧漢儀對吳甡這位前明故臣甚爲崇敬，《詩觀》三集卷一吳甡詩後云：『余索相國詩於北海觀察，祕不肯授。偶於《匡廬志》得其詩，亟登二首，固無所忌諱也。』

聞簫

玉簫已斷古揚州，猶有清聲入夜謳。卻恨鳳凰飛不下，未知弄玉在誰頭。

青樓怨

來威遠郡丞，風流客也，令昭陽，盡逐諸妓，崔子荊爲予述其狀，詩以譏之

蕭山公子風流絕，訪妓朱樓人盡薛。秦淮十日酒燈開，簫管疑飛聲又咽。如此妙舞壓花鈿，鸚鵡催娘識少年。擬共雪兒樓上醉，何妨琴客舫中眠。一行參佐來東海，落月秋風佩蘭蕊。狂來猶問莫愁無，夢處卻驚巫女在。茲來坐擁昭陽符，誚煞當年白與蘇。卻使紅裙抛鏡去，几看紫玉照簾孤。狹斜可惜春風道，車騎文園春雨懊。自是羅敷謝使君，卻使朱顏斷音耗。噫吁嘻！大堤有女正邀郎，爲問君來可斷腸。

寄贈陳上儀師白門

使君吟思寄芙蓉，明月官衙興未慵。萬里雪銷通曉騎，三春雁盡護居庸。先生自泰復調冀州。南來書訊邊城少，北望旌旗御闕重。闖賊陷北京。草屩歸來駕水上，傷心愁聽六朝鐘。

又

烽火傳聞建業燒，一枝何處寄鷦鷯。湖田水漲蒹葭夢，山寺僧歸薜荔橋。巢許豈須藏姓字，廟廊端不愛漁樵。句吳斷髮從前事，短笠猶堪學種苗。

又

廣陵春雨暗平蕪，白下南冠事有無。名重自應防蠆尾，身輕久已狎鵜鶘。不妨夜月長陵夢，何處秋風故國鱸。芳草王孫愁獨劇，知君倦眼對宮烏。

【箋注】

陳上儀，生平事跡不詳。白門，南京之別稱。六朝皆都建康（即今南京市），其正南門爲宣陽門，俗稱白門。白下，亦爲南京之別稱。東晉咸和三年，陶侃討蘇峻，築白石壘，後因以爲城。故城在今南京市北。唐武德九年，更金陵爲白下。

方白英蒙冤繫廣陵獄中三月二十二日燈下拈韻寄懷

之子才名重，奇窮到纍囚。今知尊獄吏，往媿嫚王侯。阮籍難言放，禰衡盡是讐。家貧誰捄贖，親老獨咿嚘。豈嘆華亭鶴，終成楚國猴。野狐翔永晝，壁鼠嘯昏篝。淚盡江淹筆，心餘叔夜愁。梁王終未恤，晏子擬何求。知己空憐惜，窮交幾俠游。不堪長縶足，忍見苦囊頭。詩以鋃鐺瘦，杯從肺石投。羅浮難夢到，犴狴急更籌。

【箋注】

方白英即泰州人方苞。《海陵文徵》卷一五收陸舜《方白英鄰隱園詩序》云：『余里白英方子，楊德祖才士不少，老瞞也其殺白英乎？其生白英乎？咄咄白英，一才命，生死寄人手，詩其一班已。』

題丁謙龍漁園

傍水孤亭出，垂綸自古今。桃花容磵隔，蘆葉避鷗尋。風雨難操艇，烟霞漸入林。應同嚴子興，託想萬山岑。

又

夙有蓴鱸癖，茲來訪季鷹。得魚還曬網，沽酒正留燈。應和滄浪曲，誰稱蓑笠僧。志和奴尚在，頻爲理漁罾。

李小有以瞻麓大司農奏疏見示賦感二章

閩南萬里一孤臣，涕泣君門痛未伸。嶺海自難興絕國，建康何處救遺民。出師前後空留表，報主風雷尚有身。關驛只今猿叫絕，飛魂應不到三秦。

又

驄馬行行早入朝，尺書傳去拜嫖姚。何堪湘楚千山戟，空恃錢塘一夜潮。海上已無人似虎，殿中唯有客盈貂。孤忠贏得先君問，犀帶輕抛可禁腰。末句司農公舊夢也。

【箋注】

李長倩（一五八八—一六四六），字維曼，一字瞻麓，興化人。明崇禎七年甲戌進士，官至江西按察副使、提督學政。南明弘光時授福建提學，隆武時官至右都御史、戶部尚書。隆武帝于閩中即位後，江南抗清士氣大振，李長倩與黄道周等擁立唐王抗清，且上疏云：『急出關，緩正位。』後清兵攻入福建，知事不可爲，『仰藥卒』。大司農：明清俗稱戶部尚書爲大司農。

衙齋雨後喜梁大年自秦淮來

積雨墻深薜荔陰，官衙枯對一床琴。人來桃葉歌移櫂，客問壺盧笑入林。嬾飲建康城下水，還聽何遜閣中吟。自然品調追秦漢，籀篆寧須重賞音。大年系篆史名家。

【箋注】

周亮工《印人傳》卷一：『梁大年，其先蓋廣陵人，流寓白門。癯而修長，常有目疾，又短視。好作印，每構一印，必精思數時。』『君又能辨別古器款識。家固赤貧，晚益窘。』

和劉藥生師同丁野鶴月夜泛舟維揚用原韻

卻喜清流共一航，騷歌風起暗瀟湘。佳人豈有瓊花夢，公子猶分薜荔香。棹入倦雲飛篴響，酒依明月亂燈光。官衙客況多寥落，剪燭催毫興敢忘。

又

濤聲一片亂秋心，清露霑裳月未沈。隔岸草平魚盡出，萬山人靜鶴初尋。鄉思應爲多情老，野鶴與藥師皆籍山左。宦況寧如知己深。此夜揚州添勝事，畫船樽酒對嵇琴。

壽劉藥生老師

使君清嘯發南樓，海國烟花入望收。白帝秋高鴻雁夢，青雲人在鳳凰州。近傳片石銘慈父，海陵新建碑志愛。久別東山識謝侯。願得仙鳧長叶瑞，荊門從此只依劉。

衙齋同梁大年陸玄升坐月

官樓深雨後，共集夜鐘初。高樹妨新月，流螢入素裾。問愁南北異，托嘯亂亡餘。好學陶彭澤，山崗去荷鋤。

同唐祖命中翰張詞臣丁謙龍孝廉唐髯孫茂才夜集龔孝升奉常寓園即席次韻

左掖追陪問幾年，銅駞秋雨夢中還。酒來别苑思投轄，滅燭空堂更索箋。塞上何人重勒馬，江南從此到啼鵑。平原十日期過從，莫遣琵琶早上船。

又

才子重逢大曆年，何須惆悵海桑遷。登臺自發蘇門嘯，托棄還催鄴下箋。但到故鄉思作鱠，每逢良夜怯聞鵑。東南王氣留君輩，肯惜同傾酒百船。

同沈林公陸蕙兩炤四劉超玄僧心鑑□涼大樹集飲風雨驟至晚即宿李元玉齋頭

命駕適四野，景物何蕭森。清流繞長郭，輕嵐起崇林。宫觀幾十載，鼯鼠盤空陰。前朝陵殿改，倘此造物欽。涼飈樹虢至，吹我滿衣襟。靜對高鳥出，俯視游魚沈。側聆鐘磬響，忽共樵蘇尋。酌醴呼邛友，寫此幽居心。風雨入清晝，撫弦揮商音。崢泓且蕭瑟，四座起哀吟。招隱披蘿薜，行與桃源深。

【箋注】

沈復曾（？—一六五八），字大复，號林公，江南泰州人，有《旦園詩集》。鄧漢儀與之曾有交遊，且爲詩社盟友。《詩觀》初集卷五收沈復曾有《己丑仲春同孝威諸子合社小集即事》詩云：『招我塵外蹤，締此丘中盟。三益望石友，四始聯金聲。』鄧漢儀不僅將其詩十四題收入《詩觀》初集卷五，而且詩後讚賞其於明末泰州詩壇之作用云：『啓、禎之間，海陵風雅一派幾于響歇。林公起而聿倡正聲，後乃彬彬蔚起，扶衰振雅之功不可沒也。』陸萸兩、劉超玄、僧心鑑，生平、籍里均不詳。不知此李元玉是否即蘇州派劇作家李玉。李玉，字玄玉，號一笠庵、蘇門嘯侶。約生於明萬曆末，卒於清康熙十年以後，長洲（今江蘇蘇州）人。崇禎末中鄉試副榜，入清後絕意仕進，專事戲曲創作，有《一笠庵四種曲》等。

贈瑯琊丁野鶴司李

淮浦風高劍氣秋，中原有客問旄頭。先生曾爲東平鎮監紀。祖生空自屯江北，杜甫長看去華州。一鶴閱來南北變，先生有遇鶴志。羣龍銷盡古今愁。躬耕莫向遼東去，嶧岸沂濱好飯牛。

又

斷髮同遊入梵林，莓苔秋雨坐論心。詩傳白下諸君事，集匪黃初七子吟。阮籍未知穿幾屐，陶朱要許散千金。夜來嘯傲吳陵道，絕爨難爲解劍鐔。

又

放馬官銜一賦詩，故人傾倒濁醪時。随流也學東家佞，舉姓誰當北海兒。千里論兵風雨暗，百年作客雁鴻悲。蕭條舊國無宮闕，何處鍾山任採芝。

又

東南名輩已銷亡，齊國唯君擅偉長。一代殷劉空坐論，千秋蘇李只詩章。浮家入海寧辭險，釃酒臨江未敢狂。閱盡風塵俱熱客，見君願解薜蘿裳。

【箋注】

瑯琊：即瑯琊郡，西漢時曾移治所於東武縣（即今山東諸城市）。丁耀亢爲山東諸城人，故稱瑯琊丁野鶴。

劉愚公僅三招同龔孝升奉常戚价人茂才雨集山園即席限韻

同人爭命駕，共集辟疆園。城樹多棲鳥，江峯墜短猿。竹涼風易入，花暗雨頻翻。著屐苔三逕，開燈酒一尊。蟬聲當夜噪，蟋蟀傍秋喧。萬壑烟俱出，空堂語獨繁。梧新應濯濯，霞舉自軒軒。欲訂蘭亭社，如尋杜若村。淮南催作賦，江左共清言。未了何周債，慵招屈宋魂。巖登唯謝朓，鞍據匪深源。幸集人如玉，遙看夢有痕。吹蘭誰帝子，攬茝只王孫。歧路非餘恨，他鄉且負暄。時清容嘯詠，情至略寒溫。坐久衣香接，人歸墅月昏。海天蜃尚隱，邗上水全渾。想有琵琶贈，寧無團扇存。濁醪雖已醉，終擬作鯨吞。

【箋注】

戚价人：即戚藩。藩（一六一八—？），字价人，號蘧庵，江南江陰人。清順治十二年乙未科進士，官陝西安定知縣，《國初十六家精選》輯其詩稿《戚蘧庵稿》一卷。《詩觀》初集卷八自其《名山隨筆》收戚藩遊杭州詩三題，并稱：『价人武林諸遊詩，皆幽奇險峭，不經人道。僕尤錄其最完渾者。』

王雪蕉先生解滁和兵備任來甦吳陵以詩集見貽賦此寄

先生大雅唱關西，共識聲名華嶽齊。南渡風流歸舊燕，北來春雪到征蹄。吳宫可奈先爲沼，隋苑誰來看欲迷。卻惜嚴公離鎮日，旄麾才問浣花溪。

又

泗濱拋卻進賢冠，畫舫吟秋選夜灘。朝正求賢虛管樂，代推作賦祇江潘。偶聞詠史尋名士，喜未通名揖上官。何日共尋巖壑勝，王裴酬唱幾盤桓。

【箋注】

《詩觀》初集卷八：『王相業，子亮，雪蕉，陝西三原人。《泗濱草》。』乾隆《江南通志》卷一〇六《職官志·文職》：『王相業，榆林人，貢生，順治二年任鳳泗兵備道（至四年，此道順治五年裁）。』王相業與杜濬爲好友，當於解除兵備道後來泰州看望杜濬，《詩觀》二集卷一記云：『雪蕉與茶村交敦古處，相視如兄弟，藏其詩稿於行篋，幾二十年，祕不示人。』鄧漢儀與王相業當於順治五年相交。

舟次贈别唐祖命髯孫用龔孝翁張詞臣韻

君下秦淮二月天，著書多屬義熙年。亭開樽酒銷殘夢，帆别山城擁暮烟。折柳應追前五代，過江不汲第三泉。從今清朗添惆悵，縱飲原輸叔夜賢。

又

陶家青柳繫壺觴，歸去秋聞蟋蟀堂。舟楫到江原不險，池塘入夢幾經荒。狂來公子猶哀郢，亂後才人又客梁。歧路尚嫌無酒醉，黄公壚畔解青驦。

又

芳草城臯去復留，斷腸可奈夏爲丘。人如逸少難堪别，地匪臨邛莫浪遊。一舫棹深桃葉夢，萬山雨入華林秋。敬亭吳苑雖千里，他日相逢各儈牛。

同林公西庵即事次韻

別有桃源天一方，桑麻舊里未荒涼。禪林客到鐘初響，野艇漁歸葉自香。詞賦幾人推鮑謝，山川何處更齊梁。枯魚濁酒當風坐，對飲三騶未是狂。

嵇子震中翰顧余草堂賦贈

相思千里欲尋嵇，忽枉高軒過竹谿。把酒應揮江左涕，登樓不聽海東鼙。秋風淮水魚難釣，明月官衙鶴共棲。一自禁鐘銷歇後，石渠何處更燃藜。

【箋注】

嵇宗孟（一六一三—？），字子震，又字淑子，江南山陽人（一説安東人）。明崇禎九年丙子舉人。清初任淄州司李，有政聲。康熙二年癸卯科中進士，由餘杭知縣官至杭州府知府，乞歸。康熙十八年薦鴻博，堅以疾辭。有《立命堂初集》、《立命堂二集》等。鄧漢儀與嵇宗孟相識并同年被徵，《詩觀》初集卷六收嵇宗孟詩八題。

得陳上儀師白門手書賦懷〔一〕

不意鴛湖夢，翻來建業書。幾行無涕淚，一別恁蕭疏。空憶陳蕃榻，誰同范粲車。天涯明月近，聞已下南徐。

【校記】

〔一〕詩題，泰州圖書館鈔本《官梅集》前有『後』字。

吳陵晤郭石公賦贈

忽泊仙舟問酒帘，相逢一笑夢初添。幾年明月分簫市，此夜紅燈徹畫簾。諷嘯不妨同顧愷，風流誰道遜江淹。空亭跡掃飄然去，隋苑期君訪露蒹。

【箋注】

郭礎（一六二四—？），字石公，號横山，江都人。清順治九年壬辰科進士，官至順德知府。鄧漢儀與郭礎在泰州相晤當在順治四、五年，此時郭礎尚未舉進士。

題黄仙裳樵青圖

避世真無計，行歌托負薪。入山迷虎兕，捫冢識麒麟。閒結漁童伴，孤尋販藥人。斧柯良自愛，宫路滿荊榛。

又

伐木千山響，非真爲友聲。踏雲頻上嶺，擔月不歸城。白石真堪煮，丹雞若共盟。莫吟禾黍句，林下有人驚。

【箋注】

黄雲（一六二一—一七〇二），字仙裳，號舊樵，江南泰州人。有《桐引樓集》等。鄧漢儀與黄雲爲泰州同鄉，自幼一起長大，志趣相投。《詩觀》二集卷二於黄雲詩後記云：『予與仙裳童稚情親，論文輒合，固非僅縞帶之跡也。』二人相交幾六十年。《詩觀》三集卷二黄雲之子黄泰來詩後記云：『余與仙老齠尺訂交，距今幾六十年，詩酒論心，洵快事也。』順治十一年春，查繼佐於浙江杭州復開講敬修堂，鄧漢儀與黄雲等一起赴杭州入敬修堂從查繼佐學。

立秋日復同林公飲西庵用前韻

策杖重尋水一方，暮雲殘葉報秋涼。城過白雨寒蛩急，湖帶青畦野稻香。酒熟不妨來栗里，詩成豈教泣河梁。傳聞孔禰同時盡，避世何能學楚狂。

新秋訪丁野鶴於貝葉庵聞東警歸甚迫再疊前韻奉酬

葉落蟲鳴滿寺秋，傷時還爲泣江頭。二千里外誰軍壘，一半心知已并州。送客夜生蘆荻雨，登樓曉發杜鵑愁。即今走馬歸沂泗，何處桑田可牧牛。

又

邂逅同君聚竹林，醉餘不禁動鄉心。關東羣盜爭亡命，齊國高流最苦吟。欲上治安羞白髮，偏逢離亂擲黄金。津塗到處多豺虎，故李將軍莫佩鐔。

又

閒題甲子自編詩，恰值江州送酒時。草澤多虞憂故國，家居已壞恨纖兒。屢看塞雁驚秋早，欲夢荒雞到枕悲。便説項劉征戰罷，商山憔悴只尋芝。

又

洛陽置酒説興亡，晉祚空憐也不長。粵海自難支調發，中朝幸不罪文章。逍遥應擬莊周幻，先生有《漆園》諸集。慟哭猶非阮籍狂。何事兵戈東武急，勞勞客子夜褰裳。

送龔孝升奉常遊江南

秋風瑟瑟蘆花渚，秋月搖搖楊柳墅。君奚爲兮早促帆，客窗夜握愁人語。君自燕臺下廣陵，離宫幾處罥枯藤。渡江情爲瑯琊死，作客樓同王粲憑。猶喜知交聚林麓，作賦添燈新釀熟。君才可比陳思王，諸賢亦自應劉族。唱酬十日良歡娱，秋風忽憶三江鱸。畫船欲去茱萸岸，好夢忽過鴛鴦湖。君渡邗溝問揚子，鐵索半鎖江面水。僧歸祇聽波潮懸，漁歌乍見蛟龍起。從此鼓枻訪寒苔，伍相之祠西子臺。更聞會稽山水天下勝，靈葩古樹鏡中開。君挾清思兼雅興，萬山木杪穿鐘磬。詞客應餘屐共誰，道人只有雲堪贈。況有閨媛筆墨嫺，香風拂拂指中蘭。吟章畫幅爭相疊，秣陵眉影半吳山。羨君年正少，那復遠慕嚴陵釣；羨君名甚高，那復長棲仲蔚蒿。丈夫離亂各有意，飲酒遊山畢吾事。蒼巖紅葉猿叫霜，傷心愁對六朝寺。但愿如范蠡，功成身退五湖湄；但愿如康樂，伐木尋山太守愕。廟廊不易山林豪，薜蘿反覺簪裾縛。我恨未從君踏破萬山之青蒼，徒守淮南桂樹終相望。

新秋送向遠他歸秣陵

久病歸思急，經秋旅夢深。馬蹄黃葉下，燕子白門心。陸賈裝初滿，支公話已沈。好攜瓢共笠，穩臥舊香林。時結遠林庵，傍香林寺。

【箋注】

秣陵，金陵（今江蘇南京）舊稱。秦始皇三十七年改金陵邑置，屬會稽郡。治所即今南京江寧區秣陵鎮。《三國志·吳書·張紘傳》裴松之注引《江表傳》載，張紘謂孫權曰：『秣陵，楚武王所置，名爲金陵。地勢岡阜連石頭。訪問故老，云昔秦始皇東巡會稽經此縣，望氣者云金陵地形有王者都邑之氣，故掘斷連岡，改名秣陵。』

李小有自延令來同沈林公集丁野鶴寓庵

逆風苦雨打行船，瞥見同人笑拍肩。明月似因良友好，秋鐘只在白雲縣。卜鄰擬近龐公宅，余與先生有村居之約。種秫誰分陶令田。時解懷集令。此夕齊謳兼楚夢，傷心莫教入冰絃。

【箋注】

延令，即今江蘇泰興市。南宋紹興十四年，泰興縣徙治於延令村。

雨中劉愚公招同陸玄升徐小韓劉僅三夜集因止宿齋頭時玄升初至海陵

百里芙蓉一棹回，相逢應與共銜杯。雨深十日難通夢，燭斷三更且索陪。荒寺蟲多風葉亂，曲廊人靜暮鐘來。蕭然半榻堪留宿，漏板何嫌更急催。

【箋注】

徐小韓，山陰人。生平事蹟不詳。孔尚任《湖海集》卷二有：『暮春張筵署園北樓上，大會詩人漢陽許漱石，泰州鄧孝威……山陰徐小韓……』

題張詞臣橘庵次韻

繁侈寧誇金谷園，一龕棲隱謝時喧。當門嘉樹原生楚，遶屋新川不是樊。夢去不知棋幾局，興來恰得酒過垣。此間便是桃源路，那許漁郎覓水根。

又

蓴鱸載得夜歸園，葉落蟲鳴聽不喧。身是有巢忘甲子，柯經幾爛在丘樊。簪冠不帶頻窺牖，蠟屐時過肯避垣。好共靈均閒作頌，淮濱枳樹未同根。

宗定九過訪龍樹禪林同陸玄升小集

此地無車馬，終朝對薜蘿。亂雲鐘磬出，荒草鹿麋過。且酌醇醪味，毋矜鴻鵠歌。乘風難可望，吾計本巖阿。

同西生玄升僅三復集愚公草堂即事

雨餘秋滿墅，客屐暇頻過。葉落從希見，亭高向夕多。傷時偏對酒，失志莫狂歌。但得長嘉遯，青山好荷蓑。

【箋注】

愚公草堂：泰州詩人劉懋賢寓所。

題宮紫玄春雨草堂四首

別去承明事隱淪，半谿桃葉待漁人。家藏雞犬原非俗，夢到禽魚漸已親。隔水燈連山下月，沿堤香喚雨中蓴。只嫌尚與都城近，難戴林宗折角巾。

又

萬事烟霞尚可爲，草廬新築傍湖湄。六朝豈必驚簫管，三徑依然倒酒巵。竹外陰晴農課穩，山中寒暑佛幢移。爲君屈指燕吳事，布襪青鞋可勝思。

又

清流何許隱巖阿，且學鷦鷯寄一柯。屢閲滄桑增史記，不藏名姓自烟簑。溪流宛轉船經渡，樹影微茫月較多。我欲輞川尋勝事，王維清興近如何。

又

武陵烟月已非初，海國城皋可卜居。西子夢深吳苑鹿，王弘情寄越江魚。梅花春社孤山似，芳草池塘六代餘。還叩倪迂清閟閣，菰蒲一榻又焉如。

【箋注】

宫偉鏐（一六一一—？），字紫陽，又字紫玄、紫懸、組弦，號春雨草堂等。江蘇泰州人。明崇禎十六年癸未科進士，入清不仕。有《春雨草堂别集》。春雨草堂：道光《泰州志》卷一九：『春雨草堂在（泰州）城西小西湖旁，宫偉鏐築，取《州志》八景：「泰阜晴雲、西湖春雨」意爲名。其子宫夢仁歸田後復加修葺，擅林亭池館之勝。』

新秋同丁野鶴朱清瑟劉愚公僅三陸玄升宗定九邀龔孝升奉常社集栢庵草堂分韻

郎官湖畔遇青蓮，且脱宫衣漫學顛。厭説山林多謝朓，驚看樂伎即龜年。秋聲摇落星邊樹，夜色霏微磵外烟。莫怪君莊遲植柳，陶家原少種秔田。

又

弦酒年來興日增，况逢鄴下集良朋。渡江豈必真名輩，入社今看盡慧僧。千里麻鞋霜雪徧，一宵雨涕夢魂憑。才名只數參軍勝，新調驚看壓廣陵。

八月六日劉藥生老師招同龔孝升奉常劉愚公丁謙龍張詞臣孝廉朱清瑟徵君陸玄升劉僅三茂才雅集陳園限韻分賦

雅集清秋夜，何煩競鼓吹。地閒蟲語徧，人靜月光移。北海寧無酒，山陰未缺詩。此宵蘿薜會，定勝掖垣時。

又

公子風流甚，虚堂聚德星。開燈分水白，飛蓋出山青。秋半鱸堪膾，烟空鶴不醒。何當涼露徹，麾騎索銀瓶。

又

此地偏東海，文章揖漢京。況逢劉子政，共集鄭康成。撾鼓風連朔，催觴葉滿城。只愁絃管盡，忽復到天明。

又

滿酌忘星曙，遥將烏鵲憑。濤聲連八月，桂樹□千燈。酒興推山簡，才名附彥升。莫催雙槳去，獨向鑑樓登。時孝升先生將之廣陵。

贈汪蘭碩外翰

九華山色隱眉端，一代才名自建安。黄憲近從京雒返，鍾離新闢講堂寬。應知雅望推三絶，誰道清流薄一官。縹緲笙簫吹未已，帳前我欲贈琅玕。

和劉藥生老師舟中獨酌懷鄉之作時東國有警

濤聲一片挂秋桅，落盡江楓綠尚堆。船泊寺門初過雨，劫深隋苑又飛灰。赤眉堅壘兵難下，黄耳銷魂夢不來。唯有淮南秔稻好，使君肯惜罷金罍。

久不晤白英秋仲自邗上歸集於林公齋頭限韻賦贈

數子聲名壓海東，嘯歌偏在亂離中。梅花夢隔三春社，玉笛聲寒六代風。無恙渡江愁洗馬，重逢去國舊梁鴻。青燈共唱離騷罷，山閣何堪擁暮楓。

送別陸玄升兼長輿

蕭寺連床話，秋蟲影最親。曰歸因婦約，惜別奈花新。風雨飄前路，衣裳慰遠人。平原遲返棹，應共剪香蓴。

送潘曉青移居招烟村舍

何處秋風刺短船，隔林黃葉挂詩瓢。已拚出世同孤衲，何用聞歌識暮樵。高閣水兼鴻雁淨，空亭鶴向薜蘿招。可知白社人相憶，愁聽梅花一曲簫。

又

陶家只是愛歸田，肯向秋雲泣杜鵑。時事應同雙鬢改，山林留得幾人眠。長貧尚有雲堪贈，獨醒聊參酒是禪。安得龐公閑共隱，杖藜支破一谿烟。

贈送梁大年之白門兼寄澹心遠他伯紫

江介生微涼，客子遽言別。橘柚帶遙霜，蒹葭亂如雪。念昔晤官衙，相見貽瓊玦。籀篆互咨嗟，古道見冰鐵。羈客易懷歸，豈乏公子薛。每多休文病，致感梁鴻熱。艫槐映芙蓉，天涯遍蜻蛚。有不盡斟酌，相顧愁懷絕。聞子挂征帆，將訪鍾陵碣。鍾陵山水奇，挺毓多英哲。夙深縞紵交，今悵神魂寂。故國盈黍禾，哀音自啼鴂。繒弋彌天張，何敢重嗚咽。因子寄雙魚，周道傷車轍。況復歲月遷，烟霞任明滅。

八月十一日同里社諸子邀劉藥生師夜集愚公草堂尋放舟攬金焦之勝有詩見寄即事奉答

使君多逸興，五馬到山莊。月白庭分樹，天青雁帶霜。帆吹江海路，人載水雲裝。遥識登臨處，風烟正渺茫。

又

丘壑本胸中，兹來野望空。萬山檣影失，孤閣浪聲同。坐石天風冷，烹泉沸火紅。吟魂江夜寂，豈獨美蘇公。

贈别何野航歸青州

驅馬斜陽内，東行入鼓鼙。烽連河草岸，陣擁嶽雲西。驛店分燈火，荒城掃蒺藜。酈生名久著，切莫説三齊。

仲秋念四日龔孝升奉常招同楊贊皇職方成石生侍御儲中游大令劉愚公孝廉袁天游上舍劉僅三文學夜集抽慶堂觀劇兼以敘別即事賦贈

空堂列燭引吳歈，賓主東南四美俱。人是客鄉翻別酒，夜當月黑亂飛烏。過江草接佳人夢，舊閣烟深帝子圖。可惜吟壇秋雨後，短簾獨自問茱萸。

慎墨堂詩拾

慎墨堂詩拾

慎墨堂詩拾序

周庠

鄧先生孝威以辭賦起家，應康熙十八年宏博科，被命入祕省，以是詩名滿海內。其所著《過嶺》、《慎墨堂》諸集，版燬於火，遂罕有窺其全豹者。惟所輯今人之詩曰《詩觀》者，奉旨抽燬應禁之人行世。夫以國家斯文大備，轢古鑠今，猶且睿慮無遺，不忍遐陬僻壤之儒、一篇一詠之美，同歸於澌滅。士生鄉先生後，居相近，復不甚相遠，其著述卓卓有可傳者，顧轉聽其零落散佚而無可稽，亦君子所羞也。昔人謂杜少陵殘膏剩馥，猶足沾丐後人。退庵學博有慨於斯，廣蒐博採，於蠹簡斷札中得先生詩若干首，名曰《慎墨堂詩拾》，從其朔也，且示存先生詩什一於千百也。余方從事州志，論次先生之爲人，恨不多見其詩，得斯卷快讀之，乃深歎退庵用心之專且勤，其有功於前哲不淺，殆所謂篤學嗜古之士歟！至先生詩之別裁僞體，力追先正，國初諸公具論之，故不復云。

道光丁亥孟冬月東淘愚弟周庠撰。

【箋注】

道光丁亥：道光七年（一八二七）。東淘：安豐鎮（在江蘇省東臺市）古稱。北宋仁宗天聖五年（一〇二七），西溪鹽倉監范仲淹率民夫，修海堤，以擋海潮，方改名安豐。古以商賈雲集而聞名，是明代哲學家、泰州學派創始人王艮、清代布衣詩人吳嘉紀的故鄉。周庠：有《海燕草堂詩集》四卷（道光四年刻本）。

題燕市酒人篇

虞山錢謙益牧齋譔

甲午春，遇孝威於吳門，孝威出燕中行卷，皆七言今體詩。余賞其骨氣深穩，情深而文明，他日當掉鞅詩苑。今年復遇之吳門，見《燕市酒人篇》，學益富，氣益厚，骨格益老蒼。未及三年，孝威之詩成矣。或曰：『孝威詩於古人何如？』案頭有《中州集》，余曰：『以是集擬之，當在元裕之、李長源之間。』或怫然而起曰：『今之論詩者，非盛唐弗述也，非李、杜弗宗也。擬孝威於元季，何爲是諓諓者乎？』余曰：『不然。詩言志，志足而情生焉，情萌而氣動焉，如土膏之發，如候蟲之鳴，歡欣噍殺，紆緩促數，窮於時，迫於境，旁薄曲折，而不知其使然者，古今之真詩也。吾讀裕之、長源詩，《皇極》、《永明》之什，《牛車》、《孝孫》之篇，朔風蕭然，寒燈無焰，如聞歎噫，如灑毛血，斯亦騷雅之末流、哀怨之極致也。孝威以席帽書生，負河山陵谷之感，金甲御溝，銅駝故里，與裕之、長源，共欷歔涕泣於五百年内，盈於志、蕩於情，若聲氣之入於銅角，無往而不生也，安得而不同？子之云盛唐李、杜者，偶人之衣冠也，斷菑之文繡也；我之云裕之、長源者，旅人之越吟也，怨女之商歌也。安得以子之夢夢，而易我之諓諓者乎？孝威自命其詩曰《燕市酒人篇》，嗟夫！白虹貫天，蒼鷹擊殿，壯士哀歌而變徵，美人傳聲於漏月，千古騷人詞客，莫不毛豎髮立，骨驚心死，此天地間之真詩也！子亦將以音律聲病，句剞而字度乎？知孝威命篇之指意，余之以元季擬孝威也，雖諓諓，庸何傷？』孝威悅是言也，以告芝麓先生。先生曰：『善哉！能爲裕之、長源者，望盛唐李、杜，猶北途而適燕也。人言長安樂，出門向西笑。孝威自此遠矣！』

【箋注】

此文亦見錢謙益《牧齋有學集》卷四七，康熙二十四年金匱山房刻本。《燕市酒人篇》爲鄧漢儀順治十年前在京城龔鼎孳幕府時所作詩集，今不見傳本。錢謙益（一五八二—一六六四），字受之，號牧齋、蒙叟。江南常熟人。明萬曆三十八年庚戌進士，南明官至禮部尚書，入清官至禮部侍郎。有《初學集》、《有學集》、《投筆集》等諸集。明末清初，錢謙益爲詩壇領袖，鄧漢儀對其非常敬重，《詩觀》初集卷一選收其二十三題詩，數量之大深爲罕見，且對其每一首詩，鄧漢儀都細加評點。另外，二人也有交遊。順治十一年甲午春，鄧漢儀在蘇州遇錢謙益，並出示其燕中行卷。錢謙益對其詩深加贊許。這就是本序所云：『甲午春，遇孝威於吴門。出燕中行卷，皆七言今體詩。余賞其骨氣深穩，情深而文明，他日當掉鞅詩苑。』據《慎墨堂筆記》，此年，鄧漢儀與錢謙益嘗同至蘇州鄭三山家訪藝人卞雲裝，而竟不果。《詩觀》初集卷一吳偉業《過錦樹林玉京道人墓》詩後亦記載此事云：『憶癸巳冬，汪然明招同趙月潭飲湖上之不繫園。然明言及卞生毀妝學道近事，月潭未之深信。比甲午春，予同錢牧齋宗伯往吳閶鄭翁家訪之，則樓頭紅杏照人，隔牆隱隱聞梵唄聲。屬鄭翁致殷懃，終不肯出。今已葬錦林，一抔土矣！讀梅村歌，爲之歎惋。』順治十三年丙申，鄧漢儀於蘇州再遇錢謙益，錢謙益此時撰寫了《題燕市酒人篇》評鄧漢儀詩。

鄧孝威被徵詩序

濟南王士禛貽上譔

客問乎王子曰：『鄧先生被徵八詩，何其多楚聲也？』王子曰：『何謂也？』曰：『鄧先生昔嘗北遊蔡州，南遊嶺表矣。遠或萬里，近或一二千里，皆歷歲月之久而始歸。故〔一〕其爲詩，雕畫土風，莩甲新意，無幾微羈旅侘傺之色。今天子崇文治，思得奇才異能之士備顧問，鄧先生褎然爲舉首，待詔公車。長安公卿大夫莫不喜其來，延至恐後。且京師距淮南二千里，置驛相望，地非遠於嶺南、蔡州也，鄧先生顧悵然若有不自得者。讀其詩，又淒惋哀激，類乎楚聲，是以疑也。』王子曰：『是《三百篇》之志也。詩有六義，正變不同，而皆本於忠孝之旨。《南陔》、《白華》，孝子之所以養也。武王之時，鄉飲酒燕，禮則用之，所謂「笙入，立於縣中，奏

《南陔》、《白華》、《華黍》」是也。迨其後而《陟岵》、《鴇羽》之詩作焉。《陟岵》之次章曰：「母曰：嗟！予季行役，夙夜無寐。上愼旃哉，猶來無棄！」《鴇羽》之次章曰：「王事靡盬，不能蓺黍稷。父母何食！」蓋古之孝子行役於外，不獲養其親，其詞之迫切如此。今鄧先生有母年八十矣，一旦舍甘旨之養，遠來京師，其情之迫切，與《陟岵》、《鴇羽》之詩人無以異，故其言如此。亦猶《南陔》、《白華》之遺意也。昔鄧先生遊蔡州、嶺表，年方壯，母亦未衰，其意怡懌，則其詩之異於今也，宜也。』客曰：『善乎，子之說詩也。夫鄧先生之詩數篇耳，而正變之義具焉，使在採風之世，其不見刪於孔子，可知也。』予曰：『然。』遂次其語以爲之序。

【校記】

〔一〕『故』，《漁洋文》卷三作『顧』。

【箋注】

此文亦見王士禛《帶經堂集》卷四一《漁洋文》卷三，康熙五十一年程氏七略堂刻本。康熙十八年鄧漢儀被舉薦博學宏詞科，至京有《被徵集》，今集已不見傳本。此文乃王士禛爲《被徵集》所作之序。嘉慶十三年刻本《如皋縣志》卷一五：『王士征（禛），字貽上，山東新城人，進士。順治十七年授揚州推官。公正嚴肅，文藻贍麗。嘗按行皋邑，修禊水繪園，賦詩設讌，於政事無留滯，皋人深被其澤，洊歷刑部尚書。』王士禛於清順治十七年春經謁選赴揚州任推官，至康熙四年八月任滿返京。期間鄧漢儀除於康熙初一度遊潁外，大部分時間往來於泰州和揚州之間。王士禛曾於揚州之紅橋招同詩人如尤侗、宗元鼎、彭孫遹、余懷、冒襄、杜濬、袁于令、施閏章、雷士俊、宋琬、汪楫、林古度、汪懋麟、程邃等修禊，而這些詩人大多爲鄧漢儀好友。正是此期間鄧漢儀與王士禛交遊。至康熙十七年前，二人已爲『夙交神契』了。康熙十七年戊午春，詔舉宏博科。戶部郎中譚弘憲薦舉鄧漢儀，鄧力辭不獲，於是年秋，偕三原孫枝蔚應詔入都。這次被徵入都，確非鄧漢儀本意。其子鄧方回《徵辟始末》記云：『戊午春，余侍家君來揚。雨中，程穆倩先生忽投一札云：「昨宵汪蛟門舍事席上見報云，皇上有徵辟之典，中堂已呈薦曹溶等名，且云將來源源推轂，未有不首舉先生之說。」家君哂之。』一旦被證實在被舉薦之列後，『家君意獨鬱鬱，以祖母春秋高也，乃之金陵商于金副憲，懇其轉達慕公題疏，終隱以遂厥志。金公訝曰：「此何心哉！我本職宜開薦，今未薦君，反阻其事耶？」』金公不僅沒有替其上疏請辭，反而『分俸勸駕，意極殷殷』。『歸家，府縣敦迫，親友咸勸行甚力。』就這樣到了京師。鄧漢儀至京後，即示被徵詩八首於『夙交神契』之王士禛，王士禛爲作《鄧孝威被徵八詩序》。

鄧孝威詩集序

陽羨陳維崧迦陵譔

臺君土室，漢世目之逸民；劉氏緜毫，梁室官爲庶子。遐稽曩史，兩見孝威；詎意同時，又逢我友。序閥閱，則鄧仲華簪組之族，門戶清通；譜邑里，則吳夫差花月之都，山川綺麗。籍雖茂苑，產實吳陵。諸侯傳寓公之名，才子擅客兒之字。馬卿慕藺，便號相如；傅奕懷賢，爰更幼起。爾其才情遒豔，文藻英新。釋寶志識徐陵於早歲，呼以麒麟；陸修靜知張融於綺年，遺之鷺羽。東京公子，許以經過；西鄂王孫，嘉其延攬。於是臨風授簡，入夜揮毫，等白璧之一雙，似朱霞之十丈。鏗鏘金石，能驚趙鞅之魂；煜爍烟雲，可致賈妻之笑。書之彤管，緇以牙籤。僕也激賞高文〔一〕，徘徊麗緒。陸平原〔二〕之詩賦，道路居多；庾開府之生平，亂離不少。若夫魏王虛帳，韓王故臺，昆陽虎鬭之城，涿鹿龍爭之地。才人失職，幼即辭家；烈士依人，長而去國。三秋作客，徒悲峽裏之黃牛；五夜思鄉，難忘關前之白雁。況復燕昭臺畔，猶有遺宮；嬴政山頭，非無疑冢。青桐綠竹，盡諸王帶礪之鄉；玉雁金鳧，亦列祖衣冠之地。而乃墮名藩之愛子，損長陵之一抔。此也十七世之金甌，彼也千百王之玉體，莫不竄之狐兔，薦以荊榛。見草中之馬耳，能不悲號；攀天上之龍胡，可無痛哭！於是觸目蒼涼，緣情淒厲。或臨文而永慕，乍搦管以微謠。絕非愉懌之音，惟以悲哀爲主。縱使縣名聞喜，豈便爲歡？即令草字忘憂，焉能不歎？嗟乎！蘭因芳損，膏以明煎，自古文人，皆嬰此〔三〕患。羈雌嗁唽，豈有意於謳吟；怨鳥蕭騷，聊自言其辛苦。屬以風高銅柱，同〔四〕使者以乘槎；月冷珠江，共客星而泛棹。聽蠻方之秦吉，食炎徼之檳榔。《過嶺》一編，乃孝威之近集也。

【校記】

〔一〕「文」，底本作「風」，今據《陳迦陵儷體文集》卷五改。

〔二〕『陸平原』，底本誤作『陸原平』，據《陳迦陵儷體文集》卷五改。

〔三〕『此』，底本作『茲』，今據《陳迦陵儷體文集》卷五改。

〔四〕『同』，底本作『因』，今據《陳迦陵儷體文集》卷五改。

【箋注】

此序乃陳維崧爲鄧漢儀《過嶺集》所作，亦收入陳宗石輯康熙患立堂刻本《陳迦陵儷體文集》卷五。陳維崧（一六二五—一六八二），《重刊宜興縣舊志》卷八：『陳維崧，字其年，明少保于廷之孫。康熙十八年特試博學宏詞……中選授翰林院檢討，纂修《明史》。居官勤慎稱職。』順治十三年丙申冬，鄧漢儀隨龔鼎孳出使嶺南。鄧漢儀《慎墨堂名家詩品·梁清標詩序》（國家圖書館藏清康熙刻本）：『丙申冬日，儀曾陪合肥先生之嶺南，而合肥則從兵革豺虎中與儀刻燭聯吟，夜分不寐。各著有《過嶺集》。』《退庵筆記》（清鈔本）卷六云：『順治丙申，龔端毅奉使嶺南，邀孝威俱。往返萬里，倡和極多，刻爲《過嶺集》。』是年冬，陳維崧至如皋，寓居水繪園。清嘉慶十三年刊本《如皋縣志》卷一七『流寓』：陳維崧『順治丙申冬渡江訪冒巢，讀書水繪庵十年，爲文力追《史》《漢》，詩筆清麗』。順治十四年丁酉，鄧漢儀自嶺南返回後就曾與陳維崧交遊。是年，龔鼎孳路過南京時寓居武定橋油坊巷之市隱園，八月十五，龔鼎孳在南京宅廣宴賓朋，鄧漢儀至南京參加本次聚會。當日同集者有陳維崧、許宸、王猷定、杜濬、杜岕、紀映鍾、余懷、冒襄、唐允甲、梅磊、丁日乾等。《湖海樓詩稿》卷八《青溪中秋社集，同龔芝麓、許菊溪、王于一、杜于皇、蒼略、紀伯紫、余澹心、冒巢民、唐祖命、梅杓司、鄧孝威、丁漢公賦四首》爲當日所作。此後鄧漢儀與陳維崧二人又長期寓居冒襄如皋家鄉的水繪園。陳維崧爲鄧漢儀

《過嶺集》所作此序，當成於順治十四年後。

甬上遊草序

甬上李鄴嗣杲堂譔

自建業、京口以至西陵，江南約數千里；稍附江以北有廣陵、海陵；渡浙東則有會稽、句甬。皆所謂文章之藪，山川名勝甲於天下。然余謂，南惟京口，東惟句甬〔一〕，此二郡，其水俱東海爲江，犇〔二〕潮激汐，其山俱崔巍〔三〕而兀起，城壘〔四〕崢嶸。每遊陟至此，覺吾曹面目磊砢，氣始得豪。前此文人綺靡之習，以至士女、花鳥、樓臺、舟楫，風華佳麗之狀，始盡爲一變。吾友鄧孝威，海陵奇士也，其生平足跡幾徧天下。家在東陽〔五〕，與京口相望，每渡江必〔六〕登北顧山，望吳大帝、宋公横槊之地，顧盼風生，下筆慷慨〔七〕。既歷吳中七八郡，更悵然泛浙河以東，抵句甬，覽其山川，虎蹲鳳躍；直上候濤山，尋謝皋羽採藥處，遥見亂礁出沒白浪中，日景落壽泠岸。與吾輩三四人狂歌向天末，擊石爲碎。今試〔八〕讀其《鄮城懷古》、《雜興》及《王忠烈公〔九〕餐柏亭歌》、《弔錢忠介公〔一〇〕》諸詩，上可當銅雀三祖、鮑參軍、杜公，下亦不失爲晞髮老〔一一〕。蓋自二十餘年，四方名士集此，與吾曹相唱和，燕人梁先生、楚人萬先生而後，惟孝威一人而已。夫既於江南數千里山川繡錯中〔一二〕，而獨從〔一三〕此二地得一發其奇；復於二十餘年往來名士、舟車驛舍中，而獨藉此三四人，得一發山川之奇。是則文人吐其胸中壘凷，老氣橫披，雖所持三寸弱〔一四〕翰，而其勢足與名山巨壑隱然相敵。斯誠古今靈氣〔一五〕所聚，產爲魁奇，不可易得，宜吾目中落落未嘗數見如此人也。他日孝威別我，當與期，計日造京口，孝威登鐵甕城，飲其酒，發吾所遺此中懷古詩，余亦將登百步峯長嘯，誦孝威句甬憑弔諸作，同聲遙應，雖遼然〔一六〕千里，如奏金石於一堂矣。

【校記】

〔一〕『南惟』二句，底本作『惟南極京口，東極句甬』。今據《杲堂文鈔》卷二改。
〔二〕『犇』，底本作『奔』，今據《杲堂文鈔》卷二改。
〔三〕『崔巍』，底本作『嶵嵬』，今據《杲堂文鈔》卷二改。
〔四〕『城壘』，底本作『天地』，今據《杲堂文鈔》卷二改。
〔五〕『家在東陽』，《杲堂文鈔》卷二作『然以家在南陽』。
〔六〕『必』，底本無，今據《杲堂文鈔》卷二補。
〔七〕『顧盼風生』二句，底本作『忼慨風生』，今據《杲堂文鈔》卷二改。
〔八〕『試』，據漢畫軒本、《杲堂文鈔》卷二補。
〔九〕『公』，底本無，今據《杲堂文鈔》卷二補。
〔一〇〕『公』，底本無，今據《杲堂文鈔》卷二補。
〔一一〕『老』，底本作『叟』，今據《杲堂文鈔》卷二改。
〔一二〕『夫既』句，底本作『夫天既於江南數千里繡錯中』，今據《杲堂文鈔》卷二改。

〔一三〕『從』，底本作『使』，今據《杲堂文鈔》卷二改。
〔一四〕『弱』，底本作『柔』，今據《杲堂文鈔》卷二改。
〔一五〕『靈氣』，底本作『菁華』，今據《杲堂文鈔》卷二改。
〔一六〕『然』，底本作『落二』，今據《杲堂文鈔》卷二改。

【箋注】

此文亦載清康熙刻本《杲堂文鈔》卷二，作『鄧孝威甬上遊草序』。李文胤（一六二二—一六八〇），一名鄴嗣，字杲堂，浙江鄞縣人，有《杲堂詩文鈔》。鄧漢儀曾著有《甬東集》，今已不見傳本。沈龍翔《鄧徵君傳》記鄧漢儀：『遊越有《甬東集》。』康熙八年己酉，鄧漢儀遊越，與李文胤結下深厚友誼。《詩觀》三集卷一李文胤詩後記云：『己酉與杲堂別於甬上，迨丁巳始復以書來，寄詩累累。』二人自此，書信往來，寄詩贈文。康熙十六年丁巳，李文胤有詩贈鄧漢儀。李鄴嗣《杲堂詩文鈔·詩鈔》（清康熙十七年刊本）卷五有《丁巳長夏得鄧孝威寄詩即韻奉答四首》，憶及當年鄧漢儀游浙時情景，把鄧漢儀當作『同避世』之遺民看待，而且引爲同調知己。鄧漢儀對李文胤詩亦甚欣賞。《詩觀》初集卷五所收李文胤《句甬懷古》其二詩後評云：『杲堂懷古詩，地各八章，雄偉古麗，直奪少陵之席。僕遊句甬，杲堂出以相示，因手錄以歸，今不能盡載，俟另爲一帙，與同人共賞之。』李文胤《杲堂文鈔》卷一《梁公狄先生遺集序》云：『今秋吳郡鄧孝威自維揚寄我一札曰：「近得梁公狄先生全詩付梓。杲堂於梁先生所謂千春知我者也。若得杲堂作一快序，以傳諸百世，足爲樂事。」余發書而泣曰：「嗟乎！世尚有鄧孝威知梁先生之知我者乎？然梁先生知我，孝威能知之；梁先生屬余敘其詩甚從，孝威前未之知也。今日始無恨矣。」……余故曰：「得一人知我不恨，梁先生是也。復得一人知有一人之知我，即知我者，亦不恨，孝威是也。」』李鄴嗣爲好友鄧漢儀作《甬上遊草序》，當在康熙六年後。

過嶺詩序

同里陸舜玄升譔

《過嶺詩》者，鄧子孝威從龔芝麓先生遊粵東而作也。先是，先生遊吾里，從遊倡和，屨滿蓋陰，而鄧子蚤爲上客領袖焉。既次廣陵，則鄧子俱；既次白門，則鄧子俱；既次他諸名都大郡、好山佳水，則鄧子莫不與俱。刻景檄辭，鞭才赴韻，金罍不夜，蠟屐忘暄，先生可無他人，必不可無鄧子。然則鄧子之與先生，可謂道合忘年，傾倒不盡者邪。既先生累官京師，則招鄧子於別署，委蛇退食之暇，即與鄧子吮毫濡墨之會也；憂讒畏譏之日，即與鄧子痛哭流涕之時也。先生未幾而躋崇秩，復未幾而累左遷，一時僚友、朝士、門生、故吏趨避聚散之緣，殊有難可道者。鄧子蕭然一慷慨布衣耳，論交十年，升沈一致，大雅相成，名溢〔一〕海內，可以遠追王、孟，近方陳、董。鄧子有不爲先生重而益以重先生者哉！丙秋粵東之役，先生奉使而南，遇鄧子於江淮之間。既見之，賡不忍釋手，强以從游。而鄧子暢然孤往，襆被未遑自隨也。往返嶺南，不下幾千餘里，蠻烟瘴雨，海蜃山嵐，皇華所驅，車船迭進。先生之興不淺，而鄧子之氣益豪。其間山川之盤鬱，雲物之變幻，鳥獸草木之奇，城郭人民之異，觸目者感心，發聲者成韻，而有是集也。題曰《過嶺》，非獨紀時、紀事、紀地、紀從遊之盛，將以見鄧子與先生萬里投轄，迥出當時僚友、朝士、門生、故吏趨避聚散之緣之外也。其亦山中白雲，不可持贈者耶！

【校記】

〔一〕「溢」，《陸吳州集》作「益」。

【箋注】

此文乃陸舜爲鄧漢儀《過嶺集》所作序，亦見清雙虹堂刻本《陸吳州集》，作「鄧孝威過嶺詩序」，當成於順治十四年後。鄧漢儀同鄉陸舜本字玄升，因避康熙皇帝諱，改字元升、元生。陸舜與鄧漢儀交遊最久，與龔鼎孳亦有交遊，熟悉鄧漢儀隨龔鼎孳出使嶺南情況。

慎墨堂詩拾採輯羣書目錄

夏　荃

《同人集》得詩八十二首

五古七首　七古七首　五律三十八首　七律二十二首

附詩餘二闋　鄧勖采五律四首

《感舊集》得詩三十二首

五律五首　七律十二首　七絶十五首

《詩持》一集得詩二首

七律二首

《昭代詩存》得詩二十一首

五古四首　七古二首　五律四首　七律五首　七絶六首

《詩永》得詩十一首

五古二首　七律二首　五絶一首　七絶六首

《姜貞毅先生輓章》刻本得詩一首

七古一首

《汪舟次先生奉使贈行詩》刻本得詩一首

七古一首

《溉堂後集》得詩一首

七古一首

《桑雪薌編年詩鈔》得詩四首

七絶四首

《皇清詩選》得詩一首

七律一首

《揚州府志》得詩二十八首(康熙二十四年修)

樂府一首　五古一首　七古一首　五律十首　七律六首　五絶二首　七絶六首　五排一首

《揚州府志》得詩四首(雍正十一年修)

五絶四首

《揚州休園志》得詩四首

五律四首

《江都志》得詩二首

五律二首

《泰州志》得詩六首

樂府一首　五律一首　七律四首

《春雨草堂別集》得詩十四首

五古四首　七律八首　五絕二首　附詩餘一闋

《吴陵國風》得詩一百四十三首

四言九首　樂府四首　五古十首　七古十首　五律二十七首　七律三十首　五排八首　五絕十四首　七絕三十一首

《琴怨詩》得詩一首

七絕一首

《詩槩》得詩一首（余儀曾手抄原稿）

古詩一首

《詩觀初集》得詩十六首

七律四首　七絕十二首

附鄧勖采五律二首

鄧劭榮五律二首

鄧勷相五律一首　七律一首

《詩觀二集》得詩十六首

七古二首　五律四首　七絕九首

附鄧勷相五律一首　七律二首

《詩觀三集》得詩三十首

五律十六首　七律八首　七絶六首

《慎墨堂詩品》得詩二首

七律二首

鈔本《慎墨堂筆記》得詩四首

五律二首　七律一首　七絶一首

孝威先生手書詩箋得詩二首

五律一首　七律一首

鄧雲章抄稿詩十首

五律一首　七律八首　七絶一首

共輯古近體詩四百三十九首

四言九首　樂府六首　五古二十八首　七古二十六首　五律百十五首　七律百十七首　五排九首　五絶二十三首　七絶一百六首

慎墨堂詩拾卷一

四言詩

贈同盟七子詩

志班荆也。沈子林公示余七子蘭言，爲昭陽李小有，白門向遠他，會稽金又鑣，同里宫紫玄、方白英、陸玄升，因賦以答。

維蘭有馨，維鳥有音。嗟我同侣，索處至今。胡不連袂，曠焉幽尋。譬諸房闥，御彼瑟琴。

維瑟與琴，傳兹静好。志氣冥孚，異地相討。形跡雖疏，中心是保。盈盈懷袖，弗離香草。

香草盈湄，蘘莼間之。願言採擇，佩以禔禔。我有佳人，日夕相思。靈修未化，匪姜則姬。

彼美姬姜，山川是隔。時生不辰，百憂交集。絃酒在堂，我心彌惻。庶托嘯歌，以慰顔色。

嘯歌靡常，於彼南岡。亦有素友，蓄情懷芳。攜十年夢，齎一月糧。臨風聳節，談古天皇。

天皇雖遠，亦云人間。詩書以外，豈盡可删。奇思横溢，涕淚以潸。不學仙去，亦當遊山。

邗水三章

邗水洋洋，有鳧與藻。城郭風烟，忽焉以老。驅馬登高，念彼豐鎬。

邗水湯湯，伊人一方。乘流鼓枻，彈彼清商。志士不樂，乃有文章。

幸生清世，方外遨遊。容顔相餉，匪春則秋。人生得志，豈在封侯。

以上《吳陵國風》

【箋注】

邗水：又名邗溝、邗江、邗溟溝、渠水、中瀆水等。爲春秋時吳王夫差開鑿溝通江淮的人工運河，其故道自今江蘇揚州市南引江水北過高郵市西，折東北入射陽湖，又西北至淮安市北入淮。《左傳》哀公九年：『秋，吳城邗溝通江淮。』後代河路幾經改易。

愼墨堂詩拾卷二

樂府

中庭一樹梅爲賁貞女作

如皋賁黄理之女，許曹文虎之子，未嫁而夫卒。五年，夫之父母皆歿，女終往曹宅，守舅之喪，亦死

中庭一樹梅，既枯還復榮。賁家有好女，正於此時生。一解
生女顔如花，命女名曰雪。珍重繡褓中，花好雪更潔。二解
既長工刺繡，兼能嫻讀書。夜夜背燈吟，牽弟訊何如。三解
曹氏有兒郎，瑤環瑜珥似。兩姓結絲蘿，各各稱歡喜。四解
詎知天弗佑，曹家兒忽徂。阿女依母傍，淚點漬羅襦。五解
既已許曹氏，安能事他人。竟欲往夫家，守志終其身。六解
兩家堂上人，堅持曰不可。阿女年甚少，花開那及果。七解
曹氏有異事，姑亡舅復危。太姑猶在堂，眼暗鬢如絲。八解

阿女謂此際，曹氏慘莫加。我若不親往，何以謝夫家。九解
匍匐到夫家，拜舅在床下。哭聲各震天，鄰社爲之罷。十解
舅既赴黃泉，女爲製斬衰。誰知傷心極，女命亦摧頹。十一解
曹氏一家人，都爲地下鬼。留此女貞節，百世誇奇偉。十二解
自此庭中梅，既榮還當枯。安忍春風裏，見此梅花樹。十三解

《揚州府志》

甘烈女詩

孤雁號空陂，貞女守敝幃。伉儷既以定，生死無乖違。一解
孤雁未有匹，貞女未有室。比之於伉儷，那得言膠漆。二解
媒氏既通辭，父母既心許。此身已屬人，周易重男女。三解
嗟哉甘家女，曾許冷家兒。雖許冷家兒，未爲冷家妻。四解
何意訃音至，冷家兒溘亡。父母悄無言，女痛摧肝腸。五解
三日絕饔飧，三日毀粧飾。一旦懸絲繩，四壁無顏色。六解
太守遽聞之，命駕造其廬。雙旌爲黯淡，五馬爲踟躕。七解

焚香拜靈櫬，鄰舍咸嗟吁。奈何小家女，辱我使君輿。八解
使君自菹郡，乘禮而化民。風草有丕應，首及荊布人。九解
上書台使者，冀邀天子恩。女名重青史，女行光里門。十解
靡靡海陵俗，浸浸桑濮風。從今朱閣裏，各自求雌雄。十一解〔一〕

道光《泰州志》卷三三

【校記】

〔一〕此解未見道光《泰州志》。

戰城南

戰城南，勢如雨。兩軍相當，天地寒沍。東方盛旄騎，壯卒無復悲。我軍死戰，誓無還期。
金鼓一動，白骨成堆。哀哉城郭民，黄金子女棄如遺。棄如遺，戰士取之，以報將帥曰班師。
凱歌既奏，天子樂綏。今年通邛筰，明年討月氏。

將進酒

將進酒，歌莫闌，朱紘玉柱爲君彈。嬪妃雜進陳翠盤，左右蟬冕奉乘鑾。君王既醉，白露團團。願主萬壽，萬壽何以期？古者黄帝，鑄鼎山陲。乃得仙去，羣臣爲嘻。海上有良藥，黄金可致之。願主清静，以祀神祇。

門有萬里客行

榮殊遇也，壯彼風雲，不勝草中之歎。

門有萬里客，言從遼海來。車騎盛如雲，從者皆奇侅。技勇誇賁育，拓地披蒿萊。起家二千石，聲名震八垓。天子知名姓，廣殿賜樽罍。賓客紛相識，姣麗日夕陪。長笑中原士，扣角老塵埃。何似當塗子，呼唱擁輿儓。昨夜接羽書，蕭關堠火催。將軍臨大漠，分守古輪臺。願騎汗血馬，便酌蒲萄杯。大宛不足戮，振旅燕然回。

子夜四時歌

夜起行月下，疑花是歡顔。花落歡不變，笑殺春風閒。

別來理團扇，餘香猶可尋。不恨歡情淺，所恨歡情深。

與歡共形影，不能暫相離。莫羡牛與女，歲歲有佳期。

彤雲四面垂，嗔郎說遠別。何以挽行車，三冬百日雪。

江南曲

夜渡採蓮塘，雙雙湖雁宿。何事廣陵江，濕儂衣半幅。

少小慣窺簾，野草如儂襖。不道秋魂驚，棄儂不如草。

幾曾識路人，桃花遮半面。今日桃花傍，邀儂出相見。

玉鞍嬌不跨，回頭錯喚郎。知郎在何許，記得離橫塘。

古別離

郎君策馬去，慣值春風時。恨不閉春風，勿向郎君吹。

少年行

聞有關東急，揚鞭去遠征。隴西徒自苦，射虎終無成。

長相思

朝來掩鏡臺，勿復照儂面。照面空悲啼，誤儂儂不見。

宮怨

婕好早承恩，猶自悲團扇。何似永巷人，君王從未見。

以上《吳陵國風》

慎墨堂詩拾卷三

五言古詩

寄懷沈仲方

思君如好月，縹緲不可即。思君如美人，魂夢想顔色。昔年數寄書，猶苦蒹葭憶。況今音問疏，道遠嗟無極。出君篋裏書，冰霜字如織。豈云生兩世，乃使中心惻。月缺尚復圓，人南或已北。胡爲我與君，相距如絕域。登樓欲奮飛，又無淩霄翼。歲月從此長，一愁盡一刻。

【箋注】

沈起（一六一二—一六八二），字仲方，一字墨庵，號學園，浙江嘉興人，明末諸生，明亡後，於清順治二年爲僧。《查東山先生年譜》：『沈起，乙酉棄諸生爲僧東禪寺，法名銘起，改字墨庵。』與吴門金人瑞善，亦曾與鄧漢儀共同師事查繼佐。其門人曾安世編其詩文爲《學園集》六卷、《續編》一卷、《墨庵經學》五卷等。今存《查東山先生年譜》一卷。

喜陸玄升至

君果交情切，何爲苦我思。憶别寒風中，訂我相見期。同此一江北，道路非倭遲。乃致越晨夕，因風想光儀。良書兼好友，一日不得離。而況古良書，尤須印友咨。積雪耀眉素，燈火燦新帷。忽接雙鯉信，伊人儼在斯。問子持被入，刺刺語爲誰。志在四方友，豈爲糜鹿私。相見歡踰昔，登臺吹參差。

聞冒辟疆歸雉皋著書自娱賦寄

昔爾遊上京，階庭紛履舄。賦奏金馬門，擲地可金石。傳家多縹緗，唯子讀丘索。一官何足榮，較書方古軌。詎意烽火驚，苕溪因泛宅。兵燹及山川，尊罏何處獲。返棹古隋宫，與我話晨夕。興亡多異感，即事嗟疇昔。值余買扁舟，將往游震澤。一别南北天，登山悵獨屐。繼聞子東歸，樸巢理舊跡。著作日以稠，彈絲兼博弈。況復金閨人，婉妙嫻書冊。茗香供靜怡，烟雲自空碧。何必綰金章，乃始誇絡繹。我將披子帷，盡讀其書籍。

【箋注】

冒襄（一六一一—一六九三），字辟疆，號巢民，江南如皋人，明崇禎十五年壬午副榜，入清不仕。爲明末四公子之一，有《巢民詩集》《巢民文集》等，編六十年師友詩文爲《同人集》十二卷。樸巢：嘉慶《如皋縣志》卷二二：『樸巢，在城南龍遊河畔。冒襄於古樸樹枝上築巢居之，明末燬於兵。』

查伊璜師別去七載懷之以詩兼示曉社諸子

憶我別師日，乃在西湖濱。西湖多旅饑，遊子無歡晨。理棹薄枉渚，道塗懷苦辛。嗣後雙鯉魚，不斷揚子津。傷感百年事，啟篋聞哀呻。草澤難久處，下流誰與親。駒隙不暫留，白髮朝來新。況茲喪乱劇，江海分吳秦。吾師抱經濟，豈肯老風塵。獨嗟雲樹渺，道遠無車輪。試問縞帶交，歲寒今幾人。樂往哀逾甚，跡疏意且真。兩別兼歲旰，百憂集斯旬。登樓一長嘯，羲馭倏已淪。

【箋注】

查繼佐（一六〇一—一六七六），本名繼佑，因應縣試時誤寫，遂沿用。浙江海寧人。乾隆《海寧縣志》卷九《文苑》：『查繼佐，字伊璜，自號東山釣史。生有異才，詩文詞曲皆作未經人道語。崇禎癸酉舉於鄉，浙東授職方主事，後不復出，寄情詩酒，一時推風流人豪。晚闢敬修堂於杭之鐵冶嶺，講學其中，弟子著録甚眾。學者稱爲敬修先生。』順治十三年春，查繼佐於浙江杭州復開講敬修堂，鄧漢儀與同鄉黄雲以及江陰董志（倩迂），無錫孫仁溶（曉湖），昆山黄紘（偉房）等，先後入敬修堂從查繼佐學。按：查繼佐門人徐人五（倫）《同學出處傳略》一卷附《敬修堂同學出處偶記目録》：『郭勖字季庸，廣東順德人。陸東陸，初名董志，字倩迂，江南江陰人。沈起字仲方，浙江嘉興人。劉振麟字軒孫，江西安福人。楊汪度字千波，浙江杭州人。鄧漢儀字孝威，江南泰州人。來時美字我平，浙江蕭山人，附族子倬字卓人。潘集字雪生，福建浦城人。王祚昌字森之，陝西三原人。丁克楊字柳之，浙江蕭山人。徐孺芳字蘭皋，浙江錢塘人，附弟孺煌字苕英。黄紘字偉房，江南昆山人。王貢字禹則，浙江杭州人，附兄秉圭字禹功。周驤字九逸，浙江寧波人，附林學山、歆炳如、胡質明、范香谷。陳壯行字夏木，福建漳浦人，附胡仁祖、詹印。柴煌字冕如，浙江仁和人。嚴曾所字在來，浙江歸安人，附弟徵字□□。沈之倬字石香，福建浦城人，附徐石歟、葉石書。許曰琮字道潤，浙江錢塘人。黄雲字仙裳，江南泰州人。徐倫字人五，浙江歸安人。孫仁溶字曉湖，江南無錫人。顧斌字士兼，浙江錢塘人。黄霖字雨相，江南江都人。黎魁肇字端鵠，廣東新會人。鄒儒字式輿，江南吳縣人。潘晉逵字士雲，福建福州人，附廖雲卿。吳晸字熙申，江南長洲人。沈仲寅字公亮，浙江餘姚人。吳啟豐字文源，附兄啟晉字長源，翁駿字駿武，浙江仁和人。康邵字君平，福建莆田人。湯芬字芳侯，浙江平湖人。季鳳翔字士輝，福建浦城人。孫旦復字九孟，浙江海寧人。劉心炤字炎初，福建浦城人。高朗字克揚，浙江會稽人。王愘字九純，江南吳縣人，附弟□□。沈陵字湘岸，浙江嘉興人。姚景珍字楚珩，浙江諸暨人。陳震字東岸，海鹽人。齊昌兩邑儒學諸子。』

月夜舟中次韻

林巒日將夕，衆鳥擇所依。輕舟漾微寒，水際生餘暉。星稀袂已冷，風遲烟乍飛。村落無樵漁，徐聽罄響歸。理檝問前路，遊子腸亦飢。歎彼晏息者，安知行旅悲。江湖苦不闊，林藪苦不深。漾舟窮日夕，搜微識衆音。靈物之所藏，矯焉恣獨尋。孤興與天渺，有酒且自斟。維彼甪里子，令名時所欽。淡然遺世累，明月如我心。

嘆梅病 時予臥病衙齋

芳梅纔欲吐，風雪忽妒之。嚴寒累晨夕，凍雀僵高枝。佳人渺獨立，煙玉空爲姿。一夜香氣散，愁病殊難支。余時亦抱痾，幽夢花林遲。敢爾托高士，結契頗相宜。起立梅花旁，憔悴如朝飢。豈有傾城笑，竊訝捧心時。致語何使君，命酒徒傷咨。

丁亥元夕劉愚公招同毗陵譚衷夫令弟僅三長君鼎九集飲於柏庵草堂即席賦送衷夫南渡

好友與良辰，對酒情難歇。而況千里人，策杖來林樾。憶得別離時，大江多戰伐。樽酒未曾乾，慘慘人將發。別來竟二年，生計長顛蹶。春水送今舟，新愁話吳越。燈酒集荒林，冰霜斷毛髮。相期十日留，共採南山蕨。胡爲子欲去，顛倒情辭竭。我昔屢南遊，索讀延陵碣。茲久耽林皋，十里憚乘筏。留子念孔長，送子言難卒。且緩解行舟，與子立倉卒。遥夢何能將，衣裳落江月。

【箋注】

毗陵：古地名，本春秋時吴季札封地延陵邑，西漢置毗陵縣，治所在今江蘇省常州市，故後世多稱今江蘇常州一帶爲毗陵。譚衷夫，生平事蹟不詳。

劉嶧龍師招同丁漢公夜集衙齋送之北上

寒梅猶在樹，明月猶在天。使君與諸生，並送孝廉船。官衙香氣暖，酒至爲流連。共此師弟好，語默無閒然。念子金臺去，文章可學仙。風雲既有勢，羽翼終高騫。感師款款語，謂我當著鞭。同生且同學，草處非英賢。努力愛歲華，幸副嚶鳴緣。語絮更漏短，霜雪盈山川。去路指天中，相戒避烽烟。車輪不敢折，吹子上幽燕。

舟行次韻

貧賤未能遣，行役何時休。憚茲車馬疲，相送滄浪遊。淡日映寒圃，微烟漾清流。人靜篙聲喧，前汀翔白鷗。夾岸繁草木，何人耽林丘。灌園與荷蓧，洵哉石隱儔。我欲攜高懷，良辰愜唱酬。未知巢繇輩，能不洗耳不。回首悵風塵，艱辛起百憂。寄言印須友，舟楫何所求。

以上《吳陵國風》

留行二首爲宫紫玄先生賦

浮雲蔽四野，京雒寡歡娱。夫子軒車來，欣然尺素俱。不暇問鄉里，且爲道區區。黄鵠遠方至，無乃重崎嶇。濁河方北流，虎豹盈路隅。丈夫既出户，安用更踟蹰。與我遊燕市，沽酒吹笙竽。雅懷王霸心，奈何忽斯須。振纓赴時會，黽勉爲馳驅。

同時有美女，選侍明光殿。一朝涼飇起，零落如秋燕。美色不可幸，芳年時所羡。連軫入昭陽，膏沐亦何倩。念我昔娣妹，永哉賦紈扇。蛾眉豈復殊，下里長寒賤。縞帶有夙歡，璠璵宜早薦。且停姬姜轍，佇待賢王眷。

【箋注】

中國國家圖書館藏三卷本《慎墨堂詩拾》此詩前有序云：『送宫子陽先生歸里。壬辰秋杪紫翁先生來遊京師，遽爾南歸，一時同人賦留行詩甚盛，屢投不報。同人復有贈别之什。儀與先生生同里閈，難已於言，爰賦《留行》、《贈别》各二章。』

贈别二首爲紫玄先生賦

秋風欻以厲，肅軫歸故鄉。豈不念同居，中情良慨慷。仰睎浮雲動，俯看百草黄。僕夫抗前旌，賓餞不盡觴。久懷嵇呂志，豈羡機雲裝。山川良迢遞，前路彌雪霜。函丈少追隨，飢渴迴中腸。相送過易水，羽聲何激昂。願保百年體，嘉運有輝光。

時哉既已去，山藪可藏珍。貴人耀天衢，何如甘貧賤。尋常斗酒間，含意足苦辛。芟除蓬蒿徑，雅足移昏晨。嘉木蔚層霄，遊魚無匿鱗。撫絃睇飛鳥，皓魄來西鄰。高堂怡白髮，西方思美人。

以上《春雨草堂別集》

丁卯秋盡李礪園先生招飲拱極臺

萬水圍昭陽，田廬若萍梗。詎意城郭中，蕩漾浮清景。日月頻出沒，烟霜自淵永。其上有樓臺，俯視波千頃。游泳多鳧鷗，叫嗓雜〔一〕蛙黽。人家籬落外，船船載笭箵。我欲縱登臨，問渡僅舴艋。拾級上虛亭，倚欄窺絕境。夕陽襯微霞，依然秋女靚。洪波散落葉，蕭條轉澄靜。李君高雅士，懷抱在箕潁。是日攜濁醪〔二〕，呼朋俱鄉井。所愛萬象幽，不畏西風冷。荷花雖已衰，蘆荻餘秋影。所嗟百年內，故物不復整。園林悉蕩析，人物堪咽哽。祇存此高閣，吳楚一引領。仍汎扁舟回，疏林燈乍耿。

【校記】

〔一〕『雜』，《同人集》（清康熙刻本，下同）卷一〇作『維』。

〔二〕『醪』，底本作『膠』，據《同人集》卷一〇改。

【箋注】

李淦（一六二六—？），《漁洋山人感舊集》卷一二：『淦，字季子，一字若金，號礪園，別號滄浪水樵，江南興化人。有《礪園集》。』《今世説》卷六：『李礪園性好游，每興發，雖愛子牽衣，割裾不暇顧，他事益漫不訾省。蹤跡幾遍天下。所至名勝，輒爲文以記之。』拱極臺：雍正《揚州府志》卷二三：『拱極臺，在（興化縣）北城上，下臨海子池，即玄武臺故址。元縣令詹士龍讀書處，明嘉靖間，里人遷之北門外，知縣傅珮重建，更今名。』

題巢民先生新構還樸齋兼呈青若世兄

人事有盛衰，草木具榮落。豈意歲時遷，嘉樹始終託。蔚彼龍河津，古樸森寥廓。枝幹儼蛟螭，根株跨巖壑。過客每淹留，四序慰寂寞。主人顧之喜，亟爲增臺閣。穿條備玲瓏，架屋游廣漠。一時翰墨家，詩賦紛然作。倏爾遘滄桑，烽烟滿城郭。華棟悉焚燒，名葩總銷鑠。何有江干樹，得避刀斧虐。茂樹既爲薪，曲房掃如籜。主人自此歸，胸懷時作惡。那知衰老年，宅畔樹如昨。翠蔭流階庭，蒼柯暎簾幙。驚爲天所授，此樸吾夙諾。呼僮亟芟除，鳩役且丹雘。叠石天爲高，移松地頗拓。肯爲囊錢空，所營遽蕭索。從此徙琴書，微詠對林鶴。永稱懷葛民，獲遂簞瓢〔一〕樂。庶聚子姓歡，兼踐高曾約。謠詠彼何人，山鬼原一脚。

【校記】

〔一〕『瓢』，底本作『飄』，據《同人集》改。

【箋注】

還樸齋：冒襄居所。康熙二十三年甲子，冒襄變賣部分祖宅，與兒子冒丹書移居陋巷草屋，是草屋名『還樸齋』。青若：冒丹書（一六三九—一六九五）字。嘉慶十三年《如皋縣志》卷一六：『冒丹書，字青若，郡廩生，憲副起宗之孫，司李襄之季子也。』

六月二十四日范園荷花盛開巢民先生建臺置酒於園外隄上招諸子爲花壽賦四十韻紀事

吳閶喧賞蓮，六月二十四。云爲花祝釐，通國聚如戲。輕舫載芳樽，野塘攜繡被。龍腦襲綺羅，蟬聲雜鼓吹。先期拉妖童，限日招名妓。更多貴家女，沓來如蝶翅。故故倚欄杆，盈盈露金翠。纖手弄珠圓，玉簪敲粉墜。移時步蓮房，竟日搴藕臂。不知始何年，創此繁華事。萬葉與千花，引得人人醉。東皋僻小區，苦無陂蕩地。舊家引曲水，種蓮亦不異。芳香初發時，宛似楓亭荔。細雨並初陽，流姿更駢媚。點綴紛房廊，陳列多窯器。專爲名花供，所以諸景備。佳日欲往觀，巢民首此議。未敢驚主人，掃徑恐不易。聊於園亭外，選勝得幽致。隔水正當花，長隄可縱意。況兼柳未凋，倍惜鶯初睡。登臺一張幔，吾軍已樹幟。此際矚新花，縹緲難爲類〔一〕。疑是洛川神，繽紛波上至。又若邪谿妾，隔簾笑相視。問花壽幾何，老復還穉穉。

人苦不如花，對花且舉觶。隱隱諸吳兒，遙林逞絕技。嬝嬝遏層雲，沈沈吐半字。渾欲殫微茫，安能分即離。以此坐移晷，西日不知避。遣騎探主人，澄懷憩清閟。栽花既多情，看花那禁忌。吾儕效吳人，水嬉夜忘寐。及景不成歡，慮爲花所棄。聞有沈真真，荷蕩游幾次。安得放槳來，竟泊隋家寺。一笑起鴛鴦，再笑摘荷芰。三笑棹歌終，儂當撰遊記。

是日，勝地名葩，清歌雅韻，一時並集，惜無解事紅粉點綴其間，巢老欲迎女史沈倩扶渡江爲藕花生色，故結句及之。

以上《吳陵國風》

【校記】

〔一〕『類』，底本作『數』，據《同人集》改。

【箋注】

此詩又見冒襄《同人集》卷一〇。

庚子暮春祝巢民先生蘇夫人五十雙壽

東皋靄〔一〕雲氣，嘉樹實敷榮。上有丹鳳集，下有雙鶴鳴。煜煜〔二〕冰霜姿，見者歎崢嶸。猶記承平日，蜚〔三〕轡馳上京。推轂盡碩彥，接軫皆羣英。姓字揚天闕，齎予及金莖。時運既以殊，衣褐長躬耕。美哉田間婦，饁餉有令名。

君家多華胄，吏部尤芬芳。謂尊人嵩翁先生也。抗軌膺滂間，廚俊實我行。哲嗣秉字訓，皎潔踰秋霜。遨遊入京雒，同侶皆圭璋。清議無少讓，風概頗激昂。置酒會羣彥，瞋目怒〔四〕金張。幾膺禰衡患，誰恕嵇生狂。唯子福德軀，不受猛虎戕。歸與眉案婦，緘默栖山岡。至今偕令淑，挾瑟娛高堂。

炎曜暗無輝，川巖足耕釣。自非邁志儔，孰與商吟眺。子本青雲器，遭亂失華要。戢身東海隅，丘壑甘埋照。瓜疇日賓客，蘇門自長嘯。豈期豺狼逼〔五〕，信匪賢豪料。猶荷祖德慈，未驚鳥羽翮。商歌偕婦子，日夕仍荷蓧。或言伊呂事，且視西山笑。

昔在邗江道，諸子美行遊。明燈曜華屋，列部紛名謳。值子甫强仕，文采相綢繆。奄忽更十載，歲月逝不留。河山猶曩昔，壯志倏已遒。把袂仍和歌，爾我期千秋。酌酒前爲壽，且爲彈箜篌。峩峩王侯宅，今半鳴鵂鶹。赫赫貂蟬客，窮漠纏百憂。誰似鹿門侶，高蹈依林丘。

以上《同人集》

【校記】

〔一〕『靄』，《同人集》卷一二作『藹』。

〔二〕『煜煜』，《同人集》卷一二作『曄曄』。

〔三〕『蜚』，《同人集》卷一二作『斐』。

〔四〕『目』、『怒』，底本原闕，據《同人集》卷一二補。

〔五〕『逼』，《同人集》卷一二作『偪』。

孟秋陪金長真郡伯遊平山堂議復舊址分韻得風字

繁華一以歇，風雅乃攸崇。當年迷樓址，營創得歐公。建堂名平山，厥基信巃嵸。江南諸峯嶺，歷歷欄檻中。周遭栽竹木，烟雨晴濛濛。有時召賓客，揮毫酒千鍾。傍有官妓侍，色映荷花紅。歐公去久矣，此堂傳無窮。奈何至今日，頓毁六一蹤。闍黎莽興革，祇知張佛宫。峩峩四方像，隱隱六時鐘。號爲小九華，奔走紛嫗童。舊扁供晨爨，豐碑臥草叢。樵牧爲傷心，使節寡懽悰。金公來守郡，四方適兵戎。烽火值稍定，命駕探芳風。重欲建斯堂，上以答醉翁。酌泉當落日，歷磴穿秋虫。顧瞻西嶺勝，徘徊老樹雄。卜築將在茲，衆議維僉同。今時狐兔窟，他年盛簾櫳。重種我楊柳，重植我芙蓉。重還我山色，延客傾酒筒。庶幾復舊觀，千古美畫熊。金公前守汝，百廢咸鳩工。書院祀先賢，韓碑表茂功。柴潭文城閒，至今識朝宗。茲者蒞廣陵，首事惟文忠。懷古追前烈，雅足震聵聾。試問三十載，誰者披蒿蓬。文章兩太守，此話傳江東。

《揚州府志》

【箋注】

孟秋： 秋季第一個月，即農曆七月。長真： 金鎮字。乾隆《江南通志》卷一〇八《職官志・文職》：『金鎮，浙江人，舉人，康熙十二年任揚州知府（至十四年）。』汪懋麟《重建平山堂記》云：『十二年秋，山陰金公補揚州。』平山堂： 揚州古跡。雍正《揚州府志》卷二三：『平山堂在城西北五里蜀岡上，大明寺側。宋慶曆八年，歐陽脩守揚州時建。江南諸山皆拱揖檻前，若可攀躋，故曰「平山」。夏月修。』後幾經荒廢和重修。『國朝知揚州府金鎮與鄉主事汪懋麟特建堂寺右，以復舊觀，并構真賞樓於堂後。』此詩爲康熙十三年七月，鄧漢儀陪金鎮游平山堂，議及修復平山堂一事。是年十一月，平山堂重建完工，鄧漢儀有《金長真太守興復平山堂落成燕集紀事一百韻》。

寄施愚山少參

茗水奉清懽〔一〕，往事猶如昨。歲月忽以徂，離居苦寂寞。聞君櫂扁舟，曾上瓦官閣。無由溯清江，共買登山屩。

其二

春夏雨緜延，淮揚成溟渤。側聞宣歙間，蛟龍怒未歇。想君倚敬亭，惆悵空江月。新吟曾幾何，幽禽叫林樾。

其三

澤國乏秋成，謀生祇耕硯。苕苕帝子樓，删述不知倦。敢續蕭梁遺，聊徵風雅變。佇望軒車來，貽予白團扇。

【校記】

〔一〕『清懽』，孫鋐輯《皇清詩選》（清康熙二十九年鳳鳴軒刻本，下同）卷五作『懽宴』。

【箋注】

施閏章（一六一九—一六八三），字尚白，號愚山，江南宣城人。順治六年己丑進士，授刑部主事。歷山東學政、江西參議。康熙十八年，召試鴻博，授翰林院侍講，纂修明史，典試河南。二十二年，轉侍讀，尋病卒。有《學餘堂文集》。少參：因施閏章曾任江西參議，故稱。明清於各布政使司下置參政、參議，時稱參政爲大參，參議爲少參。鄧漢儀與施閏章何時始相交尚無法考定，但至遲在康熙十七年前二人已有交往。康熙十七年，二人同被徵至京師，至京後鄧漢儀交遊最厚者，據其子鄧勱相《徵辟始末》云：『往來最厚者，祇施愚山、陳其年、孫豹人、李武曾、申周伯、汪舟次數人。』是年冬，施閏章於寓所招鄧漢儀、孫枝蔚、毛奇齡、汪楫飲酒賦詩。施閏章有《冬夕豹人大可孝威舟次枉集寓齋》。此詩稱施閏章少參，說明其尚未舉鴻博，亦當作於康熙十七年前。

贈文安紀仲霽兼寄馬旻徠主簿

遊事久未可，今日彌艱難。侯門顏色尊，無由結交歡。即有好事者，虛名非所安。臨邛客雖滿，實則吝豬干。維彼乘時客，赫赫稱大官。高軒馳廣陌，朱纓彯華冠。一見盛拱揖，再見奉敦盤。黄金與錦繡，堆積如山巒。一時道路輩，嘖嘖美榮觀。紀子負遠才，來遊邗江干。意氣若冰雪，詞藻儷江潘。賓朋繹絡來，風味皆芝蘭。豈得無干謁，半載滯江湍。涼風亦已至，蟋蟀鳴夜闌。空抱長卿疾，終嗟范叔寒。顧以清霄姿，恥爲長鋏彈。縱無諸侯顧，長嘯生波瀾。嗟予蓬蒿子，昔亦遊邯鄲。郭知遊況苦，決計辭舟鞍。屏跡向空谷，永以歌伐檀。竊念君渭陽，文筆生琅玕。十年羈一簿，磬折空蹣跚。誰念班揚侶，下位心悲酸。昨者聞袖拂，歸去舊考槃。亦厭爲奔走，授徒以給餐。自是塵外客，肯同行路嘆。已矣哉紀生，歸與把釣竿。

以上《昭代詩存》

【箋注】

《鶴徵前錄》：『紀炅，字仲霽，號朏庵，直隸文安人。生員。』《己未詞科錄》卷五引紀曉嵐語云：『河間紀炅，舉鴻博，以天性疏放，恐妨遊覽，稱疾不與試。』紀有《桂山堂詩鈔》八卷。馬之驦（一六二二一？），字旻徠，直隸雄縣人。嘉慶《揚州府志》卷三八：『馬之驦，（順治）九年任江都縣主簿（至十三年）。』馬有《古調堂初刻》六卷。鄧漢儀此詩當寫於馬之驦順治十三年離任江都主簿後。鄧與紀、馬二人均有交往。《詩觀》二集卷一一、三集卷五評選紀昃詩，評其《廣陵贈何轉運》詩云：『淹雅，有彈指春風之樂。』《詩觀》初集卷九亦選評馬之驦詩，贊其《丁酉過故園》之『傷心失業後，歌哭總無常』句：『極力形容，荒涼可念。』

送宗鶴問之秋浦學任

鬱鬱蜀岡道，瀰瀰邗江流。之子今何適，肅裝駕行舟。言去齊山巔，秉鐸坐山頭。郡縣方戮力，此席仕學優。況屬古名邦，風物清且幽。以君才思健，堪續昭明遊。暇日攜樽酒，更登文選樓。定有新吟什，遠邁鮑謝儔。獨惜維揚域，蕭閣空悠悠。望君君不來，極目秋浦秋。江都、貴池皆有文選樓。方城有哲裔，文武走東西。君乃子相先生之後。年未及强仕，廷對攀雲梯。謂當躡鼎鉉，散地非所棲。詎意二十載，困頓文場雞。今始獲一官，俎豆憑考稽。猶幸銓司公，選授謝傍蹊。以斯得嘯傲，九子從登躋。高士劉吳後，文采映虹霓。謂伯宗、次尾後人。應與少文遊，競唱白銅鞮。鏡潭魚正躍，杏村鶯亂啼。茲官良不惡，勿念故園畦。

《詩永》

【箋注】

雍正《揚州府志》卷三一：『宗觀，字鶴問，興化人，居江都。以江寧籍中壬午副榜，司鐸貴池，遷常熟，皆以訓士有方，爲四方稱道。生平好古勤學，長吟咏而襟懷曠朗，不問家人生業。其詩蕭疏幽雋，在王孟韋柳之間。』秋浦：本爲今秋浦河中游潭澤水浦名，在今安徽貴池市西南七十里。此爲安徽貴池舊稱。隋開皇十九年置秋浦縣，治今安徽省池州市西，屬宣州。五代吴順義六年改爲貴池縣。鄧漢儀與宗觀交遊時間較久，至遲於順治十三年前就已相交。《漁洋山人自撰年譜》卷上（順治十三年）引計甫草《廣説鈴》云：『予同年王子側居西樵、阮亭間，才堪頡頏。予與鄧孝威、宗鶴問諸公，偕子側遊茗、霅山水間，子側詩援筆輒成，多見警拔。』至康熙二十五年秋，宗觀自貴池任返揚州，離開揚州返任時，鄧漢儀、吴綺、孫枝蔚等聚汪懋麟處爲其送行。《百尺梧桐閣遺稿》卷八（清康熙刻本）丙寅詩有汪懋麟《鶴問至自秋浦邀同孝威薗次豹人集小齋即送還任》。

寄淵公先生

鬱鬱敬亭山，迢迢宛溪渡。是宜有異人，卓犖騁高步。維彼梅都官，實首倡詩賦。後來多俊英，著作爭奔赴。至今大江東，淵源必首溯。茲來得瞿山，文采尤馳騖。光映謝公樓，情寄青蓮墓。早年奮藻思，一一托毫素。詩篇晚益進，力欲追韶護。餘事及丹青，涉筆受羣妒。點染喜無多，中藏數江路。是惟胸次曠，斯能寫烟霧。當其桑海秋，空山失沈錮。冒雪負長鑱，披雲曳草屐。高吟天地愁，颯颯青楓暮。時事偶相迫，中心乍迴互。雖托金門遊，雅有丹丘慕。上書屢報罷，豈云讓脩娱。吾廬雙羊邊，足以豁塵務。潺潺識澗流，隱隱辨巖樹。書史日靜討，琴樽愜幽愫。賓朋時往來，吟情繫鷗鷺。征鼙喧四郊，流言滋恐怖。先生據溪閣，乃賦青霞句。或勸以從軍，掉頭曾不顧。或引西園例，踟躕謝親故。曰予甘林壑，逍遥手自注。僕憩邗江濱，扁舟難逆泝。翹首企靈修，裴回竚中露。屢叨尺素殷，深愛徵吐哺。詩思涌於烟，畫備滄洲趣。臨窗時展玩，何減親玄度。歲暮感索居，雪野莽狐兔。傷時變鬢鬚，覩物冀會晤。庶幾兵戈銷，春江共流寓。

《天延閣贈言集》卷四

【箋注】

梅清（一六二三—一六九七），初名士羲，字淵公，號瞿山、梅癡等，安徽宣城人。有《天延閣詩》前後集等。鄧漢儀與梅清何年相交無法確考，但梅清作於康熙十五年的《家徒四壁歌贈鄧孝威》（《天延閣後集》卷三）曾回憶『當年交結滿京畿，回首風流自一時。片言每折權豪角，落筆爭誇幼婦辭。』當指順治八年至九年鄧漢儀在京城龔鼎孳幕府時。康熙十二年癸丑，梅清曾將詩稿寄鄧漢儀。後鄧漢儀予以印行。《小莽蒼蒼齋藏清代學者書札》有鄧漢儀《致瞿山》云：『前癸丑所寄稿，弟已同藕長兄諸位同時授梓。』此詩當作於康熙十二年歲尾。

慎墨堂詩拾卷四

七言古詩

貧交行贈諸知己

昔與結交杜陵西，慷慨意氣古人齊。同屬天涯布衣士，有何車笠分高低。今者故人策馬去，翺翔京雒騰聲譽。高車駟馬稱相君，范叔一寒誰與語。世人論心不論金，黄金偏見故人心。

和梁仲木賀貧歌贈李小有

吁嗟李子何爲貧，曾爲五斗折腰人。一官西粤幾三載，明珠朗映合浦津。兩弟遨遊俱京雒，高車駟馬兼長爵。豈無餘祿及其兄，乃使風塵嘆搖落。吁嗟李子猶長貧，嶺表歸來楊柳春。但有好句酬山水，別無夜氣識金銀。天寒十月來海角，與我相見衣襟捉。剪燭同悲鴻雁鳴，呼杯但恨黃河濁。壁間僮僕暗吞聲，牀頭蟋蟀殊寡情。昌黎送窮吟幾遍，馮子長鋏羞不鳴。當此霜清孤月曉，宮雨銅駝夢亦悄。高才薄命走江湖，客舍依人多鵩鳥。人爲子悲，文章數奇。長安貴游侈徵逐，不如君才反遇時。狗馬粱肉妾紈綺，一時炫燿羣爭嬉。我爲子賀，無憂坎坷。丈夫窮達命不猶，要使胸期無折挫。好與尋花陶令遊，何妨閉雪袁安臥。試看都門烽火驚，囊頭慘禍及公卿。可知鐘鳴即漏盡，衣繡不必苦夜行。又看江東盛樓榭，君今驢背一奚囊，明月青山橘柚香。有酒且對梅花醉，有妓且唱琵琶行。雖有流戎伏草莽，君自淩烟搖畫槳。海內聞聲悉贈詩，兩袖風生挾秋爽。年來我亦苦伶仃，風雨空園苔草青。無策可通金馬路，幾人爲識草玄亭。我自烏烏唱一曲，流水繞門蛙影綠。予今賀君君賀予，相道家貧萬事足。

【箋注】

《今世說》卷四：『梁以柟，直隸宛平人。任俠仗義，博覽洽聞。與弟以樟，并有高名，江淮人士皆宗之。』以柟，字仲木，卒於順治十五年戊戌。孫枝蔚戊戌詩有《輓梁仲木》：『數載稀相見，訃音偏不遲。梁鴻終作客，伯道竟無兒。潦倒一樽酒，艱難大藥資。招魂休北向，向煖是南枝。』鄧漢儀《詩觀》初集卷八、二集卷一均選評其詩。

春寒衙齋曉起接讀張詞臣見和二詩口占紀興

二月春風寒不已，梅花在檐雪在几。官衙岑寂鳥聲多，晨旭漸高人未起。窗下俄投一卷詩，如見故人驚倒屣。憐予抱痾對新花，訴爾秋懷落江水。噫嘻張季膺，蓴鱸佳興當年稱。一卷一樽一長簦，或在潤州與廣陵，蕭然高寄如孤僧。山夜猿啼綠樹燈，知爾吟苦鬢髮鬙。即今懶就都門徵，與我吟唱隔青藤。誰爲司馬誰枚乘，梁園著作誇英能。

春夜盛寒與崔子荊劇談白門佳事爲之破寂

春光漸深寒漸力，柳無青眼梅無色。官衙更漏入黄昏，爾我相對冰簾織。樽酒流連夜話深，談到秦淮增舊憶。秦淮佳事昔年多，朱顔窈窕真傾國。嬝嬝風流一縷秋，占斷江南並江北。文園車騎多才人，人人盡作陽城惑。烏啼月落酒闌珊，簫管聲中歸不得。今來朱巷半凋殘，烏衣子弟愁無極。盧家少婦莫當壚，湖邊水漲飛鸂鶒。空餘山色媚清溪，遊人春草愁寒食。感君敘論增欷歔，臨邛客子恨何如。昔年亦作秦淮□，風雨閉門工子虛。採得茱萸江岸返，無心更訪油壁車。今宵爲話平康事，一枕清夢流南徐。

秋日遊顧宗伯瑞屏山園因寫贈白雲

園在玉峯下，巖壑位置絶佳，同梁谿曹武子、郭邇循遊此。白雲係吳陵丹青名手，譽滿一時

烟冷霜高山氣肅，葉落無人黃一屋。我來策杖倚寒林，斜橋斷水流還緑。怪石纍纍懸秋空，飛雲長落丹樓中。丹樓窈窕合香霧，幽澗鳴泉吹曉風。踏破芒鞋不能去，蒼蒼唯有石堪語。因想山人丘壑情，今在秋山何曲處。丹青慣畫江南山，畫在高低遠近間。我賦一詩君一畫，畫情詩意相牽攀。一江隔絶東西路，音訊誰傳隋帝墓。玉峯秋影不能描，半是蒼烟半是樹。我將寫入長歌中，寄向邗溝東復東。山人如詠輞川句，乞爲點染吳江楓。

【箋注】

顧宗伯，即顧錫疇。錫疇字九疇，號瑞屏，江蘇昆山人。萬曆四十七年進士。天啟朝典試福建，策有譏刺，魏忠賢黨指爲東林，削籍。崇禎朝，復故官。與楊嗣昌忤，告歸。南明福王時，遷禮部尚書，又與馬士英不合，致仕。南明唐王隆武時，拜爲東閣大學士，加督師銜，後爲浙江總兵賀君堯害死。康熙《昆山縣志稿》卷一五『名臣』記云：顧錫疇『忠孝植心，恂恂溫雅，與人居謙恭自下，常若不足；而嚴氣正性屹不可動。自爲諸生，上書宰執，風裁凜然。服官以後，忤大璫，忤權貴，再遭竄逐，不愧厥心，然皆自植名節，行其孤介，於黨同伐異、名位相傾之際，又所深恥，每以中立爲同鄉同籍所怏怏，終

不易其所守也。』

春愁曲

餘寒二月春風淺，門外梨花碎如剪。獨坐黄昏燈半然，更漏頻催香夢軟。此際離懷倍繾綣，鴛鴦錦字爲誰展。空有春衣織冰繭，何時相對愁腸遣。

林若撫爲余談周元亮先生白門舊事因及姚江黄太沖皖城吴子遠

芍藥溪邊流水緑，策杖閒過逋叟屋。村醪沽得相對傾，啼鶯飛去前村木。憶我别君無幾年，時事滄桑宛在目。荒廬不剪仲蔚蒿，虚亭空種子猷竹。脱巾墮屐坐風前，與予縱論良便便。説到廿年遊俠事，酒酣慣向白門眠。白門賓客如雲麗，唯有公瑾稱最賢。弱冠才藻溢揚馬，賦詩洒洒如青蓮。曾共勞勞亭畔醉，一時白社皆少年。使君已貴徵君老，南北江天障芳草。與我慷慨良久之，恨不攜筇廣陵道。更出當年唱和詩，季重叔度名皆好。念予家住邗溝東，水部梅花相照紅。百里江聲雪滿鴻，一時幕客應劉同。恨未授簡吟丹楓，猶嘆詞客盡飄蓬，越北吳南紛草蟲。

【箋注】

林雲鳳（一五七九—一六四八），字若撫，别號三秦老人，江南長洲人。鄧漢儀《詩觀》二集卷四選評其詩，評其《金陵雜興》其四『閭巷凋殘兵火後，隔江無復玉人簫』云：『紀南渡之事，足稱詩史。』黄宗羲《思舊録》：『林雲鳳，字若撫，長洲人，詞人之耆舊也。是時南中詞人汪遺民（逸）……皆與余往還，而若撫最親，贈余詩亦最多。吳子遠（道凝）、周元亮（亮工）與余同庚，若撫因作詩，有「誰家得種三株樹，老我如登羣玉峯」流傳詩社。其後出處殊途，元亮猶寫此詩以見寄。若撫寓報恩寺，余與之登塔九重及遊城南七十二寺，皆有詩唱和。』《皇清書史》卷五：『吳道凝，字子遠，順治四年進士，官奉化知縣。草書横絶，自謂似李北海。』

妾薄命

春閨晝掩調寒緑，誰家女兒顔似玉。剪刀夜擲裁冰紈，香霧朦朧花氣覆。十二闌干悄夢寒，竹枝歌聲吹若蘭。香情豔句調鸚鵡，長河隻影睇青鸞。青鸞一去佳期杳，錦衾角枕波痕小。銀燈覷面不成歡，袖倚春花惜芳蓀。

郎何來

郎何來，青驄馬，停鞭直指妝樓下。十載戍遼陽，誤妾容顏春復夏。雁書空寄隴頭來，幾番傾篋疑真假。今朝乃始歸，楊花歷亂飛，開顔對鏡展春暉。聞説關東戰鬥稀，何事慷慨著征衣？男兒功成封萬戶，妾身如葉堆黄土。

贈别何寤明

寤明聞聲最久。丙戌冬乃僅一晤，各道相思，旋以送秋浦姬人，南棹惜别，悤悤賦此以道意

吳陵臘月蘆花寒，披裘客子臨風酸。與我倉卒成一晤，衣裳如昨夢中看。卻道相思匪一夕，今朝乃話霜天碧。無限深愁總未宣，雙帆早見停江驛。問君何事苦悤悤，君懷早逐離亭鴻。爲憐翠黛當壚老，不惜紅裙秣馬同。紅裙家在蘆江浦，飄泊烟花秋夢苦。簫管不肯逐平康，桃葉但思歸舊土。感君意氣古人齊，催船直指鍾雲西。美人簾閉如初嫁，遊子裝清穩獨棲。羨君高誼促君别，揚州官閣梅如雪。人間無數斷腸愁，好待君來重整結。

以上《吳陵國風》

【箋注】

何煜，字瘖明，江南青陽人。有《四照亭詩鈔》一卷。鄧漢儀《詩觀》初集卷五自其《雙柑園詩》選詩二題。評其《送余澹心赴真州，兼懷白門舊遊》詩云：『氣格高勝。』

逃亡行

《揚州府志》

昭陽積雨千村哭，一村無有稻一斛。高郵河堤又潰防，處處逃亡餘破屋。爾今〔一〕去此欲何依，天災流行到處酷。不見淮安城，水高一丈魚龍驚。民廬漂沒不可數，射陽之田不復耕。又不見今年新令復洲田，家家買種借私錢。豈知江潮復大上，彭蠡害稼如蝗蝝。側聞江南亦被水，何地堪爲安樂里。伶仃他鄉詎善策，不如還共親戚死。東家置酒吹笙簫，西家博進爭得梟。世間亦有歡娛客，那管飢民皮肉銷。

【校記】

〔一〕『今』，底本作『金』，據《揚州府志》改。

憶昔行贈張天石納言兼弔張大隱張玉調宋今礎丁野鶴張蝶龕諸公

憶昔燕京上元節，火樹銀花交映徹。酒樓百醆炫珠燈，遊人踏盡銅街雪。是時公卿喪亂餘，苦將樂事銷居諸。拉我竟入黄公市，掀髯狂叫酒家胡。夜闌猶過長山宅，看煞紅妝低按拍。騎馬歸來月墮天，墜珥遺簪良可惜。人生勝遊難再得，我返江南君薊北。那意浮雲暗京國，諸公零落不可識。或遷絶塞或重泉，幾人尚結荆高緣。貴人面目難仰視，盡道高車駟馬非徒然。我行躑躅邗江邊，不料膠州泊畫船。驚君碩果今猶健，遊戲江湖真列仙。卻話酒壚當日事，君亦酒人君不記。爲君慷慨歌此篇，人生出處當行意。

【箋注】

張若麒（？—一六五六），字振公，號天石，山東膠州人。明崇禎四年進士，任清苑縣知縣、刑部主事，改兵部主事、郎中。仕清官至通政使。鄧漢儀與張若麒亦有倡和詩。《詩觀》二集卷八自其《止足軒草》選評十九題詩，且借錢謙益語總評其詩：『錢牧齋云：「膠西張公，初與伯兄宿松同時以進士宰燕趙，宿松治河間以寬，天石以果，並茂循績。別幾二十年，各備歷艱虞。余歸田匿影，公躋華膴，爲納言名卿，令子俱以文噪世，次公登館局，取士最得人，直聲震天下。公年未艾，忽請告歸，有牢溟渤之奇，徜徉笑傲，宜爽籟發而雅風存，洋洋乎東海雄矣！」』。張縉彦（一五九九—一六七〇），字濂源，號坦公，别號大隱，河南新鄉人。明崇禎四年進士，歷清澗、三原知縣，戶部主事，兵科給事中，兵部尚書。仕清歷山東右布政使、浙江左布政使、工部右侍郎等。順治十七年流徙寧古塔，十載卒。鄧漢儀《詩觀》二集卷八選評其詩，評其《金魚池作》云：『感歎蒼涼，似唐人《樂遊園》諸作。』《梳妝樓》云：『即少陵《玉華》、《九成》諸篇之意，而音節不同。』張鼎延（一五八二—一六五九），字玉調，一字順之，永寧（今河南洛寧縣）人。宋之普，字今礎，山東沂州人。乾隆《江南通志》卷一〇七《職官志·文職》：『宋之普，沂州人，進士，順治九年任常州府知府（至十二年）。』張蝶龕，河南新鄉人，張縉彦侄，生平事蹟不詳。張縉彦《菉居詩集》（明末刻本）有詩《登佛樓偕山圖家侄蝶龕》。

《詩觀》二集卷八《詩永》

送酒歌柬程穆倩兼寄喬雲漸　時喬自寶應以酒六大甕貽程穆倩也

喬生家居氾湖濱，歲釀千斛醁醽春。日引賓客傾百醆，翹首還念黄山人。山人家〔一〕住隋宮路，日挈壺瓶沽幾度。贈錢那足辦醇醪，醉眼聊堪驅日暮。忽驚戶外剝啄聲，居然六甕陳檐楹。主人心喜口不語，啟視香色皆殊倫。主人未便開樽酌，愛招南陽銷寂寞。每聽昭明樓下喧，知是君家訂酒約。時予寓文選樓。有時微雨動黄昏，或當明月如金盆。寺鐘已響鴉未歇，庭雪乍飄鑪始温。魚羹蟹炙充盤餐，橘橙梨栗不須論。頻來饕餮興未厭，主人還復勤留髡。因思維揚邸第尊，嬌歌豔舞驚心魂。商人積貲累百萬，亦布綺席招王孫。狂奴懶去就高讌，只餘嘯傲盈乾坤。每從垢區道人飲，此樂真不減平原。寄言喬生洵知己，有酒不送金張與許史。嵇阮平生自酒徒，爛漫糟丘足狂喜。相將大叫且鼾眠，感激豈獨黄山子。

《詩觀》二集卷九

【校記】

〔一〕『山人家』，《詩觀》作『黄山人』。

【箋注】

程邃（一六〇五—一六九一），字穆倩，號垢區，江南歙縣人。康熙十八年舉鴻詞不就。嘉慶《江都縣續志》卷一二：『泰州鄧漢儀選《詩觀》於文選樓，邑士華龍眉衮與程穆倩邃爲之左右。』程邃爲鄧漢儀好友，相交多年，特别是在《詩觀》編選過程中出力甚大。康熙五年三月，王士禄來遊揚州，鄧漢儀、程邃等人一同在揚州與王士禄數遊燕於平山堂、紅橋，刻《紅橋唱和集》。民國《寶應縣志》卷一五《人物志·篤行》：『喬蔭，字廣生，太學生。子出塵，字雲漸，號疑庵，諸生，性豪逸，工詩文，尤嗜茶。』《詩觀》二集卷一〇借汪蛟門語云：『疑庵自號箕山狷者，閉戶三十年，好圖書，有潔癖。不妄交一人，其意所許可，雖贈千金不惜也。今且家無四壁，口不言貧，讀書養道，沈靜如僧。平生撰著，祕不示人。甲寅（康熙十三年）冬，余造訪留雲堂，得其詩一卷，亟攜歸，與孝威共賞之，真詩中逸品也。』鄧漢儀又記曰：『甲寅客廣陵，風鶴頻驚，時時向穆倩索醉，穆倩不以爲倦。詢之，乃知爲雲漸所贈酒，穆倩一歲所得，凡數十大甕也，予爲作長歌紀其事。雲漸高懷雅致，不僅以詩名，即其詩亦已超絶塵埃，獨標霞上。予與蛟門互相評次，如飲醇醪，正不須白衣，固已傾倒於雲漸至矣。』此詩即記此事。

巢民集飲水繪庵共限枝字復爲長歌

野人東來訪舊知，躑躅蕭寺形神疲。日盼城南舊酒旗，愁來獨往洗缽池。滿天黄葉西風吹，高門大戶空爾爲。水繪庵主神仙姿，夙躭歌舞兼文詞。兹來不復舞柘枝，賓朋罷詠三吾詩。以此咫尺月魚基，無由乘興倒接䍦。問之但言心中悲，一日筵開輞水湄。枕烟亭子何葳蕤，銀屏十幅光琉璃。上客揚雄與項斯，繽紛合坐傾金卮。圓方綺饌東西馳，但少美人號雪兒。須臾月出星斗垂，蒼蒼傑石烟迷離。一聲砲落不可追，萬鳥驚起環城陴。更招醉客客不辭，燭炧香銷歸去遲。余亦爛漫開心脾，聽客嘈嘈説所思。異地爲歡更藉誰，借船急渡夜何其，樓頭鼓打三更時。

【箋注】

水繪庵：即水繪園，爲明末清初如皋冒襄與董小宛隱居、交接文人之處。《如皋縣志》卷二二：水繪園『在城東北隅，中禪伏海寺之間，舊爲文學冒一貫别業，名水繪園，後司李冒襄棲隱於此，易園爲庵』，『一時海內鉅公知名之士咸遊觴詠嘯其中』。陳維崧《水繪庵記》云：『水繪園即向之所謂鎮野帶垌、竹樹玲瓏、亭臺碁置者水繪庵是也。其主人辟疆氏。』『繪者，會也，南北東西皆水繪其中。林巒葩卉坱圠掩映，若繪畫然。』康熙七年十月鄧漢儀客如皋冒襄水繪庵，十月十三日，冒襄招集鄧漢儀、項玉筍、楊樹聲、徐章、錢岳等飲於水繪庵。《同人集》卷七『庚戌歲寒水繪庵倡和詩』收鄧漢儀此《巢民集飲水繪庵共限枝字復爲長歌》詩。項玉筍、楊樹聲、徐章、錢岳均有《孟冬前二日巢民先生招同楊無聲鄧孝威徐石霞飲水繪庵即席共用枝字》詩。張圯授亦有同題遙和詩。項玉筍另有《和孝威效柏梁體限枝字長歌》。

湘中閣看雪歌呈巢民先生

昨夜天公戲玉龍，虛窗瑟瑟驚天風。起見雪花大如掌，祇園雜樹皆空濛。鄙人寓居水繪閣〔一〕，便擬戴笠攀高峯。主人懷抱正不異，隔谿呼取扶雙筇。湘中小閣空中倚，石勢峻嶒色蒼紫。板橋欹仄斷人行，亭榭微茫半烟水。參差明滅洲島寒，須臾斜日披林巒。鷗鳧蕩漾游魚出，細看淺渚生波瀾。憶昔壯歲遊嶽麓，瀟湘之波千頃綠。楚南地暖雪恒稀，九疑空映湘妃竹。豈知君家懸霤奇，深冬雪壓黃茅屋。更掃苔徑開晴軒，快飲醇醪慎莫喧。主人夙是陶謝手，論詩更欲窮河源。

【校記】

〔一〕『閣』，《同人集》作『近』。

前題

風饕雪虐無人跡，主人攜壺載玉液。豈無暖閣鋪氍毹，偏向空園布几席。玲瓏巖洞極灣環，穿出樓臺盡深碧。亂谿絕磵水微明，細路陰崖雪尤積。一閣深藏萬樹中，樹迴石抱高低同。正訝雲濤莽奔〔一〕赴，欻驚烟草皆和融。持杯共坐層巖下，一片寒光日邊瀉。眼前鷗鷺且徜徉，春至魚龍爭變化。對景轉復愁茫茫，十年兵火騰三湘。吾子老大尚伏櫪，安得朋儕無翳桑。喜是剡溪棹未轉，王猷把臂恣翱翔。況吾與子非異鄉，我飲羅浮君射雉，一生詩酒拚清狂。

【校記】

〔一〕『奔』，底本作『莽』，據《同人集》改。

【箋注】

湘中閣：爲如臯水繪庵之一景，二層斗拱建築。康熙七年鄧漢儀仍寓居水繪園，十一月三十日鄧漢儀同主人冒襄、友人許承欽、陳世祥、項玉筍等於水繪園湘中閣觀景宴飲並聽白璧雙琵琶歌。《同人集》卷七『庚戌歲寒倡和詩』所收鄧漢儀此詩《湘中閣看雪歌呈巢民先生》。項玉筍同題詩曰：『客眠擁絮冷於鐵，欲起不起帶難纈。俄驚剝啄問阿誰，冒子遺童招看雪。』許承欽詩爲《仲冬晦日巢民同令子青若招飲湘中閣看雪同散木孝威嵋雪無聲石霞永瞻再聽白璧雙彈琵琶續呼三姬佐酒歌》。

寒夜飲巢氏得全堂觀淩璽徵手製花燈旋之張宅聽白璧〔一〕雙琵琶歌

生平愛聽陳隋曲，鐵撥鵾絃生斷續。今冬偶作雉城遊，雪漲空天哀響促。曾是通州白璧雙，琵琶名譽騰江湘。朅來寄宿東皋路，白眼横睨無金張。吾輩三五鄒枚客，流落風塵頭半白。觀燈卻聚冒氏堂，聽曲誰爲崔九宅。側聞生在賈家橋，夜然樺燭親相邀。主人遮客客還住，更開緑蟻淹通宵。四座持杯各有語，請君撥絃休齟齬。一夜詩成好贈君，明朝傳遍旗亭女。白生一笑啟檀槽，鈎簾人静無喧囂。初絃欲細聲嘈嘈，一絲搖漾凝纖毫。放聲忽若雷霆高，盲風澀雨昏林皋，淙淙幽澗鳴波濤。如聞二女思君勞，哀猿杜宇求其曹。調高絃響忽欲住，陡若萬馬歸臨洮。聞彈先帝十七年間事，離亂風光動人涕。今宵翻作兒女行，拉雜摧藏無不至。雖然不作永嘉愁，對君如讀開元志。湖南採訪幾欷歔，潯陽商婦長顑頷。獨惜君家藝絕倫，梅村班管歌詞新。至今飄泊猶江外，夜闌霑醉潸悲辛。我亦同時失路人，聞唱紅鹽淚滿巾。烏啼客散天昏黑，槎枒樹塞長河濱。

【校記】

〔一〕『璧』，底本作『壁』，據《同人集》卷七改。下同。

【箋注】

此詩寫於鄧漢儀康熙七年冬寓居如臯冒襄水繪庵期間，收入《同人集》卷七『庚戌歲寒倡和詩』。是冬寒夜，與許承欽等飲冒襄得全堂觀花燈，又轉至張宅聽白璧雙琵琶。許承欽亦有同題詩。得全堂：在如臯集賢巷，原爲冒襄祖父、知州冒夢齡別業，爲冒襄與友人宴飲高會之處。冒襄輯《同人集》卷三有陳瑚《得全堂夜讌記》、李清《得全堂夜讌記跋》等。徐珂《清稗類鈔》音樂類：『白璧雙，名珏，蘇州人。順治初，琵琶稱第一手。嘗售技於南北。吳梅村《琵琶行》，爲白作也。當時名流多有贈詩，王西樵曰：「四弦誰破夕烟昏，恰是香山老裔孫。國手那推賀懷智，妙音直壓康昆侖。移時寂歷嗚沙雁，一摘崩騰斷峽猿。不是狂奴能作達，此中應有淚千痕。」陳其年曰：「玉熙宫外繚垣平，盧女門前野草生。一曲紅顔數行淚，江南祭酒不勝情。」「十載傷心夢不成，五更回首路分明。依稀寒食秋千影，簾幙重重聽此聲。」「縱酒狂歌總絕倫，曾將薄藝傲平津。江南江北千餘里，能說興亡剩此人。」「醉抱琵琶訴舊遊，禿衿矯帽脫梢頭。莫言此調關兒女，十載夷門解報仇。」鄧孝威曰：「北極諸陵黯落暉，南朝流水照烏衣。都來寫入《霓裳》裏，彈向空園雪亂飛。」「白狼山下白三郎，酒後偏能說戰場。颯颯悲風飄瓦礫，人間何處不昆陽。」』

壬戌冬日巢民先生招同曹秋岳諸公大集海陵寓館即事

往年合肥好風雅，每至揚州客景從。華堂盛會珠履集，清歌妙舞傾千鍾〔一〕。合肥一逝賓朋散，空見滄江千萬峯。作者待詔金門路，司馬宋蓼天尚書詹事沈繹堂宮詹稱人龍。大召鄒枚開廣讌，刻燭叉〔二〕手何從容。亦緣天子重文學，折節曠典千秋逢。邇來高臥柴扉塞，舊事寂寞填心胸。侯門累累謹避客，長卿誰更來臨邛。販鹽大賈〔三〕益驕倨，自謂轉盼家鳴鐘。以此名流鉅公至，車騎索莫莓苔封。今歲小春東海郡，樸巢鼓櫂探芙蓉。恰值同時片舸下，乃是倦圃曹司農。曹公數載羈軍烽，召入史局謝衰慵。卻愛平山堂〔四〕極好，還訪蕪市秋花濃。因之小泊荒城外，那知勝侶多吳儂。樸巢爲沽橋畔酒，羅列珍錯兼重重。大會良宵忍遽散，歌闌燭炧人憧憧〔五〕。彷彿平山招眾彥，復如雅集慈仁松。乃知勝事因人作，不然梁園鄴下徒遺蹤。噫嘻！梁園鄴下徒遺蹤。

【校記】

〔一〕『鍾』，底本作『鐘』，據《同人集》卷九改。

〔二〕『叉』，《同人集》卷九作『乂』。

〔三〕『賈』，《同人集》卷九作『估』。

〔四〕『堂』，《同人集》卷九作『楊』。

〔五〕『憧』，底本作『憶』，據《同人集》卷九改。

【箋注】

本詩原《詩拾》誤標出處爲《詩觀》二集，實出《同人集》。康熙二十一年冬，如皋冒襄招同鄧漢儀，檇李曹溶，湖廣許承欽，江寧張總，武進許之漸，興化王仲儒、王熹儒，泰州張嶔（石樓）、宮鴻曆、宮鴻譽（東表）等四十九人會海陵寓館，宴集倡和。《同人集》卷九有曹溶、張總、鄧漢儀等人此時倡和詩。其中張總有《壬戌孟冬巢民先生招同諸君名賢四十九人爲海陵宴集漫賦柏梁體紀勝》寫當時宴遊盛況，有句曰：『天水使者持文衡，海陵絡繹臻羣英。是時寓公多班荊，三吳楚蜀聯簪纓。有客高懸月旦評，鄴下況來主會盟。水繪老人殊錚錚，風流矍鑠餘閒情。招游四座雄風生，詞壇酒政飛兕觥。』鄧漢儀《壬戌冬日巢民招同曹秋岳諸公大集海陵寓館即事》即成於此時。曹溶（一六一三—一六八五），字秋岳，一字鑒躬、潔躬，號倦圃。浙江嘉興人。明崇禎十年丁丑進士，官監察御史。入清官至戶部侍郎。有《靜惕堂詩集》。

後演劇行爲巢民先生作

我昔放浪遊東皋，得全堂上紅蠟高。主人喜作西園會，不惜十斛傾蒲萄。家有歌兒結隊出，傳頭絕妙非凡曹。時看滿眼騰翠袖，慣聞中夜喧檀槽。一絲婉轉歸寂寞，萬態倏〔一〕忽奔波濤。洗鉢池頭客一月，日在歡場快所遭。無何〔二〕賓客漸雲散，主人門館侵蓬蒿。紫雲已逝楊枝槁，陳郎淺土埋櫻桃。賸有秦簫雙耳塞，合肥不在形酕醄。從此華筵罷絲竹，重陽寒食尤蕭騷。或云官長喜詗察，四方羣盜且旌旄。或云里兒原善怒，況聞歌舞羣嘈嘈。以此閉閣計亦得，其如懷抱多轕轇。玲瓏幡綽有底急，總爲愁人解鬱陶。今秋揚州忽傳語，主人呼客還游敖。更掃後堂理絃索，兼得善本窮纖毫。吳兒十二最聰慧，便解音律調笙璈。按拍每使龜年服，顧曲無須公瑾勞。寶彝染香一炬後，得此意興殊雄豪。我久不到射雉路，聞之即欲喚輕舠。靜垂簾幙聽妙曲，纖月低映寒風飀。恍惚當年酒壚睡，細談開寶鐙重挑，如君那復心忉忉。紅粧姬能工繪事，綠髮兒能歌浪淘，亟須快舞鬱輪袍。大夫廟後垂柳外，會買白蝦與濁醪。

【校記】

〔一〕『倏』，《同人集》作『儵』。

〔二〕『何』，底本作『如』，據《同人集》改。

【箋注】

此詩成於康熙二十一年秋。《同人集》卷九題下原注云：『在維揚選樓秋雨中製有此歌，付穀梁兄奉寄。晤巢翁，知尚未郵致，復書請政。』

爲巢民先生題米南宮半巖飛瀑圖歌

樸巢先生有高癖，羅盡鼎彝兼載籍。昨年祝融莽一燒，染香閣上無留跡。先生視之直等閑，那向刼灰深痛惜。客冬偶向白沙遊，故人贈錢頗不窄。先生不以壯遊囊，特置南宮一卷石。此石腹背皆嶙峋，鬼斧神工暗雕畫。細看半巖瀑布題，果覺波濤生几席。此物流傳歷宋元，不知遭逢幾兵革。今朝卻被名人賞，愛入骨髓安能釋。或爲詩賦或作圖，一時鬨動廣陵驛。憶昔三十二芙蓉，亦是米家袖中璧〔一〕。合肥〔二〕得此名其齋，尚有天家墨痕積〔三〕。此石定屬開元遺，不分飄流洛陽翟。猶喜收藏還樸齋，摩挱贊歎連晨夕。更語金家女博士，爲君笑補查翁冊。

以上《同人集》卷九

【校記】

〔一〕『璧』，底本作『壁』，據《同人集》改。

〔二〕『合肥』，《同人集》作『合淝』。

〔三〕『積』，夏荃《慎墨堂詩拾》本作『跡』，據《同人集》改。

【箋注】

此詩作於康熙二十六年臘月。是年臘月鄧漢儀與徐倬、孔尚任、宋實穎均作《爲巢民先生題米南宫半巖飛瀑圖歌》。《同人集》卷一〇丁卯倡和詩收三人同題詩，其中徐倬詩有句曰：『明鐙臘酒憶疇昔。』米南宮：即宋代著名書法家米芾。米芾（一〇五一—一一〇七），字元章，號襄陽漫士、海岳外史、鹿門居士。祖籍山西太原，後定居潤州（今江蘇鎮江）。宋代著名書畫家，爲『宋四書家』之一。宋徽宗曾詔其爲書畫博士，人稱『米南宮』。

題佘〔一〕羽尊望雲圖

世不如阮籍之嘔血，而聞喪則飲酒。世不如溫嶠之康濟，而絕裾以離母。彼甘棄天倫而罔顧，吾亦把臂於何有？佘子欒欒，服古衣冠。雅工篆籀，夙擅吟壇。乃獨行而踽踽，惟望雲以長嘆。於虖！心銜痛兮世罕知，雲無盡兮草離離，親之來兮雲爲期。

《詩概》

【校記】

〔一〕『佘』，底本作『余』，據縣志改。

【箋注】

佘羽尊：即清初書法家佘儀曾。清嘉慶十三年刊本《如皋縣志》卷一七：『佘儀曾，字羽尊，號黍村，明諸生，工詩書，書得二王家法。福建莆田人，江南泰州籍。遊如皋，冒巢民推重之。所居牕外有老柳，顔曰柳潯，著《柳潯》内外編若干卷。」

房貞靖公祠堂雙白松歌兼寄呈令子輿公同豹人作

狂烽一夕來陝東，黄巢突據咸陽宫。忙捉衣冠供僞職，酷烈如在湯火中。薦紳罕守冰霜節，名士爭誇翊戴功。樞部房公聲嶽嶽，賊欲羅致情真濃。詎知公也心若鐵，肯將勁草隨秋蓬。垢面赤脚衣袖裂，竟日奔走荊榛叢。食絶淚枯皮肉盡，誓將一死酬蒼穹。令子裹屍夜來葬，鄉人焚紙青山紅。議謚議祠議碑碣，三秦人物茲孤忠。祠前何物堪偃蓋，鄰邑遠移雙白松。白松秦地最難活，土氣高亢鮮沖融。廿年霜摧塵霧滿，轉訝體勢彌崧寵。如雪如玉如鶴鷺，枝幹蚴蟉顔菁葱。渾疑密縣之所植，黄帝三女遺跡同。颯然青天雜雷雨，或若幽澗鳴絲桐。崢泓蕭瑟不可狀，彷彿神鬼憑高空。應是我公浩然之正氣，鬱結草木凝清風。武侯之柏萊公竹，繇來感格非虚蒙。使公尋常作仕宦，松亦化作柳與楓。安能森然若褒鄂之羽箭，良相之冠佩，千載而相從。長公燕邸苦相憶，亟呼韋偃圖雙龍。並索詩賦與敘記，擬傳勝事於無窮。我爲作歌志景企，何時游秦拜公之祠兼拜松。

【箋注】

房建極，字秉中，陝西三原人。清光緒《三原縣新志》卷六中：『房建極，李《志》：字秉中，從溫恭毅、馮少墟學，崇禎中進士。新鄉知縣。寇氛爲患，屢出奇破賊，再補安丘。拂巡使者指，左遷布政司照磨。尋擢兵部主事……嗣聞燕京陷，北向稽首隕血，臥土室中，未幾卒。里人私謚曰貞靖。』興公：房建極子房廷楨字。清光緒《三原縣新志》卷六中『房廷楨，建極長子。李《志》：「字興公……順治己亥成進士，授豐城知縣。著《字豐實政》一書，膺最，擢兵部主事，遷刑部郎。大司寇比之于定國、張釋之。遷臺諫，歷官僉都御史。有《柏府奏疏》及《文集》。」』鄧漢儀《詩觀》初集卷五、三集卷一二均收其詩。豹人：明末清初詩人孫枝蔚字。孫枝蔚（一六二〇—一六八七），字豹人，號溉堂，陝西三原人，流寓江都。康熙十八年舉博學宏詞，因年老授中書舍人銜歸。有《溉堂集》。

次易簣歌原韻

憶公直宿諫垣時，左右權貴皆憚之。二十四氣人俱在，斥爲朋黨者爲誰。惟公慷慨能論奏，顧視斧鉞心神怡。九重赫怒交赤棒，血肉驚飛滿眼悲。謫戍宣州有嚴旨，執殳載道涕雙垂。無何黄巾犯宮闕，公也行遁歌楚詞。聊復戢翼吳門市，一瓢一笠長相隨。今年一病將奄逝，遺命諄屬不須還葬東萊崎。先皇有明詔，大義不可辭。竟須埋骨敬亭下，乃見孤臣生死志弗移。好向丘隴側，長栽松柏枝。應有哀猿杜宇頻叫嘯，引得行人千載思。

《姜貞毅先生輓章》

【箋注】

姜埰（一六〇七—一六七三），字如農，門人私謚貞毅先生。山東萊陽人。《小腆紀傳》卷第五六：「姜埰字如農，萊陽殉節諸生瀉里次子也。崇禎辛未進士。由知縣入爲禮部主事，擢禮科給事中。在官五月，上三十餘疏，卒以論二十四氣蜚語事，與熊開元同下詔獄。逮至午門，杖一百，幾死，復繫刑部獄。甲申正月，謫戍宣州衛。乙酉，南都亡，與弟垓避兵天台。魯監國召爲兵部侍郎。詔使敦促，埰知事不可爲，竟不起，寓居蘇州。嘗奉母歸萊陽。我山東巡撫將薦諸朝，乃佯墜馬折股，乘間復馳至蘇州，自號宣州老兵。欲結廬敬亭山，不果。病革，語其子曰：『敬亭，吾戍所也。未聞後命，吾猶罪人也，敢以異代背吾死君哉！』卒，葬宣城。」有《敬亭集》傳世。

久雨始霽汪叔定季用招遊平山堂登真賞樓分賦

廣陵暑雨不能歇，十日街衢斷行轍。渾疑天河倒欲翻，復訝蛟龍穿地裂。雉樓崩塌粉墻傾，一望瓦屋炊烟絕。汪子是日招出遊，紅橋已買青簾舟。思與諸君蠟雙屐，爭上平山百尺樓。豈料霪霖連晝夜，何能出郭閑夷猶。郤喜更期值初霽，齊集同人欣鼓枻。園榭經過柳自陰，谿塘微轉鶯偏膩。怪來時事小滄桑，當年繁盛今陵替。總無畫舫玉兒歌，絕少酒舍青驄繫。那餘浣女出晴沙，但見漁翁唱天際。尤驚荷葉昔田田，今日荷枯花總斃。似同蕭瑟暮秋時，如在淒涼天寶歲。吾儕興致原極高，昔因寂寞罷醇醪。登山撾鼓頗不惡，倚閣橫劍何其豪。況是昔人吟諷地，不開懷抱空顛毛。試憑欄檻舒望眼，隔江風景猶前朝。勸君休羨隋皇苑，寶鈿已銷螢火亂。勸君休問弩臺遺，精靈欲語斜陽時。好與共弔盧陵子，一杯酣醉層雲裏。流連薄暮尚嘯歌，泉聲低咽松濤起。且迴短櫂入城來，佇待天晴再上臺。

【箋注】

此詩當成於康熙十四年後。阮元《淮海英靈集》（清嘉慶三年小琅嬛仙館刻本）卷二：『汪耀麟，字叔定，號北皋，江都貢生。與弟懋麟齊名，著《抱末堂集》六卷、《南北唱和詩》一卷、《愛園倡和詩》若干卷。』季角：汪耀麟之弟汪懋麟字。汪懋麟（一六三九—一六八八）：阮元《淮海英靈集》卷二：『字季角，號蛟門，江都人。康熙丁未進士，官內閣中書舍人，以憂歸。戊午舉詞科，以未終制辭服闋，後薦入史館。未幾罷歸。康熙二十七年卒。』真賞樓：即晴空閣，舊在揚州平山堂後，清康熙乙卯年揚州知府金鎮與汪懋麟同建。真賞樓名取自歐陽脩詩《和劉原夫平山堂見寄》：『遙知爲我留真賞。』清孔尚任又據歐陽脩詞《朝中措·平山堂》：『平山欄檻倚晴空，山色有無中。』爲真賞樓題匾『晴空閣』。今樓已不存。

集汪舟次玉持堂觀查二瞻所畫富春山幛子作歌

我曾舟過富春山，寒巖落葉清霜斑。高峯攢雲入窈窕，巨石横地森潺湲。其上猿狖嘯蘿薜，其下虎豹紛林巒。村深路細人家出，彷彿水碓喧柴關。舟行其中凡屢折，急湍静浪相循環。游魚錦石粲可數，幽禽朱實何斒斕。恨未一登釣臺岸，瞻拜祠廟欽衣冠。至今夢到七星瀧，松濤謖謖牀幃寒。何意涼秋楊子驛，汪倫置酒招賓客。頻話江山入杖藜，頓開屏幛驚心魄。宿霧蒼烟恍鬱蒸，層崖疊嶂平堆積。果是重來黄大癡，含毫寫出桐君宅。預知揮灑絶端倪，頗覺渲染瘦晨夕。秋雨鳴檐庭户幽，鹽茲能事觀浮白。獨今浙地騰兵戈，峒蠻谿盜爭奔波。嚴陵一帶好山色，誰停畫舫閑婆娑。僅從圖繪探錦繡，難扶杖履臨盤渦。噫嘻還欲問查子，西臺舊跡今誰是。何不並貌晞髮人，擊殘如意青山裏。

以上《昭代詩存》

【箋注】

清康熙三十二年刊本《休寧縣志》之《薦辟》：『汪楫，字舟次，西門人，歲貢。任贛榆教諭。十八年特試博學宏詞科，授翰林檢討。冊封琉球正使，復命具疏稱旨，以中允贊善用，改授河南府知府，卓異，陞福建按察司按察使。著有《悔齋集》、《山聞集》、《消寒集》諸詩。』查士標（一六一五—一六九八），字二瞻，號梅壑散人，新安人，流寓江都（今揚州）。明末清初畫家。有《種書堂遺稿》、《題畫詩》等。

送汪舟次太史奉使冊封琉球

皇帝御極二十有二載，削平僭僞寰宇清。翡翠珠犀貢内府，白鷹獅子充神京。中山遥隔漲海外，恪守臣職遵王□。世子代立有舊禮，務須丹詔誇蓬瀛。陪臣再拜叩闕下，一日得旨殊光榮。四顧臣僚誰可遣，無踰天祿石渠英。上尤注意宏博選，謂曾簡拔起簪纓。汪君賦才儷揚馬，風儀秀整兼峥嶸。出使良爲上國重，吐言足令彝王驚。即寫黄敕付汝去，特賜冕服躋上卿。玉節金符耀雲日，銀鞍珠勒何晶瑩。上曰此行不獨爲冊典，獎伊奕世縣忠貞。自從臺灣梗貢道，爾獨冒險來觀成。不遣廷臣往宣諭，何由外國咸抒誠。以此命汝叱馭去，都門祖帳傾千觥。暫覲高堂幸雙健，勉汝王命須兼程。臘月梅花映官驛，便驅僕御江干行。嚴瀨舟移頻見月，幔亭春好正啼鶯。擇日揚舲趨溟渤，撾鼓海廟陳犧牲。洪浪極天鼇背黑，陰火照夜鼉眼明。行行欲觸扶桑影，寂寂那聞老鶴聲。有時巨魚作風雨，珊瑚慘裂無餘情。賴是皇威淩八極，諸怪伏匿靈妃迎。金支翠旗光閃處，蛟宫蜃窟疑吹笙。直送檣帆入雲際，颶母不敢相喧爭。依稀略見礁邊樹，彷佛如窺島外城。一朝忽抵泊舟所，黄龍白馬還交鳴。迎恩亭喜天使至，藩臣稽首萬人傾。朗宣寶冊奉神殿，漏刻門畔飄鸞旌。更張宸翰示外域，銀鈎鐵畫非常精。此行事事關國體，始識中朝真太平。事畢即擬問歸櫂，還須題志傳芳名。盤空硬句彝未曉，螭虬蟠鬱陰晝鳴。男兒富貴本易得，乘槎萬里斯縱横。漢之張騫有故事，肯戀廷陛鏘瑽珩。佇看迴帆疾於鳥，依舊水國偃長鯨。掉頭琉黄山未遠，隱隱螺髻紛陰晴。那用舟中閲寒暑，早啖紅茘餐香橙。歸朝更上平海略，會制北港出勝兵。《奉使贈行詩》

【箋注】

汪楫（一六二三—一六八九）字舟次，一號耻人，晚號悔齋，別號覺堂居士。早遷江都，占籍江南儀徵，徽州休寧人。康熙十六年丁巳歲貢生，官贛榆訓導。由江寧巡撫慕天顔薦舉博學宏詞，試列一等，授翰林院檢討，與修《明史》。康熙二十一年壬戌，賜一品服，充冊封琉球正使，歸撰《使琉球録》，詳載禮儀及山川景物。又因諭祭故王，入其廟，默識所立主，兼得《琉球世纘圖》，參之明代事實，詮次爲《中山沿革志》。康熙皇帝以其奉使盡職，敕部優敘。久之出知河南府，治績爲中州最。後擢福建按察使，遷布政使。涖官五載，民戴其惠，召入京，將用爲卿寺，途次得疾還，卒於家。康熙二十一年汪楫將出使琉球，引起很大轟動，嚴繩孫曾召集倪燦、彭孫遹、周清原、徐嘉炎、徐釚、尤侗、邵吳遠、李澄中等博學鴻儒科同年爲其餞别，各有詩文相贈，嚴繩孫即興繪其情景爲《餞别圖》，龐元濟《虚齋名畫續録》卷四收録諸鴻博題詠詩文。其他與汪楫相識者、未相識者幾上百文人如高士奇、王士禛、王又旦、王嗣槐、王鴻緒、吳世傑、顧景星、吳苑、李稻塍、陳廷敬等等均有詩、序等相贈。康熙二十二年正月，汪楫奉使琉球路過揚州，鄧漢儀寫此詩爲其送行。毛際可《送汪舟次使琉球序》（《揚州足徵錄》卷一八）寫汪楫路過揚州時盛況：『癸亥春王，余旅泊邗江，適檢討汪君奉璽書使琉球，道過里門，虎節龍旌照耀鷁首，父老咸踴躍聚觀，以爲盛事。而汪君間出其贈言相示，則自大學士高陽李公以下，爲詩文以壯其行，多至數百餘篇。』

讀申端愍公行略

君不見，甲申之歲逢陽九，赤眉射天天欲走。又不見，廣平申太僕，甘蹈重淵厲芳躅。憶昔西涼鞞鼓來，盧溝戰血聲如雷。全京力不支三日，萬馬突入金門開。黃巾上殿稱天子，諸臣降表紛紛是。儼然内閣調羹人，手挈金珠媚朱泚。其餘諸公殢殢攀龍髯，身親黃屋理則然。申公在外應可避，策馬早入清泠泉。其時賊火烟青天，九廟焚烈刀光纏。公獨正笏衣緋鮮，吾將死與先帝相周旋。堂上慈親更致語，兒作忠臣母應許。淺水能從正則遊，銕心願與巫咸處。至今王公廠前一片地，熱血千年氣如縷。我來故國尋遺風，遇公之子杵臼中。歡然縞紵稱兄弟，酒酣爲談端愍公。公之一死已千載，況有傳家弓冶在。卞壼之裔豈泯零，真卿之後乃風采。不信申公節烈古來無，試讀琅琅寄子書。

【箋注】

此詩底本無，今據光緒《永年縣志》卷四〇補入。申佳胤（一六〇二—一六四四），字孔嘉，又字浚源，號素園，直隸廣平府永年縣（今屬河北）人。崇禎四年進士，六年授儀封知縣，調杞縣知縣，後任吏部文選司主事、吏部考功司員外郎、南京國子監博士、大理寺評事、太僕寺丞等。甲申之變，佳胤殉國死節，贈太僕寺少卿，謚節愍。入清，賜謚端愍。鄧漢儀與佳胤子申涵光可謂神交。康熙二年年六月初二日，鄧漢儀爲申涵光《聰山集》作序。序云：『辛丑（順治十八年），劉子玉少自燕京歸，述鳧盟殷勤至意，且索予全詩甚急。今春劉使君雲麓出一函見授，則鳧盟所寄兼屬予訂其《聰山詩集》者。夫予生淮南，鳧盟生河北，地方相距二千里，乃鳧盟於予獨愛慕、贊述，有若同堂兄弟，講業論志而晨夕不離者。此亦足以見鳧盟知人取友，伐木和平之誼，而非若世之恃才淩忽馳逐聲名，以求一時之快意者矣。』

滄葦侍御招同馮硯祥楊商賢周季隰介弟南宮西園遊宴

侍御每說花園好，六月乘流波浩浩。岸坍岸長只隨時，柴門曲曲江聲抱。就中名樹五六處，景物無人恣搜討。今朝鎖鑰始新開，乍值風光正晴昊。侍御自言身到稀，朅來兩度頭將皓。是何怪樹如許大，深訝古苔長不埽。鵂鶹晝啼樓榭空，狐鼠夜叫松杉槁。竹密花深雖勝場，石欹橋壞惟荒草。拏舟纔挈賓朋至，入門共指藤蘿老。蒼頭供給具珍羞，林叟殷勤獻梨棗。解衣且爲傾百壺，傷時不免愁心擣。此地何緣雞犬寂，爲鄰江海紛旗纛。年年焚掠空郊墟，日日烽燔盛村堡。因茲編戶日零散，慮有儲糈恐不保。夜來月黑罡風吹，昏潮逆上舟師惱。頗宜綠窗鋪枕簟，實怕黃巾飛箭笴。四更人靜錦纜迴，燈火爛漫官河道。

【箋注】

此詩底本無，今據光緒《泰興縣志》卷九補入。季振宜（一六三〇—一六七四），字詵兮、號滄葦，江南泰興人。清順治三年丙戌舉人，順治四年丁亥進士。初授浙江蘭溪縣令，有政績，升爲刑部主事。歷任戶部員外郎、郎中、廣西道御史，後考選浙江道御史。有《聽雨樓集》、《季滄葦書目》等。侍御：御史舊稱。因季振宜曾官廣西道、浙江道御史，故稱滄葦侍御。西園：在泰興縣西南，原爲季開生、振宜讀書處。鄧漢儀與季振宜相交當在康熙九年庚戌以後。鄧漢儀始編《詩觀》初集在康熙九年，初集卷一即選評季振宜詩二十九題，但詩後鄧漢儀記云：『憶丙午秋，與宋荔裳把晤于福緣僧舍，荔裳極口滄葦詩不置。稍從諸選得見數篇，未免有嘗鼎一臠之恨。及方石盡以全帙見寄，乃得縱橫觀之。其詩專務創闢，而又無處不法古人，真令我歎賞不置，知荔裳之言不我欺也。』康熙五年丙午通過宋琬了解季振宜詩，到選入其詩時仍未謀面。此詩亦當成於康熙九年之後。

畫松歌贈瞿山先生

瞿山繪事與時別，橫峯巨壑森漻泬。便作小景構迷離，嵐樹亭臺妙難說。尤工畫松絕世無，虎骨虬髯莽冰銕。胸中具蟠萬丈雲，腕底能摧太古雪。曾向慈仁看老松，矬松已死長松裂。歸來太息淚滿襟，拂拭綃素晶光徹。放筆崚嶒作勢高，山魈駭怖林猨歇。漁洋愛此入骨髓，亟呼宛陵共擊節。汪陸毛潘次第吟，硬句盤空總詩傑。從此瞿山畢韋名，有若商彝並周碣。奚爲蘊奇乃若是，龍蛇蚴蟉潛噴血。展紙雷電已蒼茫，橐筆烟霧猶明滅。此幅端可千金賣，此物還爲祭酒設。今年相遇秦淮傍，秋雨秋風互騷屑。手持一卷字偏多，欲索連吟情頗熱。我詩那重秦松價，君意不藏魏公拙。倚檐仰屋搜枯腸，比似哀楊萬蟲嚙。詩成揮灑類塗鴉，還乞君松與君訣。歸去正逢落葉時，挂向茅齋幽澗泄。咄哉都官後有人，似兹能事真三絕。

《天延閣贈言集》卷三

【箋注】

康熙二十二年，鄧漢儀與昆山蔡方炳，鹽城宋曹，常熟嚴熊、薛熙，上元倪粲，江寧白夢鼎，泰州黄雲，興化宗元鼎、宗觀，華亭王廣心、許纘曾、林子卿、董俞，吳縣黄始，丹徒何絜，如皋冒丹書，安徽梅清等五十三人在南京共纂《江南通志》。其間，鄧漢儀與梅清交往很多。約於是年秋末冬初，修志將歸，鄧漢儀爲梅清作畫松歌。此詩收入《天延閣贈言集》卷三。《詩觀》三集卷三汪士鋐《瞿山畫松歌》後，鄧漢儀亦記云：『長安如愚山、阮亭諸公皆有贈瞿山畫松詩，極夭矯森拔之致，僕在秦淮亦效顰一首，然不若栗亭之亭亭獨上也。』一同修《江南通志》之張昊（沖乙）亦有《贈瞿山先生畫松歌》，其小引云：

『瞿山先生善詩、古文、詞，名噪海內。廿年景慕，得瞻拜於秦淮鎖院，深契素心。倏爾言歸，魂銷黯黯，寧僅渭城楊柳悲唱驪駒已耶。適出示畫松，益見才人遊戲翰墨，無所不能。諸名流作歌相贈，予僅步後塵。』收入同書卷三之贈梅清畫松歌尚有白夢鼎、宗觀、何絜、吳非、金夢先、宋恭貽、戴移孝等人。

慎墨堂詩拾卷五

五言律詩

送劉愚公之白門

西園纔飲罷，江上去鳴榔。揚子風嘗勁，金陵酒正香。羣公爭避地，上客擬褰裳。難此兵戈日，衣冠集建康。

清譽誰能擅，惟君截上流。應推王與謝，莫問祖兼劉。舊夢萸灣月，新聲桃葉舟。可知戎馬亂，愁徹古揚州。

《詩永》

題歸雁

不作衡陽夢，西歸刷羽翎。稻粱終日飽，關路幾曾停。塞上無書寄，江干有曲聽。祇今南北合，何事急披星。

畏暖遥飛去，還從紫塞棲。寒霜吹角外，春雨畫樓西。矰繳何曾用，聲名著處題。應愁雙燕子，相見落香泥。

柬來威遠

羡爾垂簾坐，官閑夢自蘧。簷花隨月掃，野果帶霜鋤。榻滿江東客，家留越絶書。只今難好鶴，瓶粟久成虚。

同丁懋公陸奠兩玄升訪夏郁生不值

出郭尋卿語，春風柳葉吹。可憐阿姊嫁，留得小鬟癡。紅袖應啼月，青樽好索詩。重過還有約，笑爾未全知。

劉嶧龍師示余漢公入都消息詩以志懷

自爾驅車去，官衙每見思。忽傳人到鄴，定有夢來隋。敬禮文爭重，玄暉譽匪私。漸攀河上柳，所喜是垂垂。

沈林公得章右臣新安近書以詩寄余次韻志喜

挾策都門去，曾爲邸舍留。江東多戰伐，客子動離憂。已乏承明遇，空勞入雒遊。黄山餘勝跡，知爾樂歸休。

忽接江帆信，何時離故丘。詩篇應滿篋，鬢髮豈禁秋。雁落沙汀暮，猿啼山樹流。還須來海角，共話一燈幽。

過水月庵同遠林贈愚微次韻

攜客來相訪，空山一磬清。橋流春水樹，屋接野花城。妙悟燈無色，虚聞葉有聲。經年不出戶，涼月自孤明。

和答遠林留別

鴻響來深樹，曾同聚酒缸。帆開山店月，屐挂野僧窗。鷗鷺烟中侶，鱸魚雪後艭。知君憐舊識，不久到邗江。

同曉青定九僅三集李小有寓園談詩因及吳門諸同社

歲春人無恙，冬簾促膝深。雪花飄凍酒，霜雁寄高吟。誰和騷人曲，長憐老婢心。諸君依虎石，應送月歸林。

宮紫玄以采山諸集見餉

厭直承明舍，江湖一釣竿。東山歌妓散，北海酒樽寒。樹裏清商調，花前風雪鞍。何堪搖落句，新減故人餐。

送向遠他遊延令

復載長干葉，來經邗上霜。江雲依客子，漁月到漁郎。舊話才分燭，新愁又束裝。文通多別賦，贈子去遊梁。

阻風江上柬戚价人

兩岸蘆花白，風濤永日聽。舟憑三日住，山爲六朝青。落葉穿鐘去，飛鴻愛客停。尊罏今已得，佇爾載銀瓶。

廣陵答別張詞臣

同作揚州夢，簫聲送別船。瓊花依好月，銀燭著新篇。作客無彈鋏，封侯好著鞭。秦淮沽酒夜，待我贈雙鯿。

與丁漢公言别北去

汝向平原去，高車逐鳥烟。黄沙秋雨後，白雪故人邊。三輔新防禦，諸侯舊播遷。前東國有寇警。胸中諳故事，應與畫山川。

憶黄海鶴先生

荔枝新雨熟，一舫客吴中。載酒孤笻緑，催詩兩袖紅。長安虚馬足，薄宦在雞籠。老眼真無奈，秋深禾黍宫。

【箋注】

黄居中（一五六二—一六四四），字立父，一字明立，又字坤吾，號海鶴，晉江人，學者稱海鶴先生。黄虞稷之父。萬曆乙酉舉人，除上海教諭。歷南國子監丞，遷黄平知州，不赴。有《千頃齋集》。鄧漢儀《詩觀》初、二集均選收其子黄虞稷詩，其中二集黄虞稷詩後，鄧漢儀記云：『己卯予應南闈試，尊人海鶴先生爲國子助教，曾登龍御李，距今四十餘年矣。今乃交其令嗣俞部，且爲評跋俞部之詩，爲之喜甚。』

梁溪候黃雲孫不至

百里梁溪路，相期兩日過。青山頻客夢，好月自漁蓑。帆影江橋盡，帘風酒岸多。知君依虎阜，永夜聽清歌。

【箋注】

梁溪：無錫舊稱，因城西梁溪水而得名。黃永（一六二二—？）一名永一，字雲孫，號艾庵，或作武進人。順治十二年二甲進士，官刑部員外郎。以奏銷案廢。家居後讀書至老不倦。工詩詞，與董以寧、鄒祗謨、陳維崧，時稱『毗陵四子』。鄧漢儀《詩觀》初集卷六選評其詩二題。

吳門葉聖野來晤兼問宮紫玄徐爾虛近況

良晤翻成涕，愁深且放歌。兵前開一笑，病裏强微酡。夢榻留黃葉，詩囊寄白波。可憐兄與弟，無恙在干戈。

送宗定九之秦郵

一棹秦郵去，春船擁客裘。花迎平野櫂，雪照遠江樓。貰酒村風暖，移燈驛雨收。無聊呼小玉，遙擬是閨愁。

亂後懷姜如須

聞君攜草屩，採藥客句吳。奉母蓴鱸便，尋僧木葉俱。尺書投北海，雅譽挹東都。擬共高峯坐，相將擊唾壺。

畫櫂烟中出，君新譜鷓鴣。再逢江左亂，何處故人娛。遙樹燈昏月，輕舟雨載蒲。應憐梅嶺夜，相對白頭烏。

【箋注】

《小腆紀傳》卷第五六列傳第四九遺臣一：『垓，字如須，瀉里第三子也。少與兄埰齊名，中崇禎庚辰（一六四〇）進士，官行人。兄埰廷杖斃，垓口溺灌之復蘇。已聞萊陽之報，疏請代兄繫獄，釋埰歸葬其父。不許。乃馳歸，奉母南奔。初，行人廨舍碑有阮大鋮名，疏請碎之，大鋮切齒。及大鋮用事，與埰變姓名避之蘇州。魯監國召爲考功司郎中，大鋮譖之方安國，將殺之，垓以奉使，獲免。久之，卒。』鄧漢儀既崇敬姜氏兄弟又與其相交。順治五年立秋日鄧漢儀就有詩送姜垓至蘇州。《詩觀》二集卷一有姜垓四首《和鄧孝威立秋日送余赴吳會兼懷葉聖野之作》。詩後鄧漢儀云：『四詩如須作於戊子。』同卷葉襄（字聖野）有《和廣陵鄧孝威秋日送姜如須赴吳兼承見懷之作》，葉詩後鄧漢儀亦記云：『握別邗江，僕與如須擊缽揮毫，一時傳爲盛事。』三集卷一三閔麟嗣《虎丘萊陽二姜先生祠二首》詩後，鄧云：『二公皆與余善，余亦有祠堂詩而不及賓連之老健。』

寄岱詹村居

長抱林泉癖，秋風逐敝袍。尋蹤唯見葉，寄訊必乘舠。魚膾難同顧，琴樽自學陶。避秦人恐識，洞口莫栽桃。

雪中送吳玉水之金閶

一夜隋橋白，孤帆凍不收。過江尋野醑，懷客對新謳。吳語喧村市，鄉書報驛樓。梅花春正發，莫惜寄揚州。

【箋注】

吳玉水：事蹟不詳。金閶：蘇州别稱。因城西閶門外舊有金閶亭而得名。

渡江

對此茫茫甚，愁懷未敢言。風聲連樹起，山色入江昏。戰艦銷沙渚，孤雲墜鳥猿。何能重擊楫，搔首望中原。

聞曉青白英客蕪城懷之

同作萸灣客，吟懷定不孤。柳垂青繫馬，梅吐白當壚。應看新潮月，誰憐子夜烏。故人眠未得，春草憶江都。

以上《吳陵國風》

錢塘江行

夷險寧前算，鳴榔已便風。魚龍汀草外，吳越浪花中。樹近知江狹，山迴引岸東。飄搖終快意，萬里一漁翁。

【箋注】

此詩及以下《山行趨大庾》、《晚抵三水》等均寫於順治十三年冬。是年冬鄧漢儀隨龔鼎孳出使嶺南，農曆十一月十七日鄧漢儀與龔鼎孳自錢塘江發舟南行。龔鼎孳作於順治十四年返程途中的《十八灘病中口號》(《定山堂詩集》卷三九，清康熙十五年吳興祚刻本)自注云：『時爲仲春十七日，距錢塘發舟恰三月矣。』此詩又見《淮海英靈集》丁集卷一(清嘉慶三年小琅嬛僊館刻本)。

山行趨大庾

莫愁前路杳，月〔一〕出正東峯。人馬盤空細，烟嵐返照濃。過崖星陡見，近郭火偏逢。更喜灘聲外，層層響亂松。

【校記】

〔一〕『月』，《淮海英靈集》丁集卷一作『日』。

【箋注】

此詩又見《淮海英靈集》丁集卷一。大庾：即大庾嶺。大庾嶺亦稱庾嶺、臺嶺、東嶠山，位於江西與廣東交界處，系南嶺之組成部分。

晚抵三水

昏黑仍前發，疏星破寂寥。岸明知有汊，船動覺生潮。海道羣龍會，山城百雉驕。稍因兵艒接，盜賊滅三苗。

【箋注】

此詩又見《淮海英靈集》丁集卷一。三水：即廣東三水縣。明嘉靖五年析南海、高要兩縣置，屬廣州府，治白塔村龍鳳崗（今廣東佛山市三水區）。

宿八里江

對江湖口縣，此地只孤村。夜色圍廬嶽，風聲觸水門。地防蛟穴鬬，人習虎崖蹲。且復高眠去，天涯易斷魂。

【箋注】

此詩又見《淮海英靈集》丁集卷一。八里江：系長江自鄱陽湖湖口以下之一段，約四十公里。

過馬當山

水逆舟難上，橫江更馬當。飛雲盤斷壁，絕壑走危檣。隱隱蛟龍伏，迢迢虎兕行。臨深頻自責，從古戒垂堂。

【箋注】

馬當山：在今江西省彭澤縣東北，長江南岸。《太平寰宇記》：馬當山『其山橫枕大江，山像馬形，回風撼浪，舟船艱阻』。

以上《感舊集》

秦郵曉發

夜半鄰舟發，孤航候早雞。披衣星漢闊，擁被水雲低。傍曉催雙槳，微陰壓遠堤。荻蘆聲似雨，渾攪客心迷。

月夜抵崇川

乘月移孤舫，初涼倏二更。夜星浮水闊，密樹傍村行。獨夢連江色，千帆動海聲。但憑前路去，休問白狼營。

【箋注】
崇川：即崇州，通州舊稱。北宋天聖元年改通州爲崇州，又名崇川，治所在靜海縣（今江蘇南通市）。

汜水風夜

旅泊驚寒夜，長湖發大風。河翻應更濁，雲亂轉疑空。積勢生冰雪，高天急雁鴻。因思葦屋裏，睡穩是村翁。

【箋注】
此詩《慎墨堂詩拾》底本無，今據漢畫軒本、雍正《揚州府志》卷六補入。汜水，即寶應縣汜水鎮，濱運河。

宿〔一〕放生庵 在泰興北門外

困頓來江縣，幽棲得此中。長橋穿竹路，層水抱花宮。雪氣春猶凍，魚聲夜自〔二〕風。虛堂噉粥罷，半褐〔三〕問支公。

【校記】

〔一〕光緒《泰興縣志》卷九下有『延令』二字。

〔二〕『自』，光緒《泰興縣志》卷九作『有』。

〔三〕『褐』，光緒《泰興縣志》卷九作『偈』。

雨中泊海安鎮

不知鄉路遠，但聽岸雞鳴。曉色連雲動，寒光入樹平。遠波千葉下，微雨一篷行。似有同聲在，難爲慰旅情。

【箋注】

此詩又見雍正《揚州府志》卷六、《淮海英靈集》丁集卷一、道光《泰州志》卷三三、咸豐《古海陵縣志》卷五。海安鎮在泰州城東百二十里。

芒稻河

曉雨霏霏濕，平川渺渺流。忽驚濤欲裂，真訝地空浮。淮泗奔雙閘，蛟龍坼數州。頻年憂瓠子，生計〔一〕羨漁舟。

【校記】

〔一〕『計』，雍正《揚州府志》卷八作『事』。

【箋注】

此詩又見雍正《揚州府志》卷八，題作『曉過芒稻河』；又見《淮海英靈集》丁集卷一等。芒稻河在江都府城東北。

九日揚州文星閣登高

逕僻人稀到，林深菊未荒。吾儕尊九日，天地老斜陽。渺渺江淮路，蕭蕭吳楚鄉。但宜傾濁酒，無力問滄桑。

高臺風雨坼，此日獨宜登。遠色吹寒雁，新霜厲角鷹。人家烟火暗，兵甲歲時增。寂寞黄花晚，樽前滿廢興。

【箋注】

此詩第一首又收入雍正《揚州府志》卷三九、嘉慶《江都縣志》卷三一下。文星閣：即文昌閣，俗稱文昌樓，爲揚州府學之魁星樓，八角三級磚木結構，建於明萬曆十三年。

初冬汎舟遊棲靈寺訪平山堂舊址

小春風景勝，何故減登臨。暖日偕諸子，扁舟問遠林。溪亭黄葉盛，山寺白雲深。好坐岡頭石，烹泉細細吟。

聞有歐陽跡，風流天下傳。少時猶過此，垂老竟茫然。堂址開金像，碑銘坼冷泉。何人輕改作，無力負前賢。

以上《揚州府志》

【箋注】

棲靈寺：即揚州法淨寺，又稱大明寺。王振世《揚州覽勝録》卷二：『法淨寺在蜀岡中峯，爲淮東第一勝景，即古棲靈寺，又稱大明寺。』『寺始建於劉宋孝武時，孝武以大明紀年，寺適創於其時，故曰大明寺。至唐爲棲靈寺，見唐劉長卿、李白、高適諸詩人登揚州棲靈寺塔詩。』

休園讌集四首

江山苦雨後，天氣轉增炎。卻向幽園步，爭看碧草纖。一亭圍樹正，眾水到秋添。鄭驛情方切，深杯晚共拈。

水部投閒地，重來草自刪。竹松頻寫籟，花鳥最開顏。徑轉收羣石，樓高得遠山。爲詩追祖德，暫擬閉柴關。

老樹從人賣，疏籬浹歲荒。新除蝙蝠窟，重認菊松廊。深洞藏精舍，空簾納暗香。招邀真〔一〕有異，三世愛清狂。謂令祖侯庵水部、尊公晦中侍御。園爲水部著書處，中爲他姓所據，懋嘉近修復之。

淹留因月上，酬和更鐙挑。魚氣盤林壑，鳥聲犯斗杓。長宜谷口聚，專藉鄰園招。好待霜深候〔二〕，還看萬葉飄。

《揚州休園志》卷七

【校記】

〔一〕『真』，《詩觀》二集卷一二作『偏』。

〔二〕『候』，清康熙含英閣刻本鄭熙績《含英閣詩草》卷首《含英閣詩草諸家選評》作『後』。

【箋注】

休園：明末清初江都（今江蘇揚州）鄭俠如私家園林。鄭慶祜《揚州休園志自序》：『有明末年，先高王父（按：即鄭俠如。俠如，字士介，號俟庵，明崇禎己卯副榜，官工部司務。）辭職歸里，購朱氏、汪氏園於宅後，以先世潔潭公由歙郡奉母來揚，辛苦成家，昌厥後世，思所以報者。及我朝定鼎，海宇昇平，遂合二園而新之。顔之曰休園。』方象瑛《重葺休園記》：『休園在江都流水橋，前水部士介鄭公之別業，而其孫懋嘉孝廉讀書處也。』鄭俠如子鄭爲光（一六二九—一六六五），字次嚴，號晦中。順治丁酉舉人，己亥進士，敕封徵仕郎、翰林院庶吉士，授廣東道監察御史。鄭爲光子鄭熙績（？—一七〇五），字有常，號懋嘉。康熙戊午舉人，敕授徵仕郎，内閣中書，刑部浙江司主事，加三級。鄧漢儀《詩觀》二集卷一二：『今懋嘉孝廉挺出與都人士論詩，詩皆工麗高健。而與僕飲酒休園，賦詩爲樂，又一時矣。』

雲客自燕京過訪讀其昌平諸詠賦贈

潘郎騎瘦馬，訪我澥雲東。攜得園林句，何殊易水風。孤身藏敗筑，老淚滴遺弓。卻值春陰日，啼鵑聽不窮。

昔我游燕市，槽騰作酒人。未尋天壽路，空哭戰場春。石獸寧無恙，山魈劇有鄰。君能披杖屐，一一問龍鱗。

往日營平地，邊墻守禦勞。只今軍鼓罷，惟見朔鷹高。白草金元寺，青山劉杜壕。逍遥持濁酒，端可擘霜螯。

楊子曾過我，謂楊大謙六也。披襟文選樓。江山情自得，關塞爾同游。題志青苔合，離居畫閣愁。終期淩鐵壁，醉眼睨神州。

《詩觀》二集卷一三

【箋注】

中國國家圖書館藏《慎墨堂詩拾》本原詩後附有評語云：『杜于皇曰：「英偉奇秀，睥睨餘子，以贈雲客，真爲無愧。」』潘問奇（一六三二—一六九五），《退庵筆記》卷一二（清鈔本）：『錢塘潘問奇，字雲客，號雪帆。康熙間詩人，尤工近體。其爲詩新警雄厚，戛戛獨造，讀之足醫庸俗之病。丙辰、己未兩游吾州，與鄧孝威、李箕山、黄仙裳、天濤諸公唱和最盛。後沒於揚州，葬平山堂下。』康熙十五年丙辰鄧漢儀與潘問奇相交。《詩觀》二集卷一三潘問奇詩後，鄧漢儀記云：『雲客南下，訪予吴陵，其事如王屋山人之訪太白，而僕未敢當也。出其篋中諸作，皆警秀絶倫。僕因採其尤者，選置二集，當世固自有特賞耳。』潘問奇是年有《春夜同鄧孝威李箕山黄仙裳天濤小集》（《拜鵑堂詩集》卷二，清康熙刻本）。鄧漢儀此詩當作於康熙十五年。

讀制府吴大司馬巡海詩奉題六首

海島雖歸命，瘡痍未盡瘳。上公煩玉節，兩粤奠金甌。擊鼓搜蛇窟，傳旗蕩蜃樓。蠻獠齊下拜，膏雨遍炎洲。

首建彭湖策，還登趙尉臺。江空鳴戰鬼，海濕轉陰雷。身與蛟龍雜，心驚虎豹來。卻經新息廟，吹笛一徘徊。

沿關俱險阨，歷境總丘墟。叛將黄衣後，遺民白骨餘。驅車循廢堡，歇馬問春畬。處處蠻村女，檳榔獻尚書。

扶胥要害地，曾築虎門宫。逆節搖銅柱，驚魂是鐵驄。近承黄紙詔，齊轉皂旗風。節使新過海，椎牛祭祝融。

莽莽乾坤外，珠崖據地偏。漢庭曾不棄，瘴癘苦相纏。遂犯鮫人宅，何辭颶母天。登樓酌椰酒，極望老蛟顛。

返斾桄榔路，開樽荔子園。齊將佳句讀，不復鼓笳喧。宛轉調鸚鵡，芳香接杜蓀。一時真快事，明月爛轅門。

【箋注】

制府：明清兩代俗稱總督爲制府。大司馬：明清稱兵部尚書爲大司馬。吳大司馬：指吳興祚。吳興祚（一六三二—一六九七），字伯成，號留邨。本浙江山陰人，後入漢軍正紅旗。清順治七年以貢生授江西萍鄉知縣。後歷官山西大寧知縣，遷山東沂州知州，康熙二年降補江南無錫知縣。累擢福建按察使、福建巡撫，後因參與平耿精忠之叛有功，晉兵部尚書，秩一品。二十一年正月擢兩廣總督。康熙二年吳興祚降補無錫知縣，鄧漢儀約於是年冬至無錫與吳興祚交。《詩觀》初集卷一〇吳興祚詩後云：『客冬泊梁溪，三日而返，使君酌我二泉亭上，許以全稿見寄。』《詩觀》三集卷二吳興祚詩後云：『辛亥冬杪，余以輕舟訪留村公于錫山，是夜即蒙招飲。余以天寒，解維急去。而公期以明春再至，余以他羈，未得踐約。嗣是公擢閩臬，又擢撫軍，又擢兩粤總制，道里遥遠，造謁維艱。丁卯春，公之小阮蕺山水部奉命來海陵督河，與余論交極洽，因出公《巡海詩》見示。高渾英奇，珠玉照耀。即點次而付諸梓，兼製俚言六章，用志景仰。菌次、椒峯冊子而外，此爲寄詩者三，總未足揄揚萬一也。』鄧漢儀得吳興祚《巡海詩》在吳任兩廣總督後的康熙二十六年丁卯，此六詩亦當作於是年。

次顧天石韻柬方樸士二首

莫怪邗溝里，高門氣象多。金貲原溢路，議論儘懸河。不分青衫客，來爲白石歌。幸逢叢桂侶，握手訂羊何。

尊君名夙盛，宗鄭籍輝光。修遠先生於勝國時至邗上，開先、超宗輩礼遇最盛。贈縞青雲路，調絲白璧〔一〕堂。而今留哲裔，差不損鋒鋩。僅對詩翁語，開元事已忘。

《詩觀》三集卷四

【校記】

〔一〕『璧』，底本作『壁』，據《詩觀》三集卷四改。

【箋注】

顧彩（一六五〇—一七一八），字天石，號補齋，一號夢鶴居士，無錫人，官至内閣中書。顧彩父顧宸（一六〇七—一六七四），字修遠，號茎宜。明崇禎十年在無錫結聽社，與錢陸燦等並稱『聽社十七子』。崇禎十一年，參與聲討阮大鋮之《留都防亂公揭》。至清順治七年，顧宸與吴偉業、宋實穎、尤侗等在嘉興舉十郡大社，影響很大，亦爲鄧漢儀所敬重，《詩觀》初集卷六選其詩。方樸士：方淳。《淮海英靈續集》己集卷三：『方淳字樸士，號去欲，歙縣人，居江都。著《正聖學書》、《環翠軒集》。樸士性孤癖，卜築二十四橋。黄九烟、吴薗次、鄧孝威、宗定九、倪闇公皆擊節稱。見《盟鷗溆筆談》。』鄧漢儀與顧彩、方淳均有交往。顧彩詩，鄧漢儀《詩觀》初集卷九、三集卷四均有選評。《詩觀》三集卷一三方淳詩後，鄧漢儀記曰：『樸士論詩頗與時别，而每有著作，必過質於余。曾錄其新舊詩一冊授余，余久藏之篋衍。戊辰九日，以尊慈在新安病篤，踉蹌急歸，瀕行囑余曰：「倘有續刻之例，幸勿遺忘。」余感其意，因載此數首。』

贈岳州沙別駕時解任歸里

金鼓江湘定，君偏落羽歸。深文謀士困，公道戰場稀。暫下巴陵櫂，重開海上扉。家園荒廢盡，雪涕滿戎衣。

洞庭方惡戰，尺素走鄉關。把讀開懷喜，聞歸繞鬢班。姓名標嶽麓，風雨別君山。歲歲魚龍舞，登樓人未還。

畫策親藩邸，摧鋒二女洲。何來薏苡謗，竟抱薜蘿愁。飲醴恩無倦，穿楊志可酬〔一〕。寧從數騎出，射雉故山頭。

《詩觀》三集卷八

【校記】

〔一〕『酬』，底本闕，據《詩觀》三集卷八補。

【箋注】

岳州沙別駕：沙鍾珍。字彥玻，號席公，江南如皋人。鄧漢儀对沙鍾珍非常熟悉，《詩觀》初集卷一〇、三集卷八分別著錄其有《燕遊草》、《挹泓堂稿》，且記云：『彥玻萬里從軍，論兵悉中窾要，僅得佐郡，復爾遭讒，今已昭雪，則奇才終大顯也。囊詩甚富，拔其高篇以行。』清嘉慶十三年刻本《如皋縣志》卷一四：『順治十三年，應例湖廣岳州府通判。』別駕：本爲府、州佐吏名，漢始置。宋後置府州通判領其事，稱通判爲別駕。

寄贈李逸樓先生時讀其四論兼選其詩

楚國多奇士，君尤屈宋班。著書埋草澤，舉酒對河山。期展風雲略，猶棲虎兕間。譙南泥水地，日夕悴朱顔。

高蹄雖蹭蹬，奇骨肯摧傷。未即騰霄漢，徒然困雪霜。壯心違運數，老眼判行藏。可惜名山業，燒殘實斷腸。

仙佛吾儕事，詩文異代心。百年須老筆，四論抵兼金。祕帳雖秦劫，新書未陸沈。茅齋頻把誦，落葉萬重陰。

作客風霜日，懷人江漢秋。縱能交阿季謂子谷，未即到亭州。薜荔門何向，魚龍氣乍收。遙知參悟暇，瓢笠任孤遊。

《詩觀》三集卷八

【箋注】

李中黄，字子石，號逸樓，湖廣麻城人。鄧漢儀《詩觀》三集卷八選其詩五題，且云：『子石力學砥行，詩歌古文辭皆卓犖不羣。癸卯闈中擬元，因索後場弗得，竟致放廢。子石孤憤，遂焚棄生平著作，片字不存。令弟子谷相晤雉皋，力搜其行笥，僅得詩五首，奇崛渾雄，允爲詩家領袖。亟爲梓行，惜當日秦灰之莫救也。』此詩作於編選李中黄詩後，約在康熙二十五年。

贈吳又山次仙裳韻

春風吹浪急，鼓櫂一尋君。舊宅魚龍渡，高天雁鶩羣。雪花還大舞，琴響更難聞。那得官梅路，開樽坐夜分。

《詩觀》三集卷九

【箋注】

吳濤，字又山，江南泰州籍，歙縣人。鄧漢儀《詩觀》三集卷九著録其有《芙蓉閣詩集》，且選評其詩十題。但二人並不相識。其詩後鄧漢儀云：『與又山同里而未相識，一日渡衣帶訪之而又不遇。予次仙裳韻，贈之詩……』鄧漢儀所贈詩即此詩。鄧漢儀又云：『每聞鶴山極稱：「予家小陸，詩才清俊而不妄交遊，然一與符契，便夢寐弗離。」觀諸作，益信鶴山非浪許阿季者。』按：吳崇先，字式武，號鶴山，泰州人。

庚子冬日過水繪庵次其年原韻

敢忘剡曲約，樽酒慰平生。卻訪林園勝，況兼霜月清。水痕浮遠屋，野氣漲空城，還上高臺望，斜陽歷歷明。

世事竟如此，風塵苦未休。斯人真木石，我意共陽秋。放艇浮鷗喜，沿郊戰馬愁。且須同一醉，不必問枋頭。

儼成高士宅，半作老僧居。竹徑通禪梵，花窗枕道書。龍蛇忽變幻，烟水定何如。苦憶年來事，飛沙捲白魚。園前即放生池，時魚已盡爲强鄰所捕。

世情慘澹後，豈敢懟黄巾。豹虎原乘運，戈矛有數人。安心磨老境，折節護天倫。酙酌林泉興，風波恕此身。

石勢崚嶒極，穿崖地更高。樓臺儼碧落，江海忽秋毫。地僻宜叢桂，朋來且濁醪。也知猿鶴意，偏不慶干旄。

亭閣環諸面，烟波裏數層。柳風何蕩漾，魚氣莽飛騰。避世應陶令，還山問慧能。不孤濠濮賞，位置萬人稱。

樹光因夜滿，雪氣到江明。何必桃花候，方深蘿薜情。烟霞隨去住，戎馬莫縱横。次第憐吾黨，兵閒白髮生。

曬藥門長閉，吟詩客數來。居然天寶意，不棄建安才。時諸子結學詩之社於庵中。歌舞佳人惜，圖書末俗猜。次山能不倦，烟艇許重開。

【箋注】

第二、三首又收入清嘉慶十三年刊本《如臯縣志》卷二一，題作《水繪園》。陳維崧自順治十五年十一月遵父命至如臯投奔冒襄，其後客居如臯多年。順治十七年冬，鄧漢儀亦客如臯冒襄水繪園，與陳維崧等倡和作此詩。

仲冬三日巢民招同嵋雪石霞飲得全堂即席限冬宵二字

客況逢搖落，年華逼暮冬。喜君門館闢，容我嘯歌從。酒氣浮深幔，燈光射遠松。那知江郭路，微雪度昏鐘。

良朋難聚首，珍重更寒宵。門掩層層樹，江流緩緩潮。垂簾風乍急，把醆雪初飄。卻憶山陰道，空回夜半舠。

【箋注】

此詩作於康熙九年十一月三日、四日，冒襄召鄧漢儀、項玉筍、徐章於得全堂宴飲倡和。《同人集》

卷七收鄧漢儀、項玉筍、徐章同題詩《仲冬三日巢民招飲得全堂即席限冬宵二字》。鄧漢儀、項玉筍又有《次日又雪再集得全堂縣娱青二韻》。冒襄輯《同人集》卷三有陳瑚《得全堂夜燕記》、李清《得全堂夜燕記跋》等。嵋雪：項玉筍，浙江嘉興人。《國朝畫徵錄》卷上：『（項聖謨）從子玉筍，字嵋雪，知竟陵縣，工墨蘭。』鄧漢儀《詩觀》初集卷七著録其有《懶真堂詩集》。徐章，字石霞，江南江陰人。鄧漢儀《詩觀》三集卷一〇著録其有《山止閣集》。

次日又雪再集得全堂限娱青二韻

野寺人稀少，高原雉有無。霏霏仍暮雪，漠漠只平蕪。齋閣銀燈爛，軍城鐵角孤。且須澆緑蟻，長夜極歡娱。

池館風飈厲，關河草樹暝。雲光何慘淡，雪氣亂空青。召客看彝鼎，呼童煮茯苓。主人情誼重，尤欲唤娉婷。時嵋雪索紅裙未得也。

巢民招同梅谷大師茶話即景限韻

雪盡江城日，陽回海國時。故人能此聚，禪侶更同期。庭石幽花媚，窗燈宿鳥知。儘看霜月夜，割席倒深卮。

鴛水名家在，何曾鑒賞孤。異鄉逢舊物，清夜足長吁。世亂尊彝賤，年移寶玦徂。高僧獨無語，促我賦吳趨。

【箋注】

此二首詩作於康熙九年冬至前一日，收入《同人集》卷七『庚戌歲寒倡和詩』。《同人集》卷七同時收釋行悅《小至日巢民先生招同嵋雪孝威石霞默庵孺子集得全堂限知趨二韻》。《慎墨堂詩拾》三卷本其題下仍有一小標題：『小至日巢民先生招同嵋雪石霞默庵孺子集得全堂限知趨二韻』。其下有案語云：『張坦授，字孺子，號茗柯，一號白髮詞人。如皋諸生。國初，坦母爲亂賊所害，生遍訪其仇不可得，飲痛，終身不仕。著有《茗柯集》行世。』釋行悅，字梅谷，一作梅國，江南太倉人。清嘉慶十三年刊本《如皋縣志》卷一七：『行悅，字梅國，高僧也。博學工詩，行楷法魯公，張茗柯師事之。師嘗爲茗柯設三誓五願。三誓者，凡遇外誘作盲子想，凡遇人倫作處女想，凡遇侮慢作羼提想。五願者，願如寶花入而不汙，願如寶輪轉而不折，願如寶座高而不傾，願如寶瓶滿而不溢，願如寶燈光無不照。著《語錄》八卷行於世。』

仲冬〔一〕晦前五日復雪同項嵋雪陳散木黄函石徐石霞譚永瞻集巢民先生得全堂限新傍二韻

五值東皋雪，淹留尚客身。參差樓閣影，寂寞歲寒人。復見江飄落，從知酒事新。招邀仍白首，傾倒任黄塵。

屢過忘賓禮，相逢即醉鄉。歧途蒙記憶，此會蹔飛揚。擬唱驪駒曲，難淹錦瑟傍。天涯催暮景，雪影更蒼茫。

【校記】

〔一〕詩題，底本作『冬至』，今據《同人集》卷七改。

【箋注】

此詩作於康熙九年十一月二十五日戊寅雪後，此日鄧漢儀同許承欽、項玉筍、陳世祥、黄士偉、徐章等集得全堂倡和。同日，鄧漢儀另有《雪後同人小集得全堂巢民先生詩成有煮惠燒麠之句戲和》，均收入《同人集》卷七『庚戌歲寒倡和詩』。陳世祥，字善百，號散木，江南通州人。黄士瑋，字函石，順天籍，山陰人。譚永瞻：生平事蹟不詳

雪後同人小集得全堂巢民先生詩成有煮惠燒麞之句戲和

有客山塘至，攜來茗味新。封題曾夜雨，珍重倍殘春。更解江南水，偏宜剡曲人。傳瓷消白晝，惟與對嶙峋。時顧子兼餽廟後岕，諸六在太守貽惠泉。

城南昨較獵，毛羽敢徜徉。弧矢郊原後，衣冠鼎俎傍。土風原射雉，野味擅燒麞。殺伐乾坤久，烹鮮倘未妨。

予已有七律輓其年矣穀梁至邗出尊君巢民先生定惠寺中元追薦其年五律次韻二十首見示索余再和余因走筆聊跋佳吟至陽羨交情詩豈能悉

細讀東皋作，重爲寫數行。斯人已館閣，何苦葬衣裳。奇病摧詩伯，窮途怨藥王。清秋喧梵鼓，招汝到江鄉。

懺度年年事，香燈特地添。故人情獨厚，新鬼意何嫌。那竟佳兒杳，從來大婦嚴。一棺猶未下，秋雨正廉纖。

【箋注】

此二首詩收入《同人集》卷九。康熙二十一年五月七日，陳維崧卒於京師。《迦陵詞全集》卷一〇《愁春未醒・牆外丁香花盛開感賦》下有陳宗石原注：『先兄即五月初七日捐館。』七月十五中元節，冒襄率兩子及諸孫祭祀陳維崧於定惠寺，作悼詩二十餘首。阮元《廣陵詩事》卷一〇：『壬戌中元日，巢民率兩子諸孫懺祀其年於定惠寺。爲之哭之，並有和其年前詩，疊韻至二十餘首。與其年交者皆有和詩。』鄧漢儀悼陳維崧詩作於其後。冒嘉穗（一六三五—？），字穀梁，號珠山，江南如皋（今屬江蘇）人，冒襄子。定惠寺：江蘇如皋著名佛教寺院，位於如皋古城東北角。或曰初建於隋開皇十一年，或曰建於唐貞觀間。冒襄《重修定惠寺記》：『如皋定惠寺，唐貞觀舊刹也。』『是刹也，左挾王龍圖之墓，右扼文忠烈之祠，面瞰河流，背枕城闕。』宋代史聲《定惠寺》詩云：『寺名定惠知何代，橋古碑橫不計年。古樹亂鴉啼晚照，故園新蝶舞春烟。十層寶塔化成路，五色雲衢散上天。惟有玉蓮池內水，滄溟深處老龍眠。』

喜雨用青若原韻

非緣步禱切，奚自作陰霖。遂答仁侯意，真憐比戶心。農夫爭秉耒，我輩各攜琴。洗鉢池邊水，平添幾尺深。余寓寒碧水堂，俯臨池上。今日論良牧，我侯真岱嵩。桑林情甚迫，旱魃計終窮。稻葉枯還碧，蓮花濕更紅。猪肝從此給，能不感蒼穹。

【箋注】

《同人集》卷一〇題作『喜雨恭頌盧老父臺用冒青若原韻三首』。康熙二十三年甲子初夏，鄧漢儀攜其子鄧勖采借寓如皋冒襄水繪園，直到年終。其間與冒丹書等倡和。冒丹書（一六三九—一六九五），字青若，號卯君，江南如皋（今屬江蘇）人，冒襄季子。有《枕烟堂卯君詩》等。

夏杪夜集見倩扶女郎寄巢民先生札因和梅村祭酒細林舊韻

聽汝説蛾眉，風流也足垂。歡場猶畫閣，謫籍在瑤池。密札今年寄，輕舟半夜移。果能渡揚子，相識未嫌遲。

掃罷遠山眉，天然羅袖垂。金絲松鼠院，薛木庵云：倩扶愛蓄松鼠，以金絡索繫之。珠勒錦鴛池。擬把秦簫弄，頻將楚簟移。朱門虚自好，青鳥不妨遲。

宫尹足鬚眉謂吴祭酒，偏憐繡帶垂。微酲短簿宅，細語右軍池。女俠聲名起，吴趨宅巷移。章臺楊柳路，定悔嫁人遲。

秋月又如眉，朱簾夾道垂。擘箋班竹巷，池硯壞荷池。那戀毬場好，真憐酒社移。飄零薇省客，爲報已衰遲。

【箋注】

《同人集》卷一〇題作『夏杪夜集見倩扶女郎寄巢民先生札因和梅村祭酒細林舊韻巢民韻凡屢和又得三首』。康熙二十三年六月，適雲間女史沈雅（字倩扶）致書冒襄，冒招鄧漢儀、顧道含、佘儀曾、李中素等飲還樸齋並話倩扶事，鄧漢儀寫下此詩。鄧漢儀《跋細林山館夜集送別倩扶女郎》云：『甲子夏杪，同人集飲還樸齋，巢民先生話倩扶女郎舊事，兼出寄書及梅村祭酒詩見示，同人約其共和梅村韻贈倩扶，亦一時韻事。』

巢民先生招集同人於匿峯廬度七夕佳節余以病不能赴補作四律用紀勝遊

令節與名園，休爲負綠樽。應招諸賦客，相對過黄昏。靈鵲團霄漢，秋螢過水門。此時佳氣接，極望總銷魂。

擬作雙星會，翻因二豎眠。彼蒼原善妒，佳事總無緣。伏枕笙歌外，思家機杼邊。吾生全用拙，甘讓此宵筵。

此又一林壑，諸君得勝遊。虛堂圍密竹，細路劃層丘。月上絺衣淺，星連酒氣浮。頗懷南阮聚，吾自臥谿頭。

遙憶針樓敞，應憐翠袖吹。殷勤共深夜，婉轉問佳期。似我虛瓜果，因君補竹枝。少陵緣底事，切切駡蛛絲。少陵牛女詩云：『蛛絲小人態，曲綴瓜果中。』

【箋注】

清嘉慶《如皋縣志》卷二二：『匿峯廬：在治北伏海寺東。冒襄晚年所築。』清嘉慶《如皋縣志》卷二〇鄧林梓《匿峯廬記略》云，冒襄晚年因周濟施舍『家益貧，無餘貲以縛帚。年逼古稀，負土葬九十老母畢，閱五月而別構匿峯廬』。『此廬中，田家瓦盆而已』。『學農不足，學圃有餘。綠蓑青箬，所以晦其身；收視反聽，所以藏其神。離塵埃，返天真，其取義於匿峯也固宜』。此詩作於康熙二十三年甲子後二日，《同人集》卷一〇鄧漢儀《跋七夕匿峯廬倡和詩》云：『七夕令節，巢民先生預訂於匿峯廬燕集。是日，予忽暴下，臥榻不能起，越二日，稍甦。予念嘉晨未可虛度，而先生雅意又可負乎？乃呼兒覓紙，潦草成五律四章，奉政大方。而先生則於半日內磨墨揮毫和拙韻四首，又和顧同東排律十五韻，既敏且工，跨越原倡，豈惟老而好學、健筆縱橫，亦其精神意興，特使才華騰湧而出，能無令諸子咄咄歎羨！』

九日巢民先生招同諸子於匿峯廬登高效合肥宗伯以重陽登高四字爲韻

佳辰難閉戶，急欲躡高峯。巖谷此間小，秋林有萬重。沙陰團檜柏，湖勢掣蛟龍。隱隱孤亭起，時聞四面鐘。

難得此重陽，陰雲豁大荒。乾坤收雨氣，江海盛秋光。委折溪橋入，參差野菊香。主人新策杖，歡喜倒壺觴。

離家非異域，九日想吳陵。賴是藍田會，猶餘栗里朋。時風爭射雉，老眼厭緤鷹。且脫參軍帽，青山取次登。

芙蓉如好女，楊柳似芳醪。此地浮生足，吾儕逸興高。雲山憑戲馬，風日得持螯。忽憶金陵宴，蕭條已節旄。客年九月，金廉憲招集登高。

【箋注】

《同人集》卷一〇題作『如皋縣九日巢民先生招同諸子於匿峯廬登高四首奉政效合肥宗伯以重陽登高四字爲韻』。此詩亦作於康熙二十三年甲子重陽節。《同人集》卷一〇鄧漢儀《如皋縣九日倡和詩小跋》云：『至九月，先生體已稍健，余亦偕同束諸子各醵金治具，以籃輿奉約登高，不意先生欣然早命次君青若，布席於匿峯廬之黄花深處矣，因念合肥先生昔在燕京、白門賦有『重陽登高』四韻，各爲追和，用志弗忘。是時，余以久客空囊，將歸故里，未知明歲登高更在何處？醉把茱萸，漫題數語。』龔鼎孳爲江南合肥人，故稱『合肥』。龔鼎孳仕清官至禮部尚書。《周禮》分設六官，稱宗伯爲春官，掌典禮，輔佐王者協和天下人民。後世因《周禮·春官》禮官之屬有『大宗伯卿一人，小宗伯中大夫二人』，遂以大宗伯爲禮部尚書之别稱。金廉憲：金鎮。金鎮曾於康熙十八年任江蘇按察使司按察使，廉憲爲按察使之别稱。

無題四首爲巢民先生作

老樸當門處，青槐著姓家。仙人原種玉，神女只澆花。囊橐何妨減，文章詎有瑕。賣詩兼賣畫，韻事播天涯。

綠髩叢叢滿，紅簾寂寂垂。殷勤燒凰脛，宛轉向蛾眉。半臂柔腸祖，雙鬟薄命兒。無須理團扇，會續白頭詩。先生將納侍兒，事旋寢。

京兆工眉嫵，章華擅舞腰。原無邢尹別，專取性情調。恰得呼三婦，閒同話六朝。鸚鵡簾外語，漫把美人挑。

薰衣兼曬藥，滌硯與烹泉。事事需紅粉，時時典翠鈿。偶然親絹素，還自鬭嬋娟。題遍蝇

頭楷，夫君固可傳。以上《同人集》

寄懷黄明立先生 先生閩人，爲南雍丞，居金陵。

屐聲秋欲冷，各各見無緣。遠望長干道，頻思叔度賢。江深寒到夢，春淺樹如烟。曾有青溪約，因風欲放船。《慎墨堂筆記》

過東村題沈林公壁間詩後

我友八年歿，飛花野冢春。何期村墅路，猶見墨痕真。舊夢搖滄海，殘樽哭故人。谿南無恙在，應與共酸辛。《慎墨堂筆記》

過胡安定廢祠

老樹巑岏極，人傳舊講堂。干戈一橫厲，祠宇盡荒涼。蟋蟀鳴頹瓦，鼪鼯竄短墻。怪來仙釋地，金碧盛輝煌。

道光《泰州志》卷三三

【箋注】

胡安定（九九三—一〇五九），名胡瑗，字翼之，泰州海陵人，世居陝西安定堡，世稱安定先生，爲北宋初著名學者、教育家，有《論語說》等。清嘉慶十五年《揚州府志》卷二八：「胡安定公祠：在鐘樓巷，祀宋胡瑗。明嘉靖間移祀西門泰山講堂，隆慶間侍御王友賢重建。」

浮山禹廟　在江都縣治西浮山後

淮海揚州地，難忘夏禹功。四圍連蜃氣，片石鎮蛟宮。代改碑亭肅，年深廟貌崇。應修禋祀禮，不與醮壇同。

祠廟空山好，囂塵暗帝容。猶然修冕紱，曾未種杉松。四壁圖蒼水，虛堂吼敗鐘。細看城郭外，隱隱送蛟龍。

乾隆《江都縣志》卷八

【箋注】

此詩第一首又收入嘉慶《揚州府志》卷二五。

文選樓初夏雨晴送黄岡杜濬

樓閣連昏雨，江山得晚晴。檣帆低更見，花柳遠還明。正有登臨快，偏多離别情。幾人如杜老，容易去江城。

【箋注】

文選樓：相傳爲梁昭明太子蕭統文選樓故址，在揚州小東門北旌忠寺内。杜濬（一六一一—一六八七），字于皇，號茶村，湖廣黄岡人。明崇禎十二年己卯副榜，入清隱居金陵不仕，常往來於金陵、揚州間。有《變雅堂詩集》。杜濬爲鄧漢儀好友之一，相交時間較長。據《社事始末》，早在明末崇禎十五年鄧漢儀與湖廣杜濬，如皋冒襄，無錫唐德亮、黄傳祖，武進董文驥，江寧白夢鼎、白夢鼐，浙江陸圻、查繼佐，福建余懷等在蘇州，參與復社的虎丘集會。鄧漢儀時年二十六歲，杜濬則是年參加會試不中。此後多半生二人都在交往，直到康熙二十五年，也就是杜濬去世前一年，鄧漢儀去世前三年，鄧漢儀還關心著老友杜濬，《詩觀》三集卷一〇杜濬詩後云：『開府余公佺廬，爲茶村經理買山之資，古道可感。兼金陵有林下諸公相與，日夕倡酬，差堪送老。而一跌傷足，遂致經年弗瘳，乃詞客山僧攜樽過訪者相望。因多篇什，用破旅愁，緘以寄余，謹錄數章，綴素園觀察詩之後。素園乃茶村晚年第一好友也。』

甲辰上巳宮紫玄招同劉雲麓使君楊恂庵田樹百暨令子武承於小西湖修禊次劉雲翁韻

又值流觴候，江湖擬祓除。喜君樽酒約，不負杏花初。老樹藏孤艇，青山媚舊廬。好尋烟水去，碧草已全舒。

【箋注】

此詩作於康熙三年三月三日上巳節。劉佑（一六二一—一七〇二），字孟孚，一字雲麓，直隸曲周（今屬河北）人。康熙元年任泰州知州。有《尋遠樓近詩》等。《詩觀》初集卷四、二集卷七均選評其詩。小西湖：在泰州州治泰山下，宋紹定二年，州牧陳垓重濬。周一百八十七丈，爲長堤，植芙蓉、桃、李，仿佛如西湖云。

以上《詩箋》

廣陵送曹侍郎赴浙東軍

歸去湖山路，非同花柳鄉。春情銷戰伐，野哭鬬淒涼。兵革身初習，琴樽好不忘。祇緣戎馬亂，頭白減詩囊。

【箋注】

曹溶仕清，官至戶部侍郎，故稱曹侍郎。

邗關喜晤曾庭聞

喜子扁舟至，猶能訪故人。暗驚年歲換，陡覺鬢毛新。別是江烽夜，來當楚水春。兵戈猶未定，蕭瑟百花晨。

【箋注】

曾畹（一六二二——一六七三），初名傳燈，字楚田，後更名畹，字庭聞。陝西寧夏籍，江西寧都人。崇禎十五年壬午寧都鄉試不遂，寄籍陝西寧夏，順治十一年甲午中陝西鄉試。有《金石堂集》。康熙十二年春，鄧漢儀與曾畹在揚州有一面之交。此詩寫於這次揚州之會。《詩觀》二集卷一曾畹詩後鄧漢儀云：『庭聞詩以五言近體爲擅場。今春把晤邗關，倏爾長往。攬其遺編，可勝傷悼。』約於康熙十二年冬，曾畹去世。

答施愚山新安見寄

何日天都去，偏逢驛路晴。秋猿啼不絕，江月戰逾明。近始寬兵牒，君真冷宦情。那能吟眺減，桂樹鬱山城。

李條侯遇訪蕭寺賦贈

關山戈未息，井里足埋名。何事衝風雪，猶然度甲兵。散金誰老俠，縱酒得狂生。一片蕭梁地，重聞變徵聲。

以上《昭代詩存》

【箋注】

此詩約寫於康熙十三年冬。李枝翹，字條侯，江南睢寧人，有《商芝館集》。鄧漢儀《詩觀》二集卷一〇選評其詩五題。蕭寺：即揚州文選樓。

棲雲庵

一坡層累上，絶頂見茅庵。崖竹頻搖翠，門松盡染嵐。招雲來屋裏，説虎在江南。欲去尋秋浦，樵人路定諳。

【箋注】

此詩《慎墨堂詩拾》原無，今據郎遂《（康熙）杏花村志》卷二補入。棲雲庵：安徽池州（今貴池）杏花村古跡。郎遂《（康熙）杏花村志》卷二：『棲雲庵在清涼境。』清涼境位於杏花村三臺山西麓，與乾明寺相鄰，在西湘茶田之間。『棲雲松月』爲杏花村十二景之一。盧光祖《棲雲松月》詩云：『瑤臺明月坐徘徊，似聽閶宮奏樂來。矗矗虬松拂雲表，鱗鱗光影近三臺。』

秋浦樓

一路埜花吟，城頭花更深。亂沙黃蝶舞，廢址白羊侵。負郭全耕鑿，連山自古今。池陽風景地，雨後急登臨。

【箋注】

此詩《慎墨堂詩拾》原無，今據郎遂《（康熙）杏花村志》卷三補入。秋浦樓：在池州杏花村東。《杏花村志》卷三：『秋浦樓，舊在治東。按：曹學佺《名勝志》曰：李白「秋浦長似秋，蕭條使人愁。客愁不可度，行上東大樓」即此。』

乾明寺

尋花無意緒，撥草有攀躋。松栝穿雲立，江山抱寺低。佛纔支刼火，僧久厭征鼙。鐵笛竟何在，黄鸝春自啼。

【箋注】

此詩《慎墨堂詩拾》原無，今據郎遂《（康熙）杏花村志》卷七補入，又見乾隆《貴池縣志續編》卷七。乾明寺：安徽池州杏花村古跡。郎遂《（康熙）杏花村志》卷二：『乾明寺在小路口西北。名原於唐。宋紹興五年重建。』

送孫豹人赴江右督府幕

豫章兵氣盛，念爾在重圍。王粲思鄉苦，侯嬴報主違。何能辭戰地，深悔負漁磯。始信於陵子，遺榮無是非。

【箋注】

此詩《慎墨堂詩拾》原無，今據康熙刻本鄧漢儀《慎墨堂詩品·初蓉閣集》補入。

慎墨堂詩拾卷六

七言律詩

桐廬舟進

古塔空亭樹影寬，鱗鱗夕照落寒灘。卻將鳥道桐君宅，都作蚕叢畫裏看。石勢巉巖森洞壑，江聲欸乃出檀欒。月明舟緩仍前進，更訪鸕鷀未是難〔一〕。

【校記】

〔一〕『月明舟緩仍前進，更訪鸕鷀未是難』，《淮海英靈集》丁集卷一作『月明風緩舟仍進，便訪鸕鷀未是難』。

【箋注】

此詩當爲鄧漢儀《過嶺集》詩之一。桐廬縣，今屬浙江，位於富春江畔。順治十三年丙申冬，鄧漢儀隨龔鼎孳之嶺南。農曆十一月十七日自錢塘江發舟南行。經桐廬，過上灘（今浙江開化境內），達江西玉山，至章門（今江西南昌）。

章門逢談長益約同訪徐巨源陳士業不果

章江寒色上漁蓑，客里逢君踏葉過。萬里烽烟長草屩，一生魂夢客銅駝。依人四海平原盡，哭友空山杜宇多。我欲同尋高士宅，風帆明日又牂牁。

【箋注】

此詩成於順治十三年鄧漢儀隨龔鼎孳出使嶺南途中，想約訪幾位高士，均爲明末遺民，入清不仕。此詩又見《淮海英靈集》丁集卷一，當爲《過嶺集》詩之一。章門：南昌之别稱。南昌爲漢時豫章郡，故稱南昌爲章門。朱彝尊《靜志居詩話》卷二二：『談允謙，字長益，丹徒人。有《樹蘐草堂集》。崇禎初，大官庖開應支物價簿，帝詰内侍謂太浮，且曰：「炙鵝、醃鮓肉鮓在某肆市之，錢半百耳。」内侍驚愕。長益詩云：「潛邸曾親到市廛，民間物價每留連。西華鵝炙前門鮓，一箸才消半百錢。」足以徵思陵留心民事之一端也。』徐世溥（一六〇八—一六五七），字巨源，江西新建人。明季補邑諸生，明亡後山居晦跡，不復應舉。世溥工諸體詩，善書法，有《易繫》、《榆溪集》等。陳弘緒，一作陳鴻緒，又作陳宏緒。陳弘緒，字士業，江西新建人。兵部尚書道亨子。以任子薦，官晉州知州，貶湖州府經歷，尋免歸。入清屢薦不仕。著有《石莊集》、《恒山存稿》、《寒衣集》等。

遊海珠寺登丹霞臺眺望

晚岸潮生擊汰回，驚看萬水觸墩臺。不知何代琳宮廢，竟作軍營鐵砲開。健卒自吹横海角，曇瞿難拭戰場灰。茫茫春浪占城遠，獨自浮鷗日暮來。

【箋注】

此詩作於順治十四年春，當爲《過嶺集》中一首，此時隨龔鼎孳在廣州。詩又收入《淮海英靈集》丁集卷一。海珠寺：即羊城慈度寺，寺内原有得月臺、丹霞臺等，位於廣州海珠島（今海珠廣場）。光緒《廣州府志》卷八八：『海珠慈度寺舊址在州東。南漢大寶間建，歲久頹圮。宋寶祐中郡人李昴英捐資，與僧鑒儀徙創江心海珠石上，仍名慈度。』屈大均《廣東新語》：『羊城有三石：東曰海印、西曰浮丘、中曰海珠。海珠廣袤數十丈，東西二江水環之，雖巨浸不能没，石上有慈度寺，顧榕樹十餘株，四邊蟠結，遊人往往息舟其蔭。』沈復《浮生六記》：『海珠寺規模極大。』『寺在水中，圍牆若城。四周離水五尺許，有洞，設大炮以防海寇。』

嶺南作

絶島誰傳颶母生，五羊城角暮烟晴。蠻花爭傍陳隋碣，海道曾過秦漢兵。百戰地埋烽火黑，中宵龍抱寺燈明。無心更訪厓門事，月黯榕村破帽行。

以上《詩永》

【箋注】

作於順治十四年春，此時隨龔鼎孳在廣州。此詩又收入《淮海英靈集》丁集卷一。

張登子招集喜遇胡豹生感賦

別汝真經十五年，瘴南重遇〔一〕百花天。中間生死誰書札，此地悲歡盡酒筵。萬里河山驚觱篥，一時兒女對烽烟。英雄老去心情改，淚盡高涼洗廟前〔二〕。

憶昔邗江集竇衣，花間吟好送斜暉。西湖戎馬君寧見，南越樓船事已非。宦拙終緣家口累，客貧難向戰場歸。春風嶺外聊羈跡，萬事銷愁有宋禕。

【校記】

〔一〕『遇』，底本誤作『過』，據《感舊集》卷一四改。

〔二〕『洗』，底本《感舊集》誤作『洸』，據史實改。

【箋注】

此詩又收入《淮海英靈集》丁集卷一，原當爲鄧漢儀《過嶺集》之詩。張陛，字登子，號小隱，浙江山陰人。明末貢生，入清爲鎮江推官，耿精忠叛，隨征入閩，授延平同知。鄧漢儀《詩觀》初集卷二著錄其有《靜遠居詩選》，夫人胡應嘉，字季貞，亦能詩。胡文蔚，字豹生、約庵，浙江錢塘人，鄧漢儀《詩觀》初集卷五著錄其有《嶺南集》。

萬安道中病臥至章門小差時值清明

過嶺風花陌上狂，冥冥細雨入孤航。客中人病經寒食，愁裏鶯啼入豫章。垂柳軍城殘日動，新烟漁浦戰雲荒。不知麥飯江村路，寂寞誰來弔國殤。

【箋注】

此詩又收入《淮海英靈集》丁集卷一。萬安道：贛江萬安縣境內之一段。清順治十四年丁酉正月底，鄧漢儀隨龔鼎孳自嶺南歸。經清遠、韶關、南康，農曆二月十七過贛江十八灘北歸。此詩即作於此時。清康熙十五年吴興祚刻本《定山堂詩集》卷三九有龔鼎孳《十八灘病中口號》云：『碧草吴天入望孤，南鴻三月一行無。正知嶺北春零亂，十八灘頭過病夫。』其題下原自注云：『時爲仲春十七日，距錢塘發舟恰三月矣。』十八灘爲贛江贛州至萬安縣間之一段，故萬安道中正其時。

孟冬朔日遊赤壁

彈指滄桑屢變遷，黄泥赤嶼尚依然。即看洲渚蒼蒼出，剩有風帆片片懸。隔岸樊山晴欲雨，夕陽皤冢水連天。憑誰喚起吹簫客，重上蘇家載酒船。

【箋注】

赤壁：指黄州赤壁，又稱文赤壁。光緒《黄州府志》卷三黄岡縣古跡：『赤鼻山在城西北江濱，屹立如壁，其色赤。玉屏山在其後，雙峯峙護，實郡城北障。蘇軾遊此作賦，遂指爲吴魏鏖戰之赤壁。』

平淮西碑

雪夜功成罷鼓鼙，昌黎碑版照淮西。文章何意開讒妒，婦女偏能竊〔一〕品題。易代摩崖爭日月，當年奮筆埽鯨鯢。只今蒼碣斜陽外，頻見遊人駐馬蹄。

【校記】

〔一〕『竊』，《國朝詩别裁集》卷一二作『混』。

【箋注】

平淮西碑：又名韓碑，唐韓愈撰文，記述唐憲宗元和十二年，裴度平定淮西（今河南東南部）藩鎮吳元濟之戰事。《大清一統志》云：『平淮西碑在汝寧府（今河南汝南縣）城内裴晉公廟中。』

巴河鎮登太乙閣 閣爲故相國姚公崑斗所建

平津賜第久荒蕪，傑閣巍然瞰楚都。高處衡廬天外伏，到來雲夢雨中無。千家烟火猶洲渚，幾葉風帆自畫圖。曾是赤眉燒不到〔一〕，奎光深照斗牛孤。

【校記】

〔一〕『到』，光緒《黄州府志》卷三作『盡』。

【箋注】

此詩又收入《淮海英靈集》丁集卷一、光緒《黄州府志》卷三。巴河鎮：即今湖北浠水縣巴河鎮，緊靠古城黄州赤壁，與鄂州、黄石隔江相望。

題橫江館

渡頭風雨暗夫容，津吏停橈會〔一〕此逢。歷歷雲帆衡雁鶩，沈沈沙館溷魚龍。運移典午人皆散，日落春深〔二〕樹幾重。極目故鄉東海上，只今江漢自朝宗。

【校記】

〔一〕『會』，《淮海英靈集》丁集卷一作『今』。

〔二〕『深』，《感舊集》、《淮海英靈集》丁集卷一、《當塗縣志·志餘》均作『申』。

【箋注】

光緒《黄州府志》卷三：『横江館，在赤壁山下，南晉龍驤將軍蒯恩建。後有梓潼閣。宋刺史王禹偁重修。』

和阮亭姑蘇懷古

旌甲喧傳檇李師，空江一夕慟鴟夷。遂教石室無句踐，誰羨黄金鑄范蠡。麋鹿草荒餘舊夢，蛟龍春盡起哀絲。漫誇越士歸如錦，不記稱臣請妾時。

以上《感舊集》

穀雨與芝麓龔公相別江上蒙以三詩贈別奉酬一章

幾月相隨嶺嶠行，真州斜日此分程。別離翻益還家苦，漂泊殊深感舊情。兩岸雲帆牽樹色，一江春雨上潮聲。祇疑今夜邗溝路，猶是青樽對石城。

【箋注】

作於順治十四年穀雨，二人自嶺南返回後在真州（今江蘇儀徵市）分別。龔鼎孳《孝威江上紀別》其一云：『水闊龍潭暗上潮，斜風無力縱歸橈。路歧緩割真州袂，別後春星易寂寥。』

曾庭聞自潤州枉顧草堂賦贈

偏是窮途重友生，柴門握手淚縱橫。一時聚散無貧病〔一〕，千載存亡只弟兄。宅巷重尋車馬跡〔二〕，江湖〔三〕猶戀鼓鼙聲。與君試話封侯事，慷慨悲風萬里情。

【校記】

〔一〕『一時聚散無貧病』，《詩持一集》卷四、《清詩初集》卷八、清乾隆十五年增刻本《鎮江府志》卷五二作『一時仕隱分天地』。『無』，《淮海英靈集》丁集卷一作『兼』。

〔二〕『宅巷重尋車馬跡』，《清詩初集》卷八、《鎮江府志》卷五二作『宅巷久歸狐兔窟』。

〔三〕『湖』，清乾隆十五年增刻本《鎮江府志》卷五二作『山』。

【箋注】

《慎墨堂詩拾》三卷本其題下有案語云：『曾畹，初名傳燈，字庭聞，後更今名。江西寧都舉人。著有《金石堂詩集》。傳燈弟傳燦，字青藜，皆侍郎二濂子。』詩尾有案語云：『參《淮海集》，此詩《詩持》一集第三句：「一時仕隱分天地」，第五句：「宅巷久歸狐兔窟」，頗涉悲憤，仍以《淮海英靈集》改本較妥。』此詩又收入《淮海英靈集》丁集卷一、《清詩初集》卷八，後者題爲『曾庭聞自潤州枉顧草堂』。

以上《詩持》一集

贈彭海翼兼悼其尊人禹峯方伯

曾攜書劍紫山遊，獨許雄文有鄧州。年撅甘羅偏胆略，才如曹植自風流。沅湘路阻音塵絶，宛葉人來戰伐秋。誰使武溪歸馬革，至今謝豹萬峯愁。

憶同開府聚龍岡，擊鉢揮毫更舉觴。爾自英雄生白水，予原家世出南陽。征蠻十載空魂魄，避地餘生老雪霜。卻共烏衣深夜話，銅駝金谷苦茫茫。

嶺外鴻飛早寄詩，君來絮語淚雙垂。牂牁羽檄朝朝下，梁苑賓朋日日思。兩世交情文酒內，少年結客鼓鞞時。何當共挈黃罏伴，一上層樓望九嶷。

邗上翩翩過錦韉，朱門華屋且酣眠。霸心夙昔輕花月，戰地何時更管絃。彈指綺羅前代路，回頭風雨九江船。還持弩劍錢塘去，欲射寒潮八月天。

《詩觀》初集卷四

【箋注】

鄧漢儀與彭而述及其子彭始奮均有交往。順治十年，戴明說到南陽任職，鄧漢儀隨行。在南陽，鄧漢儀與彭而述交往唱酬。《詩觀》初集卷四彭而述《高柴里》詩後鄧記云：『昔在宛城，僕以詩示公，公爲一字評曰「大」。僕未敢當也，請還以贈公。』至康熙元年，彭而述在廣西任上，二人還有書信往來。彭而述《桂林和鄧孝威見懷元韻》（見《讀史亭詩集》卷一三，清康熙四十七年刻本）其一云：『秦淮近況復如何，往日繁華六代多。百戰關山傳鐵馬，三宫粉黛付烟蘿。文章不朽知誰信，瘴癘炎荒老更過。近接揚州書一紙，猶然憔悴説干戈。』彭而述卒於康熙四年，故此詩當成於康熙四年之後。

答彭爰琴即用見贈原韻

嚴風急雪打江城，非子誰憐歲暮情。關塞鼓鞞家已廢，乾坤榛莽硯難耕。春來尚滯昭明閣，世上微嫌布褐名。那更歧途歡把袂，一樽相對鐵燈檠。

《詩觀》二集卷三

【箋注】

彭桂（一六三一—？），又名椅，字爰琴，一字上馨，江南溧陽人。清順治十一年甲午諸生，康熙十八年舉博學宏詞不與試。鄧漢儀選其詩二卷入《慎墨堂名家詩品》。《詩觀》二集卷三、卷五亦均選評其詩。康熙十四年，鄧漢儀與彭桂同在金陵金鎮幕做客，二人交并互有贈答。彭桂《歲暮送鄧孝威歸吴陵》（《慎墨堂詩品·初蓉閣集》，康熙刻本）云：『臘盡沖寒訪故知，銀燈玉麈話淋漓。著書歲月窮吾黨，送客干戈滿路歧。雪後一帆今放艇，樽前六代幾題詩。秣陵遥望吴陵渺，春水潮生倍繫思。』鄧漢儀在此詩後記云：『與爰琴在金使君幕，把酒聽歌，連床話雪，十日而别，真生平快事。』

丙寅秋日酬禹門〔一〕中翰過寓樓話舊

京師把酒正從容，忽地風波冷宦蹤。察典祇因親串累，詩情轉以謫官濃。天都久臥千崖雪，靈峽新解萬壑松。歸到揚州旋惜别，觀濤時節可重逢。

【校記】

〔一〕『禹門』，底本作『禹河』，據《詩觀》初集卷五改。

【箋注】

此詩寫於康熙二十五年丙寅。嘉慶《松江府志》卷五七：『程化龍，字禹門，青浦人，休寧籍。父大任，以俠節聞。化龍少孤，事母孝，受業王九徵之門，康熙九年成進士，考授内閣中書，尋以事謫歸。先是，兄含文歿於南雄旅次，化龍往尋骸骨，蠻烟瘴雨中竟不可得，招魂設祭，聞者哀之。從叔周量，遭兵亂卒於官，力爲經紀，歸其喪。鄧漢儀稱其質雅恬秀，妙中規矩，爲山巨源、劉真長一流人云。（《青浦志》）』《詩觀》三集卷五程化龍詩後云：『己未余待詔京師，與程禹門中翰爲莿、高飲酒歡，忽爲族人所累，遂至謫官，閉門不揖客。余亦忽忽南轅，兩人不通音問者八載。丙寅初秋，禹門過海陵，訪令季孚夏，乃與余相遇於維揚，酒興詩懷如故。而念湟榛職方死於亂，青立李丞死於貧，感慨唏噓不置。今孚夏以其《閩粵遊草》並新詩數章囑余論次，余時舟下茱萸灣，涼雨初過，因拔其尤者，登諸拙選。而禹門約自雲間還，與余輩論詩平山堂畔，正當有日也。』

禹門入粵訪其令兄遺骸聞者哀之

蛾眉絶世轉難容，且自蓴湖理客蹤。苦憶干戈兄弟變，肯辭海嶺瘴烟濃。招將魂魄依叢竹，題遍雲崖守亂松。一卷新詩吟未罷，斷猿哀雁正相逢。

【箋注】

程化龍入粵，即《松江府志》卷五七所云：『兄含文歿於南雄旅次，化龍往尋骸骨，蠻烟瘴雨中竟不可得，招魂設祭，聞者哀之。』

程湟溱卒於桂林貧無以葬禹門捐金治其喪感賦

握别程侯憶舊容，遭罹兵馬只孤蹤。難爲竄跡荊榛盛，欲達丸書燧火濃。客病只飛堂裏鵩，家貧誰種墓傍松。多君謀橐能深葬，高誼人間竟罕逢。

以上《詩觀》三集卷五

【箋注】

程可則（一六二三—一六七三），字周量，一字湟溱、彦揆，號石臞、石曜，廣東南海人。順治九年進士，官兵部職方郎中，終桂林知府。著有《遙集樓》、《海日堂》諸集。可則因亂卒於桂林任所，因貧難以歸葬，賴本家程化龍力爲經紀，乃歸葬。

奉寄黄州太守蘇公小眉四首詩選其詩集甫竣

從龍高閣本滁陽，節鉞曾飛嶺嶠霜。奕葉絲綸傳祕閣，小侯韜略領巖疆。醴霑梁苑鄒枚重，屐滿蘇堤草樹香。卻向西陵喧五馬，風流文采壓黄堂。

郡治高懸峯嶺頭，樊山如案漢江流。雪堂舊跡今難没，竹閣風清到底留。易代坡仙重作牧，两篇赤壁憶前遊。烽烟埽盡琴樽滿，幾度臨臯俯白鷗。

第五風期世少雙，蒼生事急意微降。萬山結客憑書劍，一曲從軍下纛幢。蠻女至今編樂府，使君新起賦横江。遥知定惠花重發，卻寄東風到玉缸。

憶昔扁舟泊楚墟，正當木落雁飛初。黄泥雪夜曾銜虎，樊口霜天自捕魚。别去寶山空霧雨，傳來仙吏擁圖書。可能即示齊安作，不惜鈔詩喚小胥。

《詩觀》三集卷六

【箋注】

蘇良嗣，字小眉、肖公，奉天遼陽人。鄧漢儀《詩觀》三集卷六著録其有《山水音》。據光緒《黄州府志》卷一一，蘇良嗣康熙二十三年甲子和康熙二十四年乙丑任黄州知府。此詩當成於蘇任黄州知府期間。

雨中過訪朱君以陶已發棹之興化因次原韻奉寄

銜泥報謁見何曾，静鎖柴門去有徵。殘酒中人猶邸舍，片帆帶雨别吴陵。應尋楚將千年墓，還踏漁翁半夜燈。不久我將來水國，百花洲上好同登。

《詩觀》三集卷七

【箋注】

朱絲，字以陶，浙江海鹽人。鄧漢儀非常欣賞朱絲詩。《詩觀》三集卷七著録其有《幽谷草》，同時附記云：『余初未識以陶也，而滄浮（按：清嘉慶刻本阮元《兩浙輶軒録》卷二：『徐豫貞，字德宣，號滄浮，海鹽人。著《滄浮子詩鈔》。』）以其詩來。讀之蒼遙秀麗，如入古洞觀異草名花，爲之神移目奪。既見其人，道氣幽情，大有縹緲三山意，詩與人殆有同符者乎？吾能不結霞外之契？』朱絲有《贈鄧孝威舍人》。

庚寅春辟疆先生四十覽揆五律

廣陵城下泊春舠，見爾鬚眉可自豪。新築草堂天寶後，羣推處士少微高。著書深鄙楊雄閣，揖客初添仲蔚蒿。何用金門頻獻策，舊時庾謝足風騷。

憶得先朝海晏年，詞壇角立幾名賢。居然旗鼓推江左，誰道文章不日邊。烽火薊門終照夜，衣冠建業一朝天。蕭疏短髩長湖海，何處諸儒博俸錢。

拜官何事竟紆回，亦覺江東王氣隤。將相幾人標舊史，江湖自爾擅雄才。傷時王粲懷鄉國，臥閣元龍竟草萊。還向樸巢淹歲月，中原鼙鼓爲誰來。

往日趨庭事遠遊，山川奇跡一囊收。猿啼蜀道雲奔馬，雁過湘江葉抱樓。烽火自深孤注慮，林園頻爲老親謀。只今父子娱詩酒，應笑陶家少倡酬。
雉皋春水動斜曛，薜荔爲園爾不羣。人在樹間殊有意，婦來花下卻能文。擁將祕帳青藜繞，嘯落寒城古木紛。好自蕭條安蔣徑，眼前名士總機雲。

【箋注】

順治七年春，冒襄四十歲生日，鄧漢儀賦詩祝賀。同賀者有韓四維、趙開心、杜濬、王猷定、惲向、黄傳祖、龔鼎孳、張惟赤、彭孫貽、姚佺、吴綺、申維翰、卞元鼎、張恂等。收録於《同人集》卷一二。

次巢民先生原韻贈梅谷和尚

聞向天童結草庵，茶瓜鎮日聚冠簪。遠瞻廬嶽來江上，更訪曹溪到嶺南。萬里烽烟留古鉢，一林橘柚老瞿曇。何期咫尺東皋路，覿面風幡仔細參。
浹日高談水繪庵，故人清興足抽簪。那知精舍開江北，恰有名僧下日南。杖履曳來尋惠遠，竹松圍處禮優曇。自然茅屋堪聯詠，未擬空堂久放參。

【箋注】

康熙九年鄧漢儀客如皋，是年冬日鄧漢儀與冒襄、項玉筍等在水繪園有倡和詩贈釋行悦。鄧漢儀此詩即作於此時。《同人集》卷七亦收項玉筍《同孝威次巢民先生原韻贈梅谷和尚》，另外徐章、錢岳、張杞授等均有和詩。

冬日再遇優砵庵訪梅谷仍次巢民韻

寒城細路似丘墟，尚有禪關映綠蔬。屢過竊叨香積供，相憐勸讀梵王書。閒來身世孤雲在，戰後乾坤萬事虛。竟擬團蒲來此住，漸看春笋迸林廬。

【箋注】

此詩亦作於康熙九年冬，鄧漢儀寓居如皋冒襄水繪庵期間。

和辟疆先生過海陵見贈四首

客歲青谿夜月光，與君相見倒壺觴。是時邸第皆名士，共指江山匪異鄉。惜別中宵人影亂，獨行野水雁聲長。蕭然身世何須問，只益離心滿夕陽。

我竟羅浮汎釣舟，聞君水墅足淹留。豈虞豺虎乾坤盛，不惜龍蛇歲月愁。張儉存亡〔一〕真未卜，龐公妻子本無憂。秋深海雨相逢地，喜極挑燈更淚流。指辟老丁酉冬事。

曾上崧臺聽粵潮，君家憲節自雲霄。星巖戰後留殘碣，庾嶺春深夢九韶。草屩人歸談瘴癘，柴門身老護漁樵。秋風痛飲霜毛颯，回首蠻江萬事凋。尊人嵩少先生曾任嶺西兵備，余至高要尚見其題志。

扁舟扶病赴君期，短燭清尊細語遲。略盡黄金真意氣，孤存青史是鬚眉。梁鴻廡下寧忘德，謝客筵前好賦詩。十載剡溪虛舊約，將因秋水一披帷。

【校記】

〔一〕『亡』，《同人集》作『忘』。

【箋注】

此詩作於順治十四年，鄧漢儀隨龔鼎孳自嶺南返回家鄉泰州後。冒襄過泰州，有詩贈鄧漢儀。此爲鄧漢儀和冒襄詩，收入《同人集》卷六丁酉年秦淮倡和詩。

甲子初夏假寓水繪庵即事奉柬巢民先生

十年清夢繞東皋，今日乘流一放舠。無地可容高枕簟，有園殊不怪蓬蒿。荒林借榻猶三徑，舊事填胸倏二毛。風物總更烟水在，且從長日注離騷。

當年諸子美遨遊，詞賦翩翩足上流。修禊佳辰曾理檝，登高盛會即開樓。也從殘月調歌板，不少新花遞酒籌。今日園丁閑種菜，腰鐮時過假山頭。

湘中樓閣枕烟堂，雪夜花時與最狂。白客琵琶真可聽，吴姬粉黛亦難忘。豈知歲月同駒隙，遂使亭臺變鹿場。猶是一泓寒碧水，倏經繁盛倏荒凉。

靜夜空天雷雨垂，新添幾尺水瀰瀰。梵燈禪唄猶存日，山閣溪橋總壞時。那有千年行樂地，幸留一滴放生池。倘能捨〔一〕作維摩宅，我願從君擇半枝。

懸霤山房半草萊，浯谿疏豁重徘徊。沈沈柳色疑將雨，漠漠波光自上苔。賸有朱欄鄰院出，絕無白舫夜燈來。老蛙只管虛潭事，叫噪天陰千萬迴。

天然圖畫絕人間，丘壑胸中不等閒。半壁奇峯真窈窕，一園流水極灣環。忽驚老樹龍根拔，近報空城雉子班。記得論詩巖洞裏，雲昏雪凍不知還。

紅欄碧榭盡凋零，那忍重開四面亭。崖石細纏藤蔓紫，土牆新迸竹竿青。絕無人處流鶯喚，尚有光〔二〕時粉蝶醒。擬上最高樓閣望，蛇盤鼠竄洞冥冥。

黄金散盡莫深論，蓬徑瓜田道倍尊。薄俗炎涼烏不管，舊家興廢石難言。春風自遶雙柑路，夜雨頻霑獨樹村。借我半間聊結夏，白鰕青笋一開樽。

【校記】

〔一〕『捨』，底本作『拾』，據《同人集》改。

〔二〕『光』，《同人集》作『花』。

【箋注】

康熙二十三年甲子初夏，鄧漢儀攜其子鄧勖采借寓如皋冒襄水繪園。此詩即寫成於此時。《甲子初夏假寓水繪庵即事奉柬巢民先生》八首收入《同人集》卷一〇。

詠竹夫人次李子鵠原韻二首

縠幔紗窗散麗人，此君屈體故相親。夢回小杜猶微汗，睡煞秋娘絶點塵。只恐婕妤讒不免，如何房老妒偏新。卻看清淚班班在，悔向空閨漫委身。

漢家紫誥錫紅粧，篔谷何年竊御香。竟冒虛銜稱命婦，曾傳昏夜嫁蕭郎。玲瓏差可陪金屋，輕薄終難守玉牀。受盡無端雲雨謗，依然悄立侍兒傍。

以上《同人集》

【箋注】

竹夫人：或曰青奴，圓柱型竹製品，南方夏天之清涼物。蘇軾《送竹几與謝秀才》：『留我同行木上座，贈君無語竹夫人。』自注云：『世以竹几爲竹夫人。』李子鵠：生平事蹟不詳。

和答王敬哉先生見懷原韻

秣馬離京二十年，江山寥廓盛風烟。多公吐握當今最，特地音書聞道傳。詩到蓬蒿生遠夢，烽高吳楚斷良緣。難堪更話東南事，何處人間是鏡圓。

《慎墨堂詩品》

【箋注】

王崇簡（一六〇二—一六七八），字敬哉，一作敬齋，直隸宛平人，崇禎十六年癸未科進士，未及授官，李自成陷北京，崇簡攜家眷流寓南方。順治三年，以順天學政曹溶薦，授內翰林國史院庶吉士。後歷官祕書院檢討、國子監祭酒、弘文院侍讀學士、詹事府少詹事、吏部侍郎、禮部尚書、太子太保等。康熙十七年卒，謚文貞。有《青箱堂集》。鄧漢儀與王崇簡有交往，《詩觀》二集卷二王崇簡詩後，鄧漢儀記云：『宗伯寄予《青箱堂稿》凡三種，其已刻者收不勝收，謹將未刻新詩選次登梓，與寓內人士共遵典式焉。戴滄洲每向予言，宗伯自爲諸生、孝廉時，望隆顧俊，一時公卿咸爲倒屣。今位極崇隆，而虛懷下士，有若飢渴。予雖別公二十年，在三千里外，猶寄書悁悁不忘，豈不令人有君宗之歎。』康熙十三年甲寅，王崇簡有《寄懷鄧孝威》詩（見康熙刻本《青箱堂詩集》卷二九）。鄧漢儀此和贈詩亦當作於此時。

答吳纘姬孝廉

門前楊柳繫輕舠，尺素披來念我勞。兩地清魂縈故闕，一天細雨濕征袍。中原門戶江淮重，藩鎮軍容節制高。消息朝廷遲北伐，新亭置酒莫牢騷。

《慎墨堂筆記》

【箋注】

雍正《揚州府志》卷三二《人物·隱逸》：『吳纘姬，字璣灘，泰州人。其先以戍籍家登州。纘姬中崇禎庚午鄉試。山左亂，挾弓持邵護親出重圍，歸於海陵。流離奉親，不缺甘旨之養。及親歿，嘉遯不仕，甘老丘園，人咸高之。』

留行二首爲紫玄先生賦

當年間道此南歸，盜賊如麻淚暗揮。不意山河經百戰，重來宮闕看斜暉。銅駝舊路牛羊識，鐵戟雄關虎豹肥。我欲相從燕市飲，琵琶何用恨明妃。

擊筑休爲燕市哀，一時人物又雲臺。誰傳謁者關東道，浪擬文園司馬才。珥筆禁幃金掌盛，乘槎天漢玉門〔一〕開。長楊似此猶初薦，驛路徵書定早催。

【校記】

〔一〕『門』，底本闕，據《春雨草堂別集》卷二十九補。

贈别二首爲紫玄先生賦

久向深山傲蕨薇，難堪京國對芳菲。一時同籍皆華要，萬里浮蹤有是非。河漲秋雲公子淚，江連寒雨故人衣。西湖莫遣荒松菊，我擬還家共釣磯。

年少相依竟白頭，君今放廢我狂遊。傳家江鮑真堪喜，謂宗袞、武宗。入洛機雲好自謀。濁酒暮寒愁戰鬬，古刀霜落對窮愁。東歸好把長鑱習，不見湘天鷰築秋。

以上《詩永》

【箋注】

順治九年壬辰，鄧漢儀寓居京城龔鼎孳幕。是年秋，宮偉鏐先生來遊京師，很快南還，鄧漢儀爲賦留行、贈别各二章即此《留行二首爲宮紫玄先生賦》和《贈别二首爲紫玄先生賦》。其中中国國家圖書館藏三卷本《慎墨堂詩拾》卷上《留行二首爲宮紫玄先生賦》詩下原注云：『送宮子陽先生歸里。壬辰秋杪，紫翁先生來遊京師，遽爾南歸，一時同人賦留行詩甚盛。』

題春雨草堂

別郤承明事隱淪，半溪桃葉待漁人。家藏雞犬原非俗，夢到禽魚漸已親。隔水燈連山下月，沿堤香喚雨中尊。不妨路與都城近，且戴林宗折角巾。

萬事烟霞尚可爲，草盧新築傍湖湄。六橋豈必驚簫管，三徑猶然倒酒卮。竹外陰晴農課穩，山中寒暑佛幢移。重來屈指燕吳遠，布韈青鞋可勝思。

清流何計隱巖阿，且學鷦鷯寄一柯。屢閲滄桑增史記，不藏名姓自烟蓑。溪光宛轉船經渡，樹影微茫月較多。我欲輞川尋勝事，王維逸興近如何。

武陵烟月已非初，海國城皋可卜居。西子夢深吳苑鹿，王弘情寄越江魚。梅花春社孤山似，芳草池塘六代餘。還叩倪迂清閟閣，菰蒲一榻又焉如。

《春雨草堂別集》

登望江樓

衰草荒原恣客遊，蕭條清興更登樓。百年風雨帆檣下，萬里蛟龍日夜流。不盡旌旗迷野戍，有時燐火照鄉愁。年來生計漁樵苦，何處鴟夷一葉舟。

【箋注】

望江樓：即泰州望海樓，又稱靖海樓、鳴鳳樓。望海樓始建於南宋紹定二年，至明嘉靖二十八年重建，稱望陽樓。清康熙年間又重建。

九日鐵佛寺同宗鶴問登高

豆葉全黄野黍肥，玉簫舊路是耶非。亂雲古寺沈邊柝，落日高臺冷客衣。莫訝丘墳蒼鼠竄，頻看松栝老龍歸。好將濁酒酬佳節，此際將軍戲馬歸。

【箋注】

雍正《揚州府志》卷二五：『鐵佛寺，舊在（甘泉）縣西北堡城東。本楊子密故宅，光化間改爲光孝院。』『宋建隆間，於寺鑄鐵佛，因名。天聖間復爲光化寺。寺有塔，後塔與寺俱圮。淳熙間重建於城北威烈王廟東。』

宿竹隱庵〔一〕 在泰興口岸鎮

結伴衝泥積雪餘，支筇昏黑到精廬。十年江海銷金柝，滿院松篁冷木魚。卻埽繩床留旅客〔二〕，更開香積剪園蔬。好來岳廟瞻遺像，此地曾經燒戰旗。

以上雍正《揚州府志》

【校記】

〔一〕此詩又收入《光緒泰興縣志》卷九，題目作『宿柴墟竹隱庵』。

〔二〕『旅客』，《光緒泰興縣志》卷九作『客舍』。

海陵〔一〕重建望海樓

海郡東偏鬱大觀，畫檐朱拱碧雲端。正宜番舶漁檣入，不盡蠻風島雨寒。誰使沙洲紛戰鬬，遂教樓觀倏凋殘。行人驅馬城頭過，愁向雙柯數箭瘢。舊址今尚存老樹二。此地非同歌舞場，文星竟夜獨天閶。應增樓閣符形勝，忍見荊榛老夕陽。築舍數年羣議費，建標一夕萬夫忙。會看百尺岧嶢起，海賦新成壓大荒。

皂蓋朱幡江上來，蒼茫風景接蓬萊。可餘博望乘槎去，昨報戈船下瀨迴。全盛輿圖憑漲海，太平郡國有樓臺。休言土木非天意，畚鍤旋轟地底雷。建幢之日，雷雨大至。

【校記】

〔一〕『海陵』，底本闕，今據道光《泰州志》卷三三補。

五月泰山岳祠聞杜鵑

高原古廟夕陽西，碧樹陰陰謝豹啼。呼徹孤忠江月照，哭來望帝楚天低。金繒誤國原南宋，骨肉无家更五溪。欲拜遺魂愁血盡，年年芳草自萋迷。

【箋注】

泰山岳祠：泰州古跡。泰山位於泰州城西南，爲宋紹興十年開挖城中、西市河及疏濬小西湖之餘土堆積而成。明萬曆十年，泰州兵備副使舒大猷捐俸於泰山建岳武穆祠，奉祀抗金名將岳飛。

寄吴子遠驥沙

江北垂楊漸已絲，江南芳草定葳蕤。何人夜上孤山閣，憶我吹簫明月詩。新夢應爲分燕子，壯懷久已付鴟夷。知君懶作朝歌吏，日有書箋與魏丕。

【箋注】

《皇清書史》卷五：『吳道凝，字子遠，順治四年進士，官奉化知縣。草書橫絕，自謂似李北海。』

驥沙：江蘇靖江舊稱。

黄仙裳自浙中歸避地東墅時納新姬詩以寄之

鴛鴦湖曲載燈還，別夢遥連橘柚山。忽報狼烽迷海色，遂令魚字斷鄉關。扁舟風喜吹張翰，垂柳鶯知喚小蠻。莫怪近來書札少，畫眉雙筆未曾閒。

聞陸玄升丁漢公舟泊白隄卻寄

靜夜黄梅雨萬家，聞君畫舫泊蒹葭。催燈應煮三江鱠，移棹猶聽兩部蛙。誰載銀缾來野岸，偏宜玉笛碎寒花。千人石畔堪留戀，莫以邗樓少婦嗟。

逢楊介石詢維斗山居近事兼示拙生聖野雲子天民諸子

江上披蓑一問君，遥知卜築傍秋墳。千家橘柚黄兼雨，萬屋梅花白斷雲。今夢尚堪尋謝草，故人且莫薦雄文。幾年明月閶門路，多少風流付水濆。

【箋注】

楊介石：生平事蹟不詳。章美，字拙生，吴縣人，清初遺民。葉聖野：葉襄，長洲人，與錢謙益、朱鶴齡有交往。本書卷五有詩紀之。朱隗，字雲子，江南長洲人，有《咫聞齋稿》。《蘇州府志》：『朱隗，字雲子。治博士業，雅尚文藻。天啟中吴中復社聚四方積學士，隗與張溥、張采、楊廷樞、楊彝、顧夢麟等分主五經，馳驅江表，爲一時廚顧。詩宗中唐，時稱爲徐禎卿、唐寅之流亞。』張問達（一六一一—一六九一），字天民，江都人，順治戊子順天中式舉人。鄧漢儀《詩觀》二集卷四著録其有《北征稿》。

和姜匯思剪燭夜話之作兼呈金又鑣

司馬青衫無限情，停舟爲締故人盟。關河霜落燈連樹，客舍砧催月滿城。弟妹他鄉供涕淚，江淮薄宦和怨鳴。也知公瑾無聊賴，且把醇醪聽曲聲。

【箋注】

姜圖南（一六二〇—？），字匯思，號真源，浙江仁和人，一作山陰人。清順治六年己丑進士，官至河南按察使。有《關隴》諸集。

海上晤黄雲孫即送其公車北去

久識汪汪叔度名，今朝始洽故人盟。中原旗鼓原三舍，南國文章況百城。把臂好同秋雨夢，伸眉且説客年兵。即今輓輅關西去，口舌如何策太平。

宫紫玄招同李小有向遠他沈林公夜集時小有將放舟南還

簾幙燈寒鬢有霜，開尊相對月徬徨。薊門烽火愁難説，江左風流聽亦狂。歧路悲歌縈短策，故人涕泣問長楊。更隨塞雁江南去，莫擬秦淮是夜郎。

燕子磯曉發有感

野店荒雞叫客船，平明櫓發向江邊。風添蘆葦聲猶細，霜老芙蓉色未妍。山水自占王者氣，衣冠空識晉皇年。可知天塹真難恃，歌舞陳家衹自憐。

舟泊燕子磯重遊宏濟寺有懷韓孟小同社 壬午同予遊此寺

建業城連秋雨深，客帆遙指暮江潯。危亭夜墮孤潮影，野寺寒生萬壑音。鐘磬乍鳴無遠近，魚龍常嘯獨浮沈。當年共屐人何處，願與山樓理素琴。

【箋注】

永濟寺原名宏濟寺，一名弘濟寺，位於南京燕子磯，面臨大江，依懸崖而築。明天啟三年刊本《金陵圖詠》『弘濟江流』云：『寺名弘濟在府東。』明洪武初久遠禪師依山建觀音閣，後廢。正統元年，就閣建寺，明英宗賜名『宏濟寺』。清乾隆間，爲避高宗諱，更名永濟寺。寺今不存。韓孟小：生平事蹟不詳，方文《嵞山集》卷一《題韓孟小母氏卷》云：『我友韓伯子，天懷本淵懿。事親以孝聞，宗黨稱其義。』

白門喜諸同社偕集

布颿初冷白門鴉，黃葉帘前暮雨斜。不是荊軻能擊劍，且邀阮瑀共登車。才名豈讓諸王族，風景堪憐廢帝家。試向冶城頻遠眺，中原今已息嗚笳。

執手欷歔嘆路歧，且呼濁酒醉東籬。人言吾黨虛名甚，試問當年執政誰。誇馬欲尋宣武蹟，聞雞空發祖生悲。班荊喜共諸卿話，擊鼓江干月自垂。

向遠他過訪荒園余時客長干未晤比余返棹遠他又復南歸賦此志憶

有客翩然過草廬，白門烟水上衣裾。未傾石上三生話，空滯江頭幾日書。紅葉戍樓人夢遠，青衫客舫月明初。往來左卻長干路，夜雨何時共剪蔬。

【箋注】

長干：金陵別稱。《輿地紀勝》卷一七：長干是秣陵縣東里巷名。『江東謂山隴之間曰干。金陵五里有山崗，其間平地，民庶雜居，有大長干、小長干、東長干。』後長干借指金陵。

寒夕飲劉嶧巃師夢捧堂時有詩社之訂

雪後冰簾映早梅，散衙無事喜銜杯。使君清絕元何遜，名士風流孰子才。坐久衣香三日暖，談深漏板一更催。更追鄴下西園會，歌舞應聞銅雀臺。

東吳玉水

曾與司州共聽雞，欃槍遥指映關西。月臨邊帳投壺笑，笳沸中流雜馬嘶。江外共垂憂國涕，雪中一問浣花溪。更求仙藥蓬萊去，海市雲低祇自迷。

李小有爲談梁公狄且出葭園唱和見示

何處高賢隱釣屠，西風濁酒醉黄壚。五噫難向閶門過，九辨堪從郢地呼。搔首問天霜鬢剪，撫心彈劍雪腸枯。不唯白也稱同調，我亦哀吟學蟪蛄。

【箋注】

梁以樟（一六〇八—一六六五），字公狄，號鷦民，直隸清苑人。民國《寶應縣志》卷一七《人物·隱逸》：『梁以樟，字公狄，直隸清苑人。崇禎己卯鄉試第一。庚辰進士，授太康知縣，調商丘知縣。京師陷，以樟走江淮間。閣部史可法延致幕下。可法死，以樟隱寶應。時以樟年才三十七，才名傾海內。姊夫王鐸父子官津要，頻致書勸駕，不應。買田數十畝，棲遁烟水之鄉。署軒曰「忍冬」，名所居莊曰「兔避」。由壯及老以死。』葭園：民國《寶應縣志》卷二：『葭園，在兔避莊，鄭處士在湄築。』

寄吳門林若撫葉聖野書感懷

五月吳江滿地兵，愴然一别赴歸程。天涯有酒何曾醉，客邸無錢且獨行。霜雪載思嵇阮約，關河已斷祖劉盟。只今書到寒峯下，皂帽青衫氣忍平。

别宫紫玄四年矣今冬始一把晤詩以敘懷

鄴下曾攀公子車，月明飛蓋動庭除。人游燕趙非屠狗，客夢江湖自釣魚。方朔不堪重待詔，賈生從此獨投書。更逢賦雪梁園會，一笑風前策蹇驢。

兩京離亂卻歸來，江上蕭蕭杜甫杯。聚散況兼興廢事，悲歡均屬古今才。無官同我漁槎老，有興尋君賭墅回。還喜文園新病愈，半窗風雪一株梅。

梁溪訪泊因爲十日之遊敘別言歡歌以紀興耳

別時烽火達江天，獨客乘槎瀚海邊。有意夢君楊子驛，無心遇我錫山泉。月明波出烟中樹，曲罷人歸畫裏船。卻望虎丘清興盡，厭厭同對夜鐘眠。

遊九龍峯

蜿蜒山接洞庭西，亭墅幽涼別有溪。泉帶松聲催雨綠，樓開塔影到窗低。霏微嵐霧天爲幕，層次雲霞樹有梯。莫怪笙歌今已歇，疏鐘明月正堪攜。

【箋注】

九龍峯：指九龍山，即今江蘇無錫西郊之惠山。《隋書・地理志》毗陵郡無錫縣『有九龍山』。唐陸羽《游慧山寺記》：『其山有九隴，俗謂之九龍山。』

春日同張詞臣丁漢公陸玄升翁岱詹妓郁生小集即賦送漢公玄升之雲間

野館晴開芍藥風，共憐春色鷓鴣通。三年有夢杯如舊，永夕聽歌月不同。擬泛季鷹江上宅，還遲蘇小夜深篷。何須黄耳頻持訊，我自扁舟問阿蒙。時予將過吴門。

【箋注】

翁磊，字岱詹，一作岱瞻，泰州人。鄧漢儀《詩觀》二集卷一一收其詩一首。雲間：松江府（今上海松江）舊稱。松江府治爲華亭縣。西晉文學家陸雲，字士龍，華亭人，對客自稱『雲間陸士龍』，後人由是稱松江爲雲間。

柏庵草堂贈劉愚公

寂寂伊人獨掩閭，秋光一片漾芙蕖。石亭有主雲俱下，竹木雖多月自疏。作史應傳中壘業，避人懶報巨源書。關河縱欲勞名士，奈爾王裒淚滿裾。

同林公白英登山兼送其廣陵之遊

踏遍紅黄葉數層，斷橋疏柳一歸僧。寺荒犬吠曾過客，林遠秋生幾處燈。城郭半低帆影入，亭臺欲沒鳥烟升。維揚縱有歐蘇跡，綠酒青山忍獨登。

九日同七超岱詹登山

休論楚客與吳儂，此日同爲蘇李蹤。落帽山頭羞髮短，探花籬外看霜濃。九秋邊冷鴻隨騎，萬里天清葉度鐘。吾輩昔誇才勒石，衹今樽酒悵芙蓉。

送宗衍庵守平涼

翩翩中祕擁旌旄，萬里輪臺朔氣高。宛馬秋生新苜蓿，盧龍夜酌舊蒲萄。玉關不聞羌戎笛，鈴閣長懸刺史弢。定遠威名人久識，不須河外試并刀。

赫連臺畔雁南翔，五馬新來鎮朔方。自笑書生能料敵，誰云太守不擒王。燕支應壓琵琶月，沙磧全飛驃騎霜。佇看平蕃馳遠塞，隴頭鸚䳇漫思鄉。

白門答曉青村雨見懷

桃葉灘邊客夢涼，聊沽濁酒醉僧床。一簾草接鍾山雨，九月花如南浦霜。羨爾披蓑江外穩，憐余彈鋏馬頭忙。長干風物非如昔，佇看莬灣下短檣。

迎春日喜凱旋

簫鼓喧闐接太平，東風吹徹曉烟晴。朱簾笑倚花屏少，油壁嬉從繡陌行。一路旌旗迷海氣，千騎鐃吹雜邊聲。佇看嬌擁梅花隊，春色先歸細柳營。

歲朝金又鑣明府枉顧失迓賦寄

山人那解是新年，冒雪扶筇去探泉。之子有官能不俗，如余無酒曷成顛。雲旌一識空林鶴，霜燭遲催半夜箋。卻羨參軍慵草檄，吟魂只在凍梅邊。時東征不與行間，故云。

送袁雅儒都閫之廣陵晤陳百史銓部

雪江一色動牙旗，夜解吟篷訪舊知。荒店酒沽春水色，青山簾捲凍梅枝。喜逢仲舉時名重，還自袁安傲骨支。遙識邗關燈雨□，傷心還與說披離。

以上《吳陵國風》

【箋注】

袁雅儒：生平事蹟不詳。都閫：都指揮使司之俗稱，一般又指統兵在外之將領。陳百史：陳名夏。名夏（一六〇五—一六五四），字百史，江南溧陽人。明崇禎十六年進士，官翰林修撰，兼戶、兵二科都給事中。入清復原官，旋擢吏部左侍郎，兼翰林院侍讀學士。順治五年，授吏部尚書，十一年因『結黨懷姦』罪處絞。銓部：吏部之別稱。因吏部掌人事銓選，故稱。

戊申春日舟泊虎丘有懷顧云美塔影園

不見東吳顧文學，寂寞來尋塔影園。老樹當門今盡伐，流鶯無主獨傷魂。誰憐詩畫隨烽火，但說田廬有淚痕。何日徵輸寬比屋，歸來重理薜蘿村。

《慎墨堂詩品》

【箋注】

康熙七年春，鄧漢儀遊蘇州。一日舟泊虎丘，有懷顧苓塔影園，寫下此詩。鄧漢儀《詩觀》二集卷四收顧苓詩一題。顧苓當爲鄧漢儀友，二人交遊情况不詳。顧苓（一六〇九—？），《昭代名人尺牘小傳》卷四：『顧苓，字云美，吳縣人。善隸書，工篆刻，精鑒金石碑版，有《塔影園稿》。』周亮工《賴古堂印人傳》卷二：『顧云美苓，吳門人，負奇癖。自闢塔影園，隱於虎丘側。』

秋晚同程周量職方登天寧寺藏經樓

君家家傍五層樓，此地三層亦曠遊。風撼窗櫺高鳥没，樹迴城堞亂山浮。諸天貝葉龍威護，下界金鐘鬼氣收。念爾乘槎將萬里，異時凝眺定揚州。

【箋注】

職方：兵部下屬四曹之一，明清爲職方清吏司，其主官稱職方郎中。程可則曾官兵部郎中，故稱程周量職方。

秦郵雨發留别諸子

長湖細雨逐歸舲，垂柳垂楊滿路青。酒斾遥隨香稻散，漁燈猶照夜珠醒。蘇黄舊事寧搖落，秦漢遺蹤漸杳冥。何日花絲重攬勝，飽餐蝦菜足飄零。

挑河即事

漕渠畚鍤萬人愁，少府金錢莽未休。實爲黄河衝射瀆，致令禹貢滯揚州。歲煩鼛鼓驚淮甸，日有彈章徹殿頭。一線蜿蜒滄海路，不知何處是遺溝。

以上《揚州府志》

送徐健庵編修北上

黄花白雁繞江城，送子軺車達帝京。路過梁園秋草合，天迴冀野雪峯晴。重來紫闥呼僚友，誰掌絲綸是弟兄。寒漏霜飛趨入直，竚聞天語問蒼生。

【箋注】

徐乾學（一六三一—一六九四），字原一，號健庵，江南昆山人。顧炎武外甥，與弟元文、秉義皆官貴文名，人稱昆山三徐。乾學拔康熙庚戌探花，授編修。後官至刑部尚書。曾主持編修《明史》、《大清一統志》、《讀禮通考》等，著有《憺園文集》三十六卷。徐乾學與鄧漢儀有交遊。《詩觀》二集卷二徐乾學詩後，鄧漢儀云：『予嘗論健庵詩以漢魏四唐爲主，不雜宋人一筆，是能主持風氣、不爲他說所移者。把晤維揚，盡傾笥中所藏，授余點定。因歎吾道不孤，亟須臺閣諸公力追正始耳。』徐乾學有《吳江旅舍示弘仁孝威》（清康熙冠山堂刻本《憺園文集》卷四）詩送鄧漢儀等，鄧漢儀亦寫下此詩送徐乾學。

綠水送春帆

一棹輕移過碧巒，桃花新浪正漫漫。經春故染滄江綠，過雨初添畫舫寒。飛去天涯風絮亂，泊來水市夜燈殘。誰家簾幙多思婦，錯認歸舟仔細看。

都門送夏蘇州

薊門霜落雁高飛，明府東行四牡騑。江樹遠分神女賦，楚雲晴繞大夫衣。官衙吏散青峯出，野浦人歸白苧稀。好訪當年皮陸侶，蘇臺芳草正斜暉。

寄王近翁

秦淮旅舍一樽同，别後音書斷馬融。冀北喜傳三策異，江南開遍萬花紅。暫辭金埒沙塵外，還醉銀箏夜月中。待訪春城索新句，垂垂楊柳正東風。

維揚客舍冬暮送黄與堅歸里

苕上相逢一曲歌，别來蹤跡暗漁蓑。江山邂逅仍明月，湖海蒼茫是畫戈。酒氣夜通梅信暖，詩情日停柳條多。羡君著述高千古，那用金門曳佩珂。

【箋注】

黄與堅（一六二〇—一七〇一），字庭表，號忍庵，江南太倉（今屬江蘇）人。順治十六年己亥進士，授推官，旋以奏銷案罷。康熙十八年應博學宏詞試，授翰林院編修，擢詹事府贊善，二十七年典貴州鄉試。曾分修《明史》及《一統志》。黄爲『婁東十子』之一。鄧漢儀與黄與堅同應康熙博學鴻詞試，多有交往。鄧漢儀亦重視黄與堅詩，《詩觀》初、三集共收黄與堅詩十四題。黄與堅詩歌重視遣詞造句，鄧漢儀評其詩《語水道中》云：『詩有妙句，從當境忽然而得，直是心靈筆妙。』對《宿慈勝寺》詩評曰：『追琢，又極天然。河西務老生二十年工夫之言，良爲不謬。』《雨夜宿西湖慈受庵》則有曰：『膚率爲詩家大病，庭表出之深毅，想其苦吟斷髭時。』對《語石潭》用『新卓』；對《同友人分水墩夜泊》則謂『錘』，評《溧陽道中》用『秀挺』，《碧雲別墅》則『精光璀璨』，《沖風渡江作》更用『奇』評其詩句。

送金公長真陞江寧觀察

芙蓉幕下共瞻荊，始與公訂交陳撫軍幕下。二十年來縞紵情。老我狂生甘道路，羨君高步陟都城。白雲西署猶投轄，青草南湖又聽鶯。珍重夷門千載誼，只今感激倍侯嬴。

十年彈鋏向天涯，始信平原氣誼賒。再到中州無歲月，揭來佳信忽京華。聞公出守維揚。欣逢皂蓋臨邗上，快與程生醉酒家。時程穆倩喜極，共飲樓上。春夜相同興不淺，綺筵明月傍琵琶。

五馬初來竹馬紛，那驚烽火照山雲。時有兵警。千家巢燕陳諸戲，公以方畧禦侮，頓平。一夕椎牛響萬軍。鎖鑰不妨寬士女，聞變時，公士女出城暫避鋒刃也。樽罍依舊話詩文。只今綠鬢紅窗裏，手爇名香送使君。公升任時，士女送者甚眾。

甲辰上巳宮紫玄招同劉雲麓使君楊恂庵田樹百暨令子武承於小西湖修禊次劉雲翁韻

憶昔湖堤芳草芊，同人曾此鬬華筵。一行雨散空如夢，可忍鶯啼復禁烟。勝地樽罍私我輩，佳時絃管續□年。休因離緒爲歡減，且擬新詞和謫仙。

以上《詩箋》

暮春席允叔招飲聽花書屋即席分賦

喜有黃魚助酒筒，卻開亭館坐東風。陰陰柳絮穿簾盡，隱隱歌船卷幔同。吾輩歡場殘雨外，一春衰病萬花中。當杯那管巖城鎖，愛聽流鶯繞廢宮。

【箋注】

《淮海英靈續集》己集卷三：『席居中，字允叔，錦州人，僑居江都。王小村云：雲叔父敬軒藏富。允叔築帆影樓，爲過江人士文讌地。與鄧孝威、倪永清、魏惟度、趙乾符、徐松之、黃交三、姚仙期同時操選政，國初風雅稱極盛。選《昭代詩存》，著《臥石山房稿》。』嘉慶《江都縣續志》卷一二：『康熙間，錦州席居中，字允叔，隨父寓江都。居中擅文翰，好結納，築帆影樓於城南，過江名士咸與賡和，選輯《國朝詩存》。其時，泰州鄧孝威選《詩觀》於文選樓。」《詩觀》初集卷七、二集卷七共選評席居中詩三十八題。

寄懷廣平申鳧盟

南北離居信渺茫，遥憐瓜圃接茅堂。千秋箕尾光寧滅，一代風騷業未荒。滏水烟霞淹酒客，叢臺歌舞黯漁郎。肯因驃騎門庭盛，也自翩翩大道傍。

得魏叔子還山近耗喜而有作

虔南半壁散青烽，落日人歸鄉思濃。休擬辭家侵戰馬，正堪閉閣講潛龍。春風江店遥聞信，細雨山堂獨種松。安得夜深攜襆被，與君同宿翠微峯。

【箋注】

魏禧（一六二四—一六八一），字叔子、冰叔、勺庭，號裕齋，江西寧都人。明崇禎七年甲戌庠生，康熙十八年舉博學宏詞不與試。有《魏叔子文集》、《魏叔子詩集》。鄧漢儀對魏禧詩文均有評點。

送姜奉世歸吴門　如須吏部之子

憶與君家吏部遊，燕山烽火石城秋。最憐宿草人如夢，卻接孤兒淚更流。春盡隋橋櫻筍譙，雨垂滄海木蘭舟。吴山此去堪吟眺，莫爲兵戈起獨愁。

【箋注】

姜奉世：寓節（一六四二—一七〇〇），清李桓《國朝耆獻類徵初編》卷四七一《隱逸》十：『奉世名寓節，奉世其字。世家萊陽，而轉徙於吴，今爲吴縣人。萊陽之姜，當故明末造，父子兄弟以忠孝節義暴於天下。贈大中大夫、光禄寺卿、謚忠肅，諱瀉里者，君之祖也；中崇禎庚辰進士，官行人司行人、私謚貞文，諱垓者，君之父也。』

集席允叔寓園同黄仙裳諸子賦

瀨國春陰只閉門，伊人一棹下江村。泊船恰聚同心客，剪韭因開夜雨尊。遊事新年花始放，戰場何處柳還存。揚州此去逢寒食，曾向東風解斷魂。

以上《昭代詩存》

送熊少宰守制歸豫章

盧溝驅馬北風高，慘淡浮雲盡日號。已自陳情艱李密，忍將啟事溷山濤。百年馬鬣披霜草，萬里猿聲繞布袍。墨經縱然誇盛事，主恩乞得守蓬蒿。

【箋注】

熊文舉（一五九五——一六六八），字公遠，號雪堂，江西新建人。明崇禎四年進士，授合肥縣令，擢吏部主事。入清至康熙元年起爲兵部左侍郎，二年，以病乞假歸。康熙八年卒。有《雪堂全集》等。少宰：北宋政和中改左右僕射爲太宰、少宰。明清俗稱吏部侍郎爲少宰。守制：即守孝，爲居喪制度。鄧漢儀《詩觀》初集卷五選其詩十五題。

丙寅新秋吴子班過海陵依韻奉酬

芒鞵不惜走燕關，惆悵忠魂沒亂山。幸得史官留直道，憶來戰鼓動行間。爾真孝子能兼義，代有遺民不是頑。瑣瑣莫將鈎黨說，君家文謝幾能攀。時尚有言明季黨事者，意借樓山先生以自重，不知所重不在此也。

【箋注】

吴孟堅（一六三五—？），字子班，號小山。清吴德旋《初月樓聞見録》卷八：『吴小山，名孟堅，貴池人。次尾先生子。次尾殉節時，孟堅尚幼。既稍長，訪諸父執，搜遺文刊之行世。徒步入京師，上書史館，請爲父立傳。歸而屏跡著述。有《讀史漫筆》若干卷。』鄧漢儀對吴孟堅上書史館，請爲父立傳事跡非常感佩，《詩觀》三集卷一二吴孟堅詩後，鄧漢儀云：『子班以尊甫樓山先生死節事重趼至國門，上書史館，遂蒙立傳，其志苦矣。數篇忼烈，有易水擊筑之風。』

以上《詩永》

送友

竹塢淹留漫舉觴，笛聲何處怨山陽。千年風物猶江左，一代威儀自奉常。瓜步雨晴寒雁渚，楓橋魚滿夜燈航。懸知道路觀公瑾，清曲重聞更幾行。

《皇清詩選》卷一七

癸亥中秋後一日瞿山先生招集秦淮舫中分韻

涼月依然散碧輝，畫船移處夜烏飛。橋連桃葉堪沽酒，岸隔蘆花半搗衣。沈醉卻談南史盡，時同諸君應徵修志。冶遊未覺古人稀。祇憐盧女門墻在，賸有垂楊大十圍。

《天延閣贈言集》卷四

【箋注】

此詩爲康熙二十二年與梅清在南京纂修《江南通志》時所作，中秋前後多次宴飲唱酬。中秋前二日，即八月十三，梅清有《中秋前二日燕後同鄧舊山黄仙裳蔡息關宗鶴問張沖乙金雪鴻吴㝢公徐程叔諸子出院步秦淮河上仍用秋字》（《天延閣後集》卷八癸亥詩）。中秋後二日，即八月十七日，鄧漢儀又與梅清、黄雲、蔡方炳、宗觀等諸子於秦淮汎舟賦詩，梅清有《中秋後二日同陳滌岑鄧舊山白孟新黄仙裳宗鶴問蔡息關黄静御何雍南張沖乙吴㝢公孫子寬端燧承戴無忝金雪鴻徐程叔陳綏四徐希南諸公秦淮舟汎分得九青》（《天延閣後集》卷八癸亥詩）。鄧漢儀此詩寫於中秋後一日，即陰曆八月十六。

增補

花朝飲張惟則邸中

花時聯〔一〕騎過春城，不飲空辜燕市名。金甲御溝芳草路，銅駝故里落花聲。偶因紅袖香塵暖，卻對黃壚夜月明。文酒十年雙鬢在，秣陵楊柳更關情。

【校記】

〔一〕『聯』，清光緒二十八刻本《吾炙集》作『連』。

【箋注】

此詩底本闕，今據清刻本《吾炙集》卷上補入。此詩當爲鄧漢儀《燕臺集》詩之一。鄧漢儀曾於順治八年至九年、順治十二年客龔鼎孶幕，且次其此期詩爲《燕臺集》，但此集今不見。錢謙益輯《吾炙集》選鄧漢儀此首《花朝飲張惟則邸中》及以下《乙未都門元夕即事》三首、《過泡子河感舊》、《三月十九日感事》共六首詩。錢氏注云『詩名《燕市酒人篇》』，《燕市酒人篇》當爲《燕臺集》另一名稱。花朝節，北方每年陰曆二月十五日（南方爲二月十二日）爲花朝節。《吾炙集》評『金甲』二句：『絕似金人元裕之、李長源風調。今人動稱盛唐李、杜，偶人衣冠，何足以知此。』

乙未都門元夕即事三首

千門朔氣隱蓬萊，元夕春風雪裏回。士女競傳燈火節，衣冠齊倒酪漿杯。平陽雲暗珠圓〔一〕冷，太液波寒畫角催。消息九關嚴鎖鑰，君王親上晾鷹臺。

東華鐙市久闌珊，靈佑宮前集寶鞍。何處槃匜猶舊內，近聞華萼闘長安。龍驤邸第香塵暖，燕寢歌鐘子夜寒。誰向天門頻痛哭，太平風景勝三韓。

左報居庸盛料兵，牙旗千隊出都城。樓船自戲金焦港，馳馬誰連瀚海營。火樹通宵明戰地，檀槽一夜起邊聲。辛勤萬乘親馳擊，滿萬生兵舊有名。

【校記】

〔一〕『圓』，清光緒二十八刻本《吾炙集》作『圍』。

【箋注】

乙未，即清順治十二年。是年鄧漢儀在京城龔鼎孳幕。《吾炙集》評第一首：『亦復莊嚴如應制之作，所以爲佳。』

過泡子河感舊

一水逶迤滿塞沙，昔年曾此鬬繁華。園林夜雨狐千隊，城郭春陰鬼萬家。王謝已銷朱邸夢，魚龍空識御溝花。淒涼日暮笙歌盡，老樹悲風起黑鴉。

以上《吾炙集》卷上

【箋注】

泡子河，指北京內城東南角的一段河流，原爲元大都通惠河在城外之一段故道。明遷都北京後，將元大都南城牆南移二里，重新挖掘護城河。在建城過程中，暫時利用這一段河道，引出六海洪水。明内城建成後，這河道就成了内城東南角的一段『盲腸』。至清初，此處仍爲内城較低窪之處，京師人稱之爲『泡子』，此河段被稱爲『泡子河』。《吾炙集》評『園林』二句：『淒涼慘淡，可泣鬼神矣。』

寄懷劉公㦷時公㦷北上

天涯雨雪夢劉生，聞道煌煌京雒行。季布果能高一諾，相如豈肯負連城。黄河夜走魚龍氣，紫塞寒歸虎豹聲。立馬薊門春色遠，不知楊柳是閨情。

【箋注】

此詩底本無，今據道光《阜陽縣志》卷二二補入。劉體仁（一六一八——一六七六），字公㦷，號蒲庵，江南潁州籍，河南永城人。清順治十二年乙未進士，歷官刑部主事、吏部郎中等。劉有《七頌堂詩文集》。劉體仁爲鄧漢儀結拜兄弟。《詩觀》二集卷一劉體仁詩後云：『公㦷爲予三十年來八拜之交，丙辰冬倏爾長逝。點次遺集，不勝泫然。』

酬張明府還額詩

萬竹千松繞寺門，金華學士手題存。江山兵火迷堂額，風雨天龍護墨痕。舊榜忽歸紺殿麗，星官重認寶幢尊。非關明府能還璧，零落延津欲斷魂。

【箋注】

此詩底本無，今據《天童寺志》卷八下補入。

慎墨堂詩拾卷七

五言排律

劉愚公以秋實園假余一載移家東去賦詩以謝

名園寧易借，憐我似張融。一榻蒹葭外，孤燈楊柳中。春深頻護竹，秋老愛吟楓。入鏡山如髻，繙書簾作籠。溪塘憑婦汲，畦圃識鄰通。客喜看初杏，僧知報早鴻。暫名陶令宅，終遜子猷風。花鳥能無戀，簞瓢恨未充。移家難免俗，學送古人窮。

秋客廣陵訪詞臣岱詹於舊城廢寺則詞臣已去之白門因與岱詹徘徊古文選樓下弔古慨今得十二韻

不作江都夢，於今又幾年。城蕪留賦草，戰苦斷花鞭。風雨連荒驛，蒹葭送客船。當壚人半老，種玉地無仙。踏草蟲依寺，披帷月到氈。乘秋惟有翰，睹墅已無元。登眺尋佳勝，荒涼感燧烟。跡傳梁太子，文識晉諸賢。頹謝爭孤鼠，昏雲響杜鵑。吟懷何地好，苦淚別時懸。嘖嘖偏安舊，棲棲旅況邊。蕭梁遺址在，空倚夕陽天。

以上《詩永》

病中蔣行乾移酒過寓聽季瑞生度曲即事

離家剛幾日，客病又紛紜。貧向臨邛劇，詩從鄴下分。有懷對朋好，無夢悵離羣。感爾頻過從，令余相見欣。酒沽梁子岸，鶯繞闔閭墳。並酌春烟冷，同遊花氣熏。胡來湘芷佩，卻擬石榴裙。淺月香生樹，深杯綠到雲。一簫吹葉落，半燭待鴉聞。狂處角巾亂，醒時蠟屐勤。周郎曾幾顧，阮籍竟成醺。念爾難勝坐，窺余雅善文。將離吳寺榻，頻贈楚江芸。即此愈消渴，慇懃總付君。

余將遊吳門復滯梁鴻溪上酒間丁子期別余去賦此贈送兼訂同遊

咫尺不能去，予懷重所思。良辰命短屐，好友載新醞。訪月溪邊坐，烹泉雲外吹。歌聲隨棹遠，遊興借筇支。自有風流理，偏多絕妙辭。秋衫香可即，春草夢全貽。邂逅增稠疊，歡娱翻別離。帆催樗里曲，杯盡楊花時。倏忽過闢墅，依稀見酒旗。湖青烟窈窕，山緑樹參差。踏處應連臂，攜來定畫眉。訪祠依短簿，攀閣問西施。予嘆猶羈病，君情任慧癡。幸無抛虎石，好待醉雞陂。佇聽寒鐘夜，江楓一葉移。

【箋注】

梁鴻溪：即梁溪。梁溪源出無錫惠山，北接運河，南入太湖。傳説東漢梁鴻曾居此地，因名梁鴻溪。

皖桐吴子遠春初過訪久客維揚賦贈

忽忽離情起，黄梅雨一簾。猶思高軒過，正值春草漸。談笑雖云隔，肝腸則已覘。曩傳桃葉詠，今訪柳花帘。遊以才名重，家因兵火阽。隋宮人已盡，謝墅風猶瞻。夢斷蕪城月，潮來揚子蒹。愁懷天並酒，得句字爲縑。果向隆中卧，寧終江表淹。登樓頻引睇，風矩宿高巖。

期白英子不至念之

開簾深望子，空谷衹跫音。風物清堪愛，詩腸瘦獨吟。臨軒虚授簡，對月罷鳴琴。暫喜兵戈息，何堪笑語沈。酒旗風正好，畫閣葉初深。曾共休文歎，指沈林公。誰同剡曲尋。良懷原自古，佳侶況如今。世態浮雲色，山盟寒石心。三秋嗟已半，攬袂亟登臨。

秋夜偶閲同社姓氏凋謝良多不勝人琴之感賦此志慟

名輩一時盡，遙遙淚滿裳。才難原昔歎，人邈自今傷。挺出非無故，騫修已信芳。豔思驚絕調，奇句叶雕梁。游屐東南徧，詩壇吳楚望。畫烟爭載緑，吟日未離黄。挾妓歌喉緩，尋僧落葉香。半生山水夢，一代賦騷狂。黛色初調後，琴聲不再行。應劉何命薄，嵇阮亦身亡。天意重摧折，予心彌慨慷。佳文猶在袖，鬼録竟盈箱。此夕秋皆月，孤墳草已霜。嗅聲紅臂冷，索影碧簫長。聚散潭如鳥，榮衰宛似楊。同儕何日會，太息不能忘。

寄懷章素文同社

别子是何處，依稀想白隄。曾同花下夢，空憶雪邊溪。一棹烟蓑北，千峯砧杵西。貂裘何自覓，馬櫪未長嘶。涕淚餘燕薊，文章漫宋齊。草深麋鹿苑，春老苧蘿谿。多病應憐卓，相思每爲嵇。洞簫吹月散，團扇索詩題。卻歎遊桃葉，空然識燕泥。山裝歸去疾，水調唱來悽。年少原推爾，才高尚愛奚。深情看冷絮，别恨寫荒雞。詠史篇當寄，登臺望已迷。只今官閣上，頻念美人荑。

以上《吳陵國風》

金長真太守興復平山堂落成讌集紀事一百韻

一代風流地，千秋翰墨場。由來必修復，此日極飛揚。會有詞人至，纔教古蹟彰。蕪城稱要壤，隋氏此阿房。碎瓦填荊棘，遺釵墮渺茫。玉鈎誰粉黛，錦纜絕宮墻。萸老侵邗瀆，烏啼剩蜀岡。尚聞推慶曆，共爾說歐陽。夙昔分符好，於今惠澤長。訟庭蕭冷極，别墅嘯歌忙。闢地曾丹嶺，開筵有畫堂。盡收江表勝，來集庾公床。草色穿簾碧，荷花入座香。臨風揮萬字，對月倒千觴。宋社雖云屋，廬陵自建坊。兒童尊謚號，守牧勵蒸嘗。弭節尋烟雨，支笻到雪霜。亂碑爭斷續，舊榜閱興亡。何代無鋒鏑，難摧是棟梁。戎衣喧四鎮，官閣壓南唐。豈意烽燔息，翻成俎豆殃。始憐檐宇塌，漸訝藋蓬荒。廢址沙蟲泣，空山石馬僵。基猶需土木，龕肯付滄桑。可歎緇流盛，羣然正教戕。率徒恣竊據，糾黨肆披猖。寶殿森金像，珠林侈鐵航。村翁路頂禮，吾道竟更張。賢守初臨郡，先祠擬奉璋。苾蒭咸梵誦，廟主忍凋喪。誓欲恢輪奐，其如務保障。檄書昏海岱，甲馬赴荊襄。廨舍難安枕，戈船急裹糧。縱懷興復志，且逐戰爭行。士女旋綏輯，貔貅變吉祥。猺氛新稍帖，梨壘總無妨。爰議循名麓，非徒訪辟疆。咨諏疲杖屐，涉歷徧松篁。雅俗才均用，經權術互臧。沖襟惟善濟，制事貴能剛。已見閭黎服，還矜庶姓良。東西勤卜視，左右猛劻勷。襟帶原潮汐，衣冠儼珮瑲。雄圖真廣大，碩德最芬芳。羽翼仍靈鷲，規模豈餼羊。所驚時迫促，倏覩勢軒昂。繡拱蟠雲日，璇題拱帝王。泉聲秋細細，嵐氣曉蒼蒼。次第標巍觀，躊躇布曲廊。繚垣低見樹，遠水靜鳴榔。聯絡司徒宅，淒迷豔女鄉。江城頻宛轉，寺塔久埋藏。箭激知遊獵，簫吹憶靚妝。是宜棲六一，果足表天章。寒雨微郊甸，邦君治酒漿。招邀多上客，讌飲埒清漳。出郭層層碧，過橋葉葉黃。取途須法海，弔古競雷塘。分路移螭舫，沿堤走驌驦。衝泥還徑滑，攀榭得風涼。霽景符佳會，歡情愜大匡。交加繁劍舄，入奏繞笙簧。道廣心彌篤，民和政自康。獻酬臻揖讓，言笑悉賡颺。正可調琴瑟，兼之盛篚筐。烟霞憑寄興，亭館屬相望。披莽先茲日，誅茅定各方。雅能羅苑囿，非僅矚帆檣。約種前朝柳，全栽滿路棠。依稀窺牧舍，縹緲露漁莊。我愧身飄泊，公爲世紀綱。虛衷王粲賦，折節禰衡狂。青眼年華費，朱門禮數忘。蕭樓深閉匿，鄴下健翱翔。喜遇崇臺麓，叨承楚醴光。應徐甘引避，枚馬益騰驤。即事傳鸚鵡，遭時吐鳳凰。鮑昭原足擅，吳濞詎推强。班管傾三峽，紅箋疊十箱。使君尤卓犖，搖筆每鏗鏘。吏散偏芸帙，軍呼只錦囊。憑欄芍藥畔，拂簟杜鵑旁。佇倚髯蘇句，姑留憲使裝。遲遲親冕黻，隱隱送豺狼。磨盾方戎幕，飛書阻越裳。拊髀要絳灌，蒿目在農商。巖壑應無恙，樽罍恐未遑。軺車維咫尺，棊局待徜徉。託乘專提挈，投壺又頡頏。并州怡夢寐，建業仗金湯。勉爾修鐘鼓，吟詩罷斧斨。共言安石後，譽望允輝煌。

《揚州府志》

慎墨堂詩拾卷八

五言絕句

白沙詞

一夜東風吹，估船發江渚。高樓誰倚欄，半是襄陽女。
真州大賈豪，離別生來慣。每值開帆時，家家寄書札。

《揚州府志》

詠春雨草堂

湖水光如鏡，亭臺侵碧虛。呼童花下立，時護放生魚。
過橋地一區，堪作梅花圃。不抱鐵石心，那能守春雨。

《春雨草堂別集》

柬沈林公

酒甕定新開，詩囊應不空。可知短榻人，獨抱相思夢。
春夜苦無多，良游獨須秉。請看風雨村，留得桃花影。

【箋注】
此詩第二首又收入《清詩初集》卷一一。

秋歸

烟樹遠模糊，驚疑山萬疊。何處秋風高，吹來盡黃葉。

春雨閨情

儂夢乍成時，春雨檐前急。懊儂儂不眠，徒使衣裳濕。

花朝不赴諸同社盟集

竹林舊有社，載酒訂重遊。猶歎吟花者，高眠水部樓。

辭郎河　天女與董永别處

與卿既有緣，何事急歸去。不道神仙流，臨行無密語。

以上《吴陵國風》

竇應雙烈士祠　祠在縣城西，祀漢東郡太守臧洪、東郡丞陳容

東郡誠慷慨，同時節烈雙。寧爲張超死，不爲袁紹降。
瞋目數本初，大義炳天日。非爲篤雍丘，實爲匡炎室。
廣陵陳孔璋，詞翰豈不美。碌碌袁曹間，有愧二烈士。
誰其新廟貌，狐鼠走荒楹。當年灑碧血，寧求蘋藻榮。

雍正《揚州府志》卷一四

擬閨中怨詞

新裁合歡被，不敢覆空床。夜夜點明燈，拂拭舊鴛鴦。

《詩永》

慎墨堂詩拾卷九

七言絶句

題息夫人廟

楚宫慵掃黛眉新，只自無言對暮春。千古艱難惟一死，傷心豈獨息夫人。

【箋注】

三卷本題下有注云：『龔芝麓座上作。』息夫人：息嬀。息嬀爲春秋時息國（今河南息縣一帶）國君夫人，亦稱桃花夫人。《左傳》莊公十四年：『蔡哀公繩息嬀以語楚子，楚子遂滅息，以息嬀歸，生堵敖及成王焉。未言，楚子問之，對曰：「吾一婦人而事二夫，縱不能死，其又奚言。」』《大清一統志·漢陽府》：『桃花夫人廟，在黄陂縣東三十里。唐杜牧有《題桃花夫人廟》詩，即息夫人也。』

厲烈士招遊天寧寺塔有作

千丈浮圖未敢登，佛龕聊與伴香燈。十年親酌曹溪水，我亦江湖破衲僧。

【箋注】

此詩又收入《淮海英靈集》丁集卷一。厲烈士：厲士貞。江南儀徵人，順治乙酉舉人，康熙庚戌進士。著有《獨快山房文集》、《舟南録》二卷。

詠懷

南漢山川戰血班〔一〕，尚留花塢荔支灣。可憐雙女降幡動，寂寂〔二〕昌華輦路閒。
雲暗陰岑犀甲多，風吹漲海蜑船過。好看銅鼓荒祠下，萬古人傳兩伏波。
戰艦黄昏覆淺灣，陰雲千載疊空山。銷魂最是烟波客，陪葬君王有白鷴。
刺桐花發鷓鴣啼，蘭葉春生翡翠低。底事風流濠畔盡，女香姑葛一時迷。

【校記】

〔一〕『班』，《淮海英靈集》丁集卷一作『斑』。

〔二〕『寂寂』，《淮海英靈集》丁集卷一作『寂寞』。

濛瀼歸舟偶成

青茅春瘴逐山流，細雨孤帆漾客愁。聽徹猿聲江更闊，衹疑天上是韶州。

【箋注】

此詩又收入《淮海英靈集》丁集卷一，寫於順治十三年冬或十四年春隨龔鼎孳出使嶺南時。濛瀼：即瀼濛，古驛站名，在曲江縣（今廣東韶關市曲江區）。

曲江野望

筆峯高倚郡城樓，萬古任囂殺氣浮。卻望衡湘衣帶接，青山無數入郴州。

【箋注】

曲江：即曲江縣（今廣東省韶關市曲江區）。此詩寫於順治十三年冬或十四年春隨龔鼎孳出使嶺南時。

韶陽寓感

整冠亭畔草萋萋，一曲南薰落照迷。腸斷九疑山似黛，鷓鴣飛入竹間啼。

【箋注】

韶陽：指韶州，即今廣東省韶關市。此詩寫於順治十三年冬或十四年春隨龔鼎孶出使嶺南時。

過江州琵琶亭

江州遷客未歸秦，絃索初聞淚滿巾。今日善才風調盡，蝦蟇陵下總新人。

以上《昭代詩存》

【箋注】

江州琵琶亭：故址在今江西九江市西長江東南岸。《寰宇記》卷一〇一江州德化縣：琵琶亭『在州西江邊。白司馬（白居易）送客湓浦口，夜聞鄰舟琵琶聲，問之，是長安娼女嫁於商人，乃爲作琵琶行，因名亭。』

江行雜詠

江州解纜客途長，三日西風逼建康。試問誰人鎮姑孰〔一〕，青山牛渚滿斜陽。十載遊蹤泠燕磯，今來旅棹復將歸。卻憐亭子空青極，無限鵁鶄自在飛。

【校記】

〔一〕『孰』，《淮海英靈集》丁集卷一作『熟』。

別趙五紘

梁園深夜促開筵，酒醒明朝問玉鞭。莫怪青衫易憔悴，蔡州今在亂雲邊。

【箋注】

民國《寶應縣志》卷一六《人物·文苑》：『趙開雍，字五紘，順治丙戌舉人，授兗州推官，遷南安同知，再遷慶遠知府，致仕。開雍長於政事，所至皆有聲，尤喜風雅，雖案牘盈積不廢觴詠。』『所著有《東魯草》、《嶺北草》、《粵遊草》。』鄧漢儀《詩觀》初集卷四選評其詩二十題。

散花洲

橫槊高歌月滿船，東南風起焰連天。極知江左人才盛，無那周郎更少年。

【箋注】

光緒《黄州府志》卷三蘄水縣古跡：『散花洲：在縣東南六十里。吳周瑜破曹兵，釀酒散花，勞軍於此。』散花洲又名散花灘，位於今湖北黄石西塞山對面長江中心。

白隄雨泊

白隄春盡水連空，吳榜頻吹柳絮風。忽忽酒醒眠不得，五更新雨打船篷。

以上《感舊集》

【箋注】

此詩又收入《詩觀》初集卷六。

中秋坐雨水繪庵聞巢民先生抱痾戲作四斷句

擬對冰蟾倒碧筒，那堪伏枕落花中。天公也識文園意，不放清光出桂宫。

我擁單衾宿水濱，君從綺閣展重茵。由來境地都懸絕，雨雨風風未惱人。

休憐瘦影傍維摩，自染秋光抱綺羅。愛拂桂枝看擣藥，深閨那是一嫦娥。

久傳顧曲有周郎，懶便行雲學楚王。夢去廣寒人未信，明朝親與寫霓裳。

徐郎曲

一曲清歌徹夜聞，粧成紅袖更殷勤。殢人也自烟花亂，不敢當筵喚紫雲。

燈炧花寒歌板停，曲房深處酒微醒。堪憐生小江南意，一到文園眼自青。

楊枝曲

金山楊柳盡蒼茫，張緒風流枉斷腸。不道過江蕭瑟後，一枝獨自挂斜陽。

陽羨書生促賦詩，竹西渡口欲歸時。主人不用金樽勸，只有楊枝管別離。

以上《同人集》卷六

過某氏廢園

蕭蕭梧竹此城隅，腸斷西風淚眼枯。畫屧粉妝何處是，雕欄夜夜走羣狐。
柴市淒涼暮雨愁，從軍小隊更邊州。忽經綠野平泉地，始識君恩萬古流。

《詩觀》初集卷二

枕烟亭雪集聽白三琵琶

寒日林園酒復陳〔一〕，琵琶急響似西秦。赤眉銅馬千秋恨，譜入鵾絃最感人。
北極諸陵黯落暉，南朝流水照青〔二〕衣。都來〔三〕寫入霓裳裏，彈向空園雪亂飛。
白狼山下白三郎，酒後偏能說戰場。颯颯悲風飄瓦礫，人間何處不昆陽〔四〕。
天寶傳頭竟屬誰，四條絃子斷腸時。禿衿〔五〕窄袖當壚女，今日公然識段師。

《詩觀》初集卷二

【校記】

〔一〕「酒復陳」，《國朝詩别裁集》卷一二作「尊酒陳」。

〔二〕「青」，清徐珂《清稗類鈔》音樂類作「烏」。

〔三〕「來」，《國朝詩别裁集》卷一二作「將」。

〔四〕「人間何處不昆陽」，《國朝詩别裁集》卷一二作「座間人似到昆陽」。

〔五〕「禿衿」，《國朝詩别裁集》卷一二作「蠻靴」。

【箋注】

《慎墨堂詩拾》三卷本其題下有案語云：「白生，名珏，字璧雙，通州人。琵琶第一手，梅村祭酒《琵琶行》蓋爲生作也。」此詩又收入《國朝詩别裁集》卷一二，作《枕烟亭聽白三琵琶》。其中第二首又收入《篋衍集》卷一一，第三首又收入《清詩初集》卷一二、《篋衍集》卷一一。《國朝詩别裁集》本第三首詩後原有自注云：「時正雨雪。」枕烟亭：位於如皋水繪園内。康熙九年，鄧漢儀寓居水繪庵期間，與冒襄、黄雲、陳維崧、許承欽、陳世祥等友人於水繪園枕烟亭，聽白珏琵琶，維崧作《摸魚兒》詞，鄧漢儀亦有《枕烟亭雪集聽白三琵琶》。《詩觀》初集卷二黄雲《贈白璧雙》詩後，鄧云：「庚戌，僕有《枕烟亭雪集聽白三琵琶》。」

和定園六首之一

豫山驪唱滿筵秋，明日騎驢入〔一〕汴州。羽檄如飛軍鑲急，空城髮白是君侯。

《詩觀》初集卷四

【校記】

〔一〕「入」，底本作「出」，據《詩觀》改。

【箋注】

戴明說（？——一六六〇），字道默，號巖犖，晚號定園，滄州人。崇禎七年甲戌進士，授戶部陝西司主事。仕清，順治十三年擢戶部尚書，十七年去官。有《定園詩集》、《定園文集》等。康熙十年癸巳，鄧漢儀隨戴明說到南陽任上。《定園文集》（國圖藏清康熙戴氏平山在東閣刻本）鄧漢儀序云：「先生以少司農出參宛藩，招余同往。」此年深秋，鄧漢儀離開南陽。鄧氏於《詩觀》初集卷四戴明說《宛南秋日慰留鄧孝威》詩後附記云：「癸巳同公之宛南，結又茅廬以居。秋深忽忽欲別，相視和歌，至今把誦，猶憶當日綠酒紅妝，西風驪唱時耳。」戴明說有《宛南秋日慰留鄧孝威》詩六首，其四：「猶有行歌敵勁秋，空天雁影下衡州。悲來買卜君平宅，策杖蕭蕭留鄧侯。」此詩後鄧漢儀記云有此絕句和戴明說。

過東昌

火牛即墨戰如雷，燕將丹心死不灰。何事只今聊攝路，行人惟説射書臺。

《詩觀》初集卷一一

【箋注】

東昌：即東昌府。明洪武初改東昌路爲東昌府，治所在聊城縣（今山東聊城市），一九一三年廢。

題吳巖子青山集

江湖萍梗亂離身，破硯單衫相對貧。今日一燈花雨外，青山自署女遺民。

六朝春草盛詩名，流寓偏深廡下情。教得左家嬌女在，東平今喜嫁劉生。

當時閨閣愛招遊，曾倚朱欄聽暮潮。可奈柳花零落盡，白頭空憶段家橋。

繡佛簾帷懶自開，六時清磬繞香臺。紛紛女伴齊歌舞，休遣鈿車十道催。

《詩觀》初集卷一二

【箋注】

此詩作於康熙十年辛亥。鄧漢儀於《詩觀》初集卷一二記云：『予昔與楚玉交，辛亥客維揚，巖子以《青山集》見貽。予成四截句題其上，巖子覽之喜甚，因論次其詩，付之剞氏。』

憶同龔定山尚書遊嶺南距今十九載矣甲寅秋日汪蛟門舍人以梁蒼巖大司農使粤詩屬余選次因題其上得截句四章〔一〕

昔年嶺嶠暫淹留，節過傳柑便放舟。咫尺粤西烽火惡，不堪重上五層樓。

過嶺詩如真定稀，忽思洍水淚霑衣。憶同瘴雨蠻烽夜，埽石題詩萬里歸。

驚喜平安使節回，惡灘風雨故相摧。縱然身傍啼猿宿，不向蠻天哭戰灰。

春風油幕夜搊箏，喚出柔奴劇有情。一别珠江烟雨暗，鷓鴣啼煞五羊城。

《詩觀》二集卷二

【校記】

〔一〕詩題，《慎墨堂詩品》梁清標詩附題作『題梁蒼巖先生使粤詩後四絕句』。

【箋注】

此詩又附見《慎墨堂詩品》梁清標詩。梁清標（一六二〇—一六九一），字玉立，一字蒼巖，號棠村，一號蕉林，直隸正定（今屬河北）人。明崇禎十六年進士，授翰林院庶吉士。清順治元年補原官，尋授編修，累遷至禮部侍郎，改吏部侍郎。順治十三年補授兵部尚書。後歷禮部、刑部、戶部尚書，保和殿大學士等職。著有《蕉林詩集》、《棠村詞》等。大司農：明清戶部掌漕糧田賦等，故稱戶部尚書爲大司農。康熙十三年秋，汪懋麟攜梁清標使粵詩屬鄧漢儀評選，鄧漢儀有感題四絕句於其上。

贈吳門王鶴洲

肯貪黄綬走風塵，且向侯門穩貯身。教得吳兒聲似玉，重重簾幙最宜人。

天寶清歌本絕塵，何戡幡綽屬前身。休懷明月分湖好，採訪而今是主人。分湖謂葉星期也，與鶴洲最昵。

《詩觀》二集卷三

答彭然石道中見懷二絕

相逢今日未嫌遲，但恨樽前遽別離。落日黄河人去遠，夏雲無盡獨吟詩。

畫舫名園正把杯，忽驅羸馬向繁臺。干戈滿眼朋儕盡，白首如何懷抱開。《詩觀》二集卷七

【箋注】

彭然石，彭焱，字然石，湖廣孝感（今屬湖北）人。歲貢，官黃安訓導。著有《留質堂詩》。《詩觀》二集卷七選評其詩八題。

遊紅橋湄園

與君把酒上空亭，極望隋宮盡窈冥。三十年來種楊柳，今朝遮得半天青。《詩觀》二集卷九

【箋注】

《慎墨堂詩拾》三卷本其詩後案云：『吳薗次有《補種平山堂楊柳截句》。』

選梁大司馬蒼巖先生詩竟獨成四截句書於詩尾

優詔金門散腐儒，編詩仍自向江湖。喜今得讀棠丘稾，如坐蕉林舊畫圖。

司馬門前介胄多，齊吹箄篥唱鐃歌。尚書獨下青油幕，銀燭光中側弁哦。
廿年鄭履望如仙，那便平津遇合艱。一唱夜珠齊斂手，底須宰相領高班。
衰老無緣更入京，佳詩把讀快平生。憶曾雪夜朱門路，擊鉢聲高櫪馬驚。

《詩觀》三集卷二

漁壯園舞燈之盛里中豔傳而余未寓目因占絕句記其事

閉門小院雨瀟瀟，一縷茶烟破寂寥。紅粉如花燈似錦，任他天上擁笙簫。
五載歡場總罷登，便逢綺席冷如冰。風微月淺紅妝病，不見朱門一盞燈。

《詩觀》三集卷一〇

【箋注】

道光《泰州志》卷一九：『漁壯園，在（泰州）州治北三里，國朝俞瀔建。冒襄、孔尚任輩觴詠於此。』

韓聖秋職方歿後其姬歸寶應爲尼和朱秋崖韻弔之

傷心韓九京華歿，歸葬關中鄠杜田。尚有故姬零落在，一龕燈火射陽天。
曾同庫部住燕京，竟日惟聞誦佛聲。果向西風銷粉黛，瞿曇黄面是傾城。
半生歌舞恨飄零，收拾烟花到梵經。猶有檀心難盡沒，東風寒食草青青。
愁把餘生作杜秋，當年心死潞河舟。尚書昨問安宜信，並少人間燕子樓。
久屬楊花委路塵，仙郎珍重綺羅春。文園病後琴心絕，肯舞紅衫更向人。
韓郎聲譽滿金貂，偏與狂奴誓久要。説向舊姬應記得，屢經沈醉虎坊橋。

《揚州府志》

【箋注】

韓詩（？—一六六二），字聖秋，號固庵，陝西三原人。崇禎十一年諸生，甲申後史可法邀爲中書舍人，兼兵部職方司主事，建言不爲用而流落江淮間，僑寓金陵或杭州。順治九年因薦，授中書舍人，歷遷兵部武選郎中。韓詩與鄧漢儀多有交往，鄧漢儀《詩觀》初集卷九選評其詩。朱克生（一六三一—一六七九），雍正《揚州府志》卷三一：『朱克生，字秋崖，寶應國學生，攻舉子業，承淩溪射陂家學，尤肆力於詩。』『所著《秋厓集》，汪琬爲之序。』《詩觀》初集卷一一選評其詩十一題。

和華陰壁間鄧氏韻

匹馬潼關去不還，邊霜塞雨黯容顔。傳聞盤髻時風盛，那用文君畫遠山。

《慎墨堂筆記》

廣陵怨二十首之十次原韻

花事揚州已寂寥，朱樓欹側雨蕭蕭。可憐馬上紅裙隊，盡繫琵琶過板橋。廿四橋

賭罷殘棋別有春，風流安石自名臣。於今樓舍空烟霧，不見梅花那見人。梅花嶺

邗關火鳳舊知名，夜擁香簾無限情。不道燕鶯飄落盡，隔江雨作斷腸聲。邗溝

風流異代恨迷樓，衰草斜陽九曲秋。遙憶千騎樓下過，娉婷定有絳仙儔。鑑樓

隋帝陵前戰馬園，黃沙風捲地圍寬。頭顱斫去無人問，卻共陳家月影寒。雷塘

種玉仙人去碧臺，蕃釐古觀長莓苔。黃鸝唱盡前朝恨，滿路閒花總不開。瓊花觀

御河柳色今猶昔，血淺隋橋鐶已碧。細看馬蹄堤上多，錦帆殿腳都無跡。隋堤

荒城鼓角擁寒流，何處春風燕子樓。咫尺隔江人夢起，連朝無復玉搔頭。瓜洲

江南烟雨望中開，山滿荊榛碑滿苔。縱有歐蘇遺跡在，誰沽醽醁跨驢來。平山堂

芳草人家幾舍存，杏花明月倍銷魂。任伊馬上清明度，日暮從無酒一樽。杏花村

春日讀白門友人遊草率記

吟罷新詞淚滿衣，春雲芳草憶江妃。不堪長笛窗前過，一樓梅花兩陣飛。

何處青樓一曲簫，江東風雨暗長橋。應知日暮斜飛燕，定有清歌怨六朝。

乙酉聞丁漢公登賢書將從白門入燕賦此寄贈

風流才藻世無雙，新載雄文過大江。更報燕姬春酒熟，待郎繫馬醉銀缸。

昨夜扁舟載小盧，秦淮風雨夢江都。知君遠別成相憶，索取紅燈譜鷓鴣。

隋苑歌殘楊柳春，平原車馬晝粼粼。須知六代烟花易，不改烏衣巷裏人。

烽烟銷盡古涼州，花滿金臺月滿溝。自是封侯年少事，垂楊莫遣到妝樓。

憶季瑞生

月明一曲倚吹簫，人在江南第幾橋。爲道梁溪經別後，並無香夢到紅綃。

逢蔣行乾問丁子期近況

琴心挑起暮相思，惟有知音是子期。別後更逢人問訊，酒旗歌板月斜時。

金陵與沈聞遐別

長干楓落雁紛紛，一片江帆挂白雲。握別不堪重見柳，瘦腰斜舞似休文。

送鄒子有南還兼寄嵋雪北上

旅館燈寒鼓角吹，聞君畫舫去江湄。相思一夜分南北，爲問燕吴別幾時。

舟中寄友人 時留連白門妓

誰云歌舞歇淮洲，尚有佳人字莫愁。一夜燭殘霜鬢冷，索郎不許夢揚州。
畫櫂何緣有後先，只因朱閣暗情牽。鸛鷫不用郎親貰，妾住横塘自有錢。

送吴翌皇歸閩中

金陵遊倦賦歸興，黄橘丹楓憶舊居。此去吴姬休買醉，卓家新寄數封書。

宫詞

曈曈曉日映西宫，春鳥啼花滿樹紅。卻道玉妃猶未醒，至尊同在漏聲中。
江南春色到垂楊，碧殿笙歌繞畫梁。今夜不知誰被幸，相看箇箇是紅妝。
嬌倚臨春翠袖斜，君王宣賜御前花。銜恩未敢當階奏，底事民間選麗華。
寂寂朝元長緑苔，新過翠輦幾徘徊。內官最識君王意，演得梨園子弟來。

一曲霓裳帶月西，朱簾不倦醉玻璃。翻嫌武帝多輕薄，無數宮人掩袖啼。
天語私聽小閣邊，蒼苔踏處盡金蓮。胡來玉帶垂髫者，一笑春風倍可憐。
新奉傳宣也學愁，天顏初近故含羞。黄金莫買長門賦，玉笛銀箏齊上樓。
雖然靈藥費金錢，不是癡心去學仙。碧樹朧朧秋月照，謝恩多在玉窗前。

以上《吳陵國風》

贈桑楚執四首

春星館裏悵離羣，惟有匡床伏枕宜。只恐楚宮人侍立，盈盈偏裊綠楊枝。
不詩不畫不開樽，秋色雖佳懶出門。不識縷金裙帶減，只令誰復念桃根。
頗難策杖赴花羣，髯客吟聲總不聞。非是折來因五斗，如何瘦損似休文。
且莫支離上選樓，小蠻凝睇不勝愁。不如束素長相傍，的有温存到白頭。

《桑雪薌編年詩鈔》

【箋注】

阮元《淮海英靈集》卷一：『桑豸，字楚執，號雪薌，江都人。康熙丙寅歲貢生，工書畫，善屬文。著有編年詩，存四十卷，文集二十卷，《廣陵紀事》四卷。』桑豸與鄧漢儀交遊，且協助鄧漢儀選《詩觀》。

《詩觀》初集卷三桑豸詩後，鄧漢儀云：『楚執夙以風雅擅聲淮南，而主持壇坫尤嚴正不阿。近僕謬司選事，楚執極意周旋，而惓惓致書，以濫收爲戒，則固同人所共佩也。』

平山送宗鶴問之金陵廣文任

平山春草漸茸茸，送客剛聞十里鐘。此去金陵猶咫尺，江流如帶繞青峯。《鄧雲章鈔稾》

天濤有少君之慟僕適過堰口坐其書閣賦此慰之　天濤姬人陸羽嬉工詩，早沒

年來怊悵極東風，暫倚高樓瀉碧筒。休啟疏簾還遠望，朝雲墳在落花中。《琴怨詩》

【箋注】

黄九河，泰州人。道光《泰州志》卷二四：『黄九河，字天濤，監生，住姜堰鎮。以詩名京師。家居建閣，適杜濬至，因名之曰「杜來」。又築秋嘉館，集名流唱和。遺稿多散佚，鄧漢儀《詩觀》、沈德潛《別裁集》俱載其詩。弟九洛，官黄巖縣丞，以廉能稱。』著有《深柳堂詩集》等。黄九河與鄧漢儀交遊

日久，且對《詩觀》成書助力甚大。

送陳其年赴崑山縣

十年今始晤維揚，紅燭金樽此醉鄉。那憶吳歌清絕處，送君南去又孤航。

歌筵感舊

記得官梅閣外紅，聽殘豔曲五更風。而今歌舞從人借，雙眼懵騰畫鼓中。

送董蒼水之汴梁

廣陵城外繞垂楊，送爾征車入大梁。一路關山無甲馬，陳橋熟睡酒壚傍。

【箋注】

《己未詞科錄》卷八：『董俞，字蒼水，號樗亭，别號蓴鄉、釣客。江南華亭人，明吏部侍郎邃初孫。順治庚子舉人。有《北遊》、《浮湘》、《度嶺》、《樗亭》等稿。』鄧漢儀《詩觀》二集卷八、卷一二，三集卷四均選評其詩。

湖干訪友

野廟空塘賸落暉，迷離何處故人扉。偶逢溪女閒相問，三里橋邊自浣衣。

歌筵忽得周伯衡死信

荊南三載苦從軍，魂斷巴河日暮雲。那忍歡筵聞信到，秦箏撥處淚紛紛。

【箋注】

周伯衡：周體觀，字伯衡，直隸遵化人。順治六年己丑進士，順治十三年至十七年任分巡池太道，歷官江西參議道，客死燕州，年逾六十。有《晴鶴堂詩》等。

新秋楊世功自金陵來 楊乃錢宗伯、吴祭酒門下客

紅豆莊前恁寂寥，梅村池館亦蕭條。不堪重見當時客，細雨斜風過板橋。

【箋注】
楊世功，楊元勳，字世功，浙江嘉興人。女詩人黃媛介之夫。

以上《昭代詩存》

俞錦泉先生招集園林聽歌呈陳芳世兄

綺筵雜坐滿詞人，紅袖當場欲起唇。唱徹君家囊錦句，黃河絕調總如塵。陳芳有《古錦囊詩集》。

絲雨纔停又晚曛，犀簾總不障羅裙。劇憐公子留人意，未敢當筵索紫雲。

【箋注】

道光《泰州志》卷二四：『俞潔，字錦泉，號音隱。以廩生膺歲薦，候選中書。著有《留香閣詩詞》。』雍正《揚州府志》卷三一：『俞楷，字陳芳，泰州人。由諸生供入太學。工文章詩賦，士林咸重其名。康熙乙酉供奉內廷，進經學劄子，分析五經源流次第，上嘉納之。既以纂修敘績授華亭教諭，訓士有方。所著《三極易知錄》等書，皆有功理學。』鄧漢儀於《詩觀》三集卷一一後附云：『余與天木、錦泉暨陳芳同里閈，稱三世交。』

甲子春遊杏花村〔一〕

雨晴正值看花時，村裏曾無花一枝。日暮秀山門外望，牧童猶唱杜家詩。
石徑清泉自轆轤，當年佳釀客爭沽。而今芳草斜陽裏，不見黄公舊酒壚。
老樹雙鳩絕可聽，菜花遮斷杏花亭。難堪細雨荒山路，一箇殘僧誦梵經。
小杜詩名播酒家，至今寒食鬬繁華。武昌百萬旌旗下，誰向東風護杏花。謂左師。〔二〕

以上《詩永》

【校記】

〔一〕此詩又見康熙二十四年刻本郎遂《杏花村志》卷五，詩題無『甲子』二字。

〔二〕此處小字注，郎遂《杏花村志》卷五作『自注：杏花爲左師芟刈』。

增補

三月十九日感事

腐儒兩度滯京華，日落園陵〔一〕慘暮笳。一似東風能解意，韋祠不放海棠花。《吾炙集》卷上

【校記】

〔一〕『陵』，《虞山叢書》本《吾炙集》作『林』。

【箋注】

此詩底本無，今據清鈔本《吾炙集》卷上補入。錢謙益《吾炙集》云其輯自鄧漢儀《燕市酒人篇》。當作於清順治十二年三月十九日。

寄劉雲麓二首

聞君羽蓋復輝光，盼子城頭落日黃。閒挽雕弧試春獵，隔河青草是家鄉。雲麓，曲周人。

美人爲政自寬和，浠水邗江夜宴多。今日九河簾白捲，綿駒休惜陌頭歌。

【箋注】

此詩底本無，今據光緒《高唐州志》卷八補入。

和葉奕苞憶鶴

萬松高館閉朝暉，誰掃莓苔坐釣磯。莫怪玉山丹頂客，時延北頸向天飛。

【箋注】

此詩底本無，今據清康熙刻本葉奕苞《經鋤堂詩稿·北上錄》補入。葉奕苞（一六二九—一六八七）：《己未詞科錄》卷七：『葉奕苞，字九來，江南昆山（今屬江蘇）人，諸生。明工部國華子。著有《鋤經堂詩文集》。』康熙十八年曾因薦舉博學宏詞，匿卷不呈罷歸。《詩觀》二集卷六選評其詩。

過龔公宅述感

時秋將盡落葉滿，地邊風漸勁黃沙。十丈泥人面目透，入衣襟遍體都黑。

【箋注】

此詩底本無，今據清鈔本鄧勱相《徵辟始末》補入，詩題爲輯者所加。據《徵辟始末》，康熙十七年，鄧漢儀被徵，與孫枝蔚買舟至京，再經龔鼎孳宅，龔公已逝去多年，物是人非，乃有是詩。

黄仙裳邀同彭爰琴范汝受何奕美小飲揚州秀野園是日餞春

今日春歸人不歸，旗亭把酒送征衣。相看此際情何限，風起楊花滿店飛。
正醉壚頭酒十千，使君打鼓急開船。忽忽人向金陵發，烟樹邗江我獨眠。

【箋注】

此詩底本無，今據康熙刻本鄧漢儀《慎墨堂詩品·初蓉閣集》補入。

慎墨堂詩拾逸句

嶺南

雲黑一村花。

《詩觀》初集卷七

登海鹽塔

塔勢連山動。

《詩觀》二集卷二

過錫山

浮圖領衆烟。

《詩觀》三集卷九

佚題

纔起鄉心月過樓。

《詩觀》初集卷三

詠木棉花

十丈紅花閃客衣。

《詩觀》三集卷一

遊揚州花村

舊是兵革地，層層布酒筵。

《詩觀》初集卷一

過虞姬墓

名能高呂戚，節已邁韓陳。

《詩觀》初集卷九

過釣臺

雲臺爛勳庸，遐蹤讓漁釣。

《詩觀》二集卷二

阻風燕磯

巉石蛟口蓄，空洲草樹腥。

《詩觀》三集卷一〇

輓顧臨邗〔一〕

朋儕師郭泰，鄉黨欽〔二〕彥方。

【校記】

〔一〕詩題，民國十五年刊本《續江都縣志》卷三〇題作『輓顧九錫臨邗』。

〔二〕『欽』，《雄雉齋集》作『稱』。

【箋注】

顧九錫，字臨邗，號思澹，江南江都人。民國十五年刊本《續修江都縣志》卷三〇：『江都顧九錫自號邗上釣者，居大橋鄉。書宣太史（按：即顧圖河）父也，著有《經濟約編》十二卷，樂善好施。既歿，投挽章者數百人。宗鶴問云：「莫道雄文無薦者，千秋大業有誰爭。」言其著述之富也。鄧孝威云：「朋儕師郭泰，鄉黨稱彥方。」孫豹人云：「一瘦豈堪同野鶴，千家曾免作枯鱗。」言其隱德也。』《詩觀》二集卷八著錄其有《春江草堂稿》。

送桑雪薌遊吳門

好去吳宮路，聽鶯坐綠苔。

《雪薌編年詩鈔》

過吳江

不識吳娘何處住，垂虹橋外滿人家。

《詩觀》初集卷三

【箋注】

此二句又見宋琬《二鄉亭詞》（清康熙留松閣刻本）。

從京口渡江

無限雪花吹鐵甕，始知天愛潤州山。

《詩觀》初集卷一二

佚題

懶向蕭家舊樓閣，日斜把酒看青山。　《詩觀》二集卷六

孔東塘將返都門賦贈

蕭條襆被原臣節，辛苦詩篇在使車。　《湖海集》卷二

增補

歲暮送宗鶴問歸廣陵

南樓無限好，那足抵鴛鴦。

【箋注】

此逸句底本無，今據康熙刻本鄧漢儀《慎墨堂詩品·初蓉閣集》補入。

佚題

便是杏花村酒足，故鄉泉釀阻風波。

【箋注】

此逸句底本無，今據清康熙二十四年刻本《杏花村志》卷一二補入。

佚題

金甲御溝芳草路，銅駝故里落花聲。

【箋注】

此逸句底本無，今據民國求恕齋叢書本楊鍾義《雪橋詩話續集》卷一補入。

佚聯

六經千古業，四世一堂春。

【箋注】

此對聯，底本無，今據清康熙刻本潘問奇《拜鵑堂詩集》卷四補入。